锐眼撷花
文丛

野莽 —— 主编

烟村故事集

王十月 著

中国言实出版社

图书在版编目（CIP）数据

烟村故事集 / 王十月著 . -- 北京 : 中国言实出版
社 , 2020.9
（"锐眼撷花"文丛 / 野莽主编）
ISBN 978-7-5171-3520-3

Ⅰ . ①烟… Ⅱ . ①王… Ⅲ . ①中篇小说－小说集－中
国－当代②短篇小说－小说集－中国－当代 Ⅳ . ① I247.7

中国版本图书馆 CIP 数据核字（2020）第 135343 号

出 版 人　王昕朋
责任编辑　史会美
责任校对　崔文婷

出版发行　**中国言实出版社**
　　　　　地　址：北京市朝阳区北苑路 180 号加利大厦 5 号楼 105 室
　　　　　邮　编：100101
　　　　　编辑部：北京市海淀区花园路 6 号院 B 座 6 层
　　　　　邮　编：100088
　　　　　电　话：64924853（总编室）　64924716（发行部）
　　　　　网　址：www.zgyscbs.cn
　　　　　E-mail：zgyscbs@263.net

经　　销　新华书店
印　　刷　北京中科印刷有限公司
版　　次　2021 年 1 月第 1 版　　2021 年 1 月第 1 次印刷
规　　格　880 毫米 ×1230 毫米　1/32　10 印张
字　　数　200 千字
定　　价　42.80 元　　　ISBN 978-7-5171-3520-3

山花为什么这样红

——「锐眼撷花」文丛总序

在花开的日子用短句送别一株远方的落花，这是诗人吟于三月的葬花词，因这株落花最初是诗人和诗评家。小说家不这样，小说家要用他生前所钟爱的方式让他继续生在生前。我从很多的送别文章里也像他撷花一样，每辑选出十位情深的作者，将他生前一粒一粒摩挲过的文字结集成一套书，以此来作别样的纪念。

这套书的名字叫"锐眼撷花"，"锐"是何锐，"花"是《山花》。如陆游说，开在驿外断桥边的这株花儿多年来寂寞无主，上世纪末的一个风雨黄昏是经了他的全新改版，方才蜚声海内，原因乃在他用好的眼力，将好的作家的好的作品不断引进这本一天天变好的文学期刊。

回溯多年前，他正半夜三更催着我们写个好稿子的时候，我曾写过一次对他的印象，当时是好笑的，不料多年后却把一位名叫陈绍陟的资深牙医读得哭了。这位牙医自然也是余华式的诗人和作家：

"野莽所写的这人前天躺到了冰冷的水晶棺材里，一会儿就要火化了……在这个时候，我读到这些文字，这的确就是他，这些故事让人忍不住发笑，也忍不住落泪……阿弥陀佛！""他把荣誉和骄傲都给了别人，把沉默给了自己，乐此不疲。他走了，人们发现他是那么的不容易，那么的有趣，那么的可爱。"

水晶棺材是牙医兼诗人为他镶嵌的童话。他的学生谢挺则用了纪实体："一位殡仪工人扛来一副亮锃锃的不锈钢担架，我们四人将何老师的遗体抬上担架，抬出重症监护室，抬进电梯，抬上殡仪车。"另一名学生李晃接着叙述："没想到，最后抬何老师一程的是寂荡老师、谢挺老师和我。谢老师说，这是缘。"

我想起八十三年前的上海，抬着鲁迅的棺材去往万国公墓的胡风、巴金、聂绀弩和萧军们。

他当然不是鲁迅，当今之世，谁又是呢？然而他们一定有着何其相似乃尔的珍稀的品质，诸如奉献与牺牲，还有冰冷的外壳里面那一腔烈火般疯狂的热情。同样地，抬棺者一定也有着胡风们的忠诚。

一方高原、边塞、以阳光缺少为域名、当年李白被流放而未达的，历史上曾经有个叫夜郎国的僻壤，一位只会编稿的老爷子驾鹤西去，悲恸者虽不比追随演艺明星的亿万粉丝更多，但一个足以顶一万个。如此换算下来，这在全民娱乐时代已是传奇。

这人一生不知何为娱乐，也未曾有过娱乐，抑或说他的娱乐是不舍昼夜地用含糊不清的男低音催促着被他看上的作家给他写稿子，写好稿子。催来了好稿子反复品咂，逢人就夸，凌晨便凌晨，半夜便半夜，随后迫不及待地编发进他执掌的新刊。

这个世界原来还有这等可乐的事。在没有网络之前，在有了文学之后，书籍和期刊不知何时已成为写作者们的驿站，这群人暗怀托孤的悲壮，将灵魂寄存于此，让肉身继续旅行。而他为自己私订的终身，正是断桥边永远寂寞的驿站长。

他有着别人所无的招魂术，点将台前所向披靡，被他盯上并登记在册者，几乎不会成为漏网之鱼。他真有一双锐眼，撷的也真是一朵朵好花，这些花儿甫一绽放，转眼便被选载，被收录，被上榜，被佳评，被奖赏，被改编成电影和电视，被译成多种文字传播于全世界。

人问文坛何为名编，明白人想一想会如此回答，所谓名编者，往往不会在有名的期刊和出版社里倚重门面坐享其成，而会仗着一己之力，使原本无名的社刊变得赫赫有名，让人闻香下马并给他而不给别人留下一件件优秀的作品。

时下文坛，这样的角色舍何锐其谁？

人又思量着，假使这位撷花使者年少时没有从四川天府去往贵州偏隅，却来到得天独厚的皇城根下，在这悠长的半个世纪里，他已浸淫出一座怎样的花园。

在重要的日子里纪念作家和诗人，常常会忘了背后一些使其成为作家和诗人的人。说是作嫁的裁缝，其实也像拉船的纤夫，他们时而在前拖拽着，时而在后推搡着，文学的船队就这样在逆水的河滩上艰难行进，把他们累得狼狈不堪。

没有这号人物的献身，多少只小船会搁浅在它们本没打算留在的滩头。

我想起有一年的秋天，这人从北京的王府井书店抱了一摞西书出来，和我进一家店里吃有脸的鲽鱼，还喝他从贵州带来的茅台酒。因他比我年长十岁，我就喝了酒说，我从鲁迅那里知道，诗人死了上帝要请去吃糖果，你若是到了那一天，我将为你编一套书。

此前我为他出版过一套"黄果树"丛书，名出支持《山花》的集团；一套"走遍中国"丛书，源于《山花》开创的栏目。他笑着看我，相信了我不是玩笑。他的笑没有声音，只把双唇向两边拉开，让人看出一种宽阔的幸福。

现在，我和我的朋友们正在履行着这件重大的事，我们以这种方式纪念一位倒下的先驱，同时也鼓舞一批身后的来者。唯愿我们在梦中还能听到那个低沉而短促的声音，它以夜半三更的电话铃声唤醒我们，天亮了再写个好稿子。

兴许他们一生没有太多的著作，他们的著作著在我们的著作中，他们为文学所做的奉献，不是每一个写作者都愿做和能做到的。

有良心的写作者大抵会同意我的说法，而文学首先得有良心。

野莽

2019 年 9 月

献给回不去的故乡和童年旧梦

目 录

湿　地

　　许多的湿地已消失，就像这湿地上的鸟，飞走了，去别的地方安家生息，它们找到了更好的家，就像这烟村的人，打破守着烟村过日子的传统，像蓬松的蒲公英种子，风一吹，就散开了，飞到天南地北，扎下根，安下家，就再也不回来了。但总有恋根的人，飞得再远，做下再大的事业，终归是会回来的。不回的，总有不回的理由，回的，也终有回的道理。烟村人都理解。远走他乡，在城里扎根，烟村人认为这些人了不起，有本事，是子孙们学习的模范；回到家的，烟村人尊敬他们，夸他们恋根，有情义，心像这烟村的水一样宽广，情像这湿地上的花一样动人。

　　这湿地，你倘或要去寻找，本也是十分方便的，在长江流域荆楚段，你若是见到了一个接着一个的湖，一条接着一条的渠；你见到了水，那么多的水，明晃晃，清幽幽；见到那么多的绿，绿都是堆在水上的——棒槌草，芦蒿，苇子，三角草，水葫芦，莲，菱，高高低低，层次之丰富，种类之多样，是长江流域少有的，不用问，这是到烟村湿地了。早些年，你问烟村人，湿地在哪儿，大约是没有人会告诉你的。并非烟村人奸猾，他们实不知湿地为何物。他们称湿地为洲，搭锚洲、天星洲、天鹅洲、内洲、外洲……湿地这说法，是后来才传入的。当然啦，这在湿地上讨生计的人，也并非就像《桃花源记》中描写的那样忠厚。这里的人，受了水的滋养，男人俊美，女儿漂亮，这是不必说的，人也都顶顶聪明，生活总有着自己的智慧。打鱼、下网、种地，于烟村人来说，也是艰辛无比的事情，这看似美丽的湖，风情万般的湿地，吞噬起农人的生命来，只是一瞬间的事情。因此上，农人对湿地的情感是复杂的，爱里夹杂着恨，恨里又夹杂着爱。倘或你只是过路的客人，或是植物学的爱好者，动物学的专家，或者是画家，摄影家，或者是驴行一族，你到这湿地，为的是看风景，享受自然，你看到的，自然是一派风景如画。你无法深入到烟村人的灵魂，你也不会知道，这湿地，有时也会在一瞬间终止你所有的梦想，把痛苦与思恋留给活着的亲人。而你那消逝的生命，或者只是被这里的农人谈论上三五天，或许，你会成为传说，在农人的口口相传中，经由岁月修改，变得凄美动人——

这是烟村人的经典。

烟村人的经典，大抵与爱情有关。而我这里要说的一则故事，就是这样的传说。既然是传说，我当遵守烟村人演绎传说的根本，你可以信，也可以不信。然而若是我烟村的乡邻们看了这些文字，自然是会说，这一切的一切，当真是发生在这片湿地上的。遇上爱说话的，还会补充一些我不曾听说过的，不曾演绎出的故事和细节。比如那个名叫草籽的女子，她从前的故事，她的父亲母亲的故事，她的祖父祖母的故事，再比如，那个摄影家的故事，他在城里的爱情，他的一切。这些故事，他们都说得言辞确凿，说得活灵活现。当然，这些，你在我的文字中只能看到一鳞半爪，你要去了烟村，去了湿地，你问起这些，自然会收集到许多的传说。我说过，烟村人都是极聪明的，他们是演绎故事的天才。倘或你读了这些文字，萌生了去湿地远足的念头，我是不鼓励你去湿地惊扰那里的植物和水鸟的。

那么多的鸟，就让它们自由地在湿地生息吧。

湿地上生息着无数的鸟。湿地的鸟，大多都有着长长的细脚杆、修长的脖子、尖而长的嘴。比如白鹭，灰鹭，它们喜欢一只脚杆立在水中，缩着脖子，像是在打盹，冷不丁，脖子蛇一样叮向水中，终归是有小鱼小虾成为了它们腹中之物；比如青桩，白天见不到青桩的影子，它们躲在了湿地的苇子深处，晚上更见不着青桩的影子，烟村人对青桩是只闻其声不见其鸟。青桩的声音很特别，它只在清晨或者晚上鸣叫，冷不丁地来一声"姑姑，姑姑"。关于青桩的叫声，烟村人有许多种说法，但烟村人更相信，青桩是鬼魂的化身，很多鸟都是鬼魂的化身。

日里青桩，夜里鬼汪。

这是烟村人的说法。因此上，青桩一叫，睡梦中的母亲，就会搂紧怀里的孩子，将温暖的乳房贴近孩子的脸；比如一种叫苦娃子的水鸟，苦娃子倒是不难见着，它们行动迅速地从一片草地钻入另一片草地，状如半大的仔鸡，只是脚杆比鸡的细长，行动比鸡要敏捷。苦娃子的话很多，一天到晚叫个不停，"苦哇苦哇，苦哇苦哇"，烟村人形容谁话多，就会说"像个苦娃子"。我初中有个同学，外号就叫苦娃子。苦娃子怎么这么多话呢？到了深秋，就听不到苦娃子的声音了，它们都去哪里了呢？苦娃子似乎不是候鸟，没有人见过苦娃子迁徙，当真是怪事。还有野鸭，那么多的绿头野鸭，它们喜欢群居，落在水面上时，水面上黑压压一层，它们飞起来时，天空就出现了一片乌云。烟村人会用鸟铳打野鸭，鸟铳装满了铁砂，铳口装在船头，船头是特制的，几乎贴着水面。猎人将船悄悄划到离野鸭群百十米处，一牵系在扳机上的细绳，"砰！"一声巨响，平静的湿地顿时喧哗起来，到处是惊慌失措的声音，野鸭们扑打着翅膀在天空中乱飞，一铳下去，数百只野鸭浮在水面上。

可怜！

好在野鸭极机敏，有的猎人追一群野鸭，一个冬天也未能放铳；还有鹌鹑、豌豆八哥、鱼鹳子……湿地是鸟的天堂，鸟是湿地的灵魂。很难想象，失去了湿地的鸟会是什么样子，没有了鸟的湿地会是什么样子。

你若是到了烟村，在清晨或者是黄昏，你独自行走在湿地的边缘，露水在你的脚下飞溅，你的鞋被露水打湿。你顾不上这些，或者，你会觉得这种感觉很好。露水是冰凉的，像小鱼在咬，空气中全是青草的味道，花的味道。深深吸一口气，你的胸怀会宽阔许多。这时，你或许会看到一只与众不同的鸟。用不着你有什么鸟类的知识，只要一见着她，你就会惊讶起来：这是一只白鹤！在清晨，在湿地中间的一片相对空旷的沙洲上，一只鹤，或是静静地立在那里，或是迈着优雅的脚步。她的双腿是那么修长，她的脖子是那么迷人，她的羽毛，她头上那一顶朱砂一样的艳红。别说是你，烟村人第一次见到她，也差不多都惊呆了。

一只鹤，千真万确。从前的烟村人，只是从画上见过。

在黄昏时，鹤低低地、孤孤地飞，修长的脖子向前微曲，长长的脚杆划过水面。有时她会鸣叫，她的叫声也是孤孤的、哀哀的。

现在说不清，是谁第一个发现她的，也说不清，是谁第一个发现她并不是一只鹤，而是草籽的。总之，这只鹤的出现，与草籽的死有关。烟村人认为，这鹤是湿地上最美的鸟，草籽是烟村最美的女孩。烟村人说，草籽并没有死，她白天化身为鱼，在水中自由自在，到清晨和傍晚，又化身为鸟，在湿地孤独哀鸣。

不管你真的认为这鸟是草籽的化身也好，还是烟村人美好的希冀也罢，烟村人却相信了，这只鹤就是草籽。而且是有证据的，你看她的脖子，那长长的脚杆，她鸣叫的声音……烟村人会说，活脱脱一个草籽。而最为紧要的是，人们是在草籽死后没几天发现那只鹤的。

　　草籽的父亲马三才，并不相信人死了会变成鸟的传说。在烟村，他是少有的知识分子，他相信一切书本上得来的知识，相信人死如灯灭。可是，在黄昏、在清晨，他爱独自坐在湿地边的高坡上，望着那只鹤发呆。他的泪就下来了。

　　他渴望那鹤真是他的草籽。

　　几年以后，烟村的农人们开始像鸟一样往外飞，马三才的妻子也像鸟一样飞去了南方。有些鸟冬天飞走了，春天还会飞回来。马三才的妻子飞走了，一个春天，两个春天，三个春天，一晃，十个春天过去了，还是没有飞回来。烟村人再也没有见马三才笑过。只是在黄昏时，会见到马三才夹着二胡，坐在湿地边的高坡上拉，呜呜呀呀，二胡声就把湿地的夜幕拉下。而此时，那鹤，是马三才最忠实的听众，她会随了马三才的胡琴声起舞、鸣叫。

　　马三才终于相信了，那鹤，就是他的草籽。

　　来了一个人，戴着古怪的帽子，脑后扎着长长的马尾辫，他脑后的马尾辫告诉烟村人，这是城里人。他的衣服也古怪，一件衣服上有几十个口袋，每个口袋里都鼓鼓囊囊的。他还背着个包，包里不知放着些什么宝贝。他告诉烟村人，他叫杨离，来自省城，是个摄影师。他给烟村的老人孩子免费拍了许多照片，很快就和烟村人混熟了。他说想租间房子，要在这里住上十天半个月。

　　有人对他说，你去找马三才，他一人住三间大屋。

　　烟村人想，这城里人是有文化的，必得个有文化的人和他住在一起，才不至于丢了烟村人的脸面。烟村人还想，有个人和马三才做伴，也许能将他从失去爱女的悲痛中拉回来。毕竟这么多年过去了，毕竟，生活还得继续。

　　烟村人说，只是这个马三才，现在的性格有些怪，他不爱和人说话。

　　烟村人还给杨离讲了马三才和草籽的故事。出乎烟村人意料之外，马三才居然接纳了杨离。后来，马三才经常对人说，这小伙子是真喜欢湿地的。喜不喜欢湿地，烟村的农人并不关心，可马三才变了，变的渐渐有了笑容，这让烟村人感到欣慰。

　　在马三才的带领下，本来打算拍湖景的杨离，得以深入湿地的腹地。

　　天哪！太美了，简直太美了！

　　杨离激动得除了会说"太美了简直太美了"之外，就找不到别的语言来形容了。对于这样的美景，杨离说任何的语言都是苍白的。他实在是太激动了，他一激动脸就发红，手也发抖，然后他就不停地拍，不停地拍。他的照相机就没有停过：

　　咔嚓咔嚓咔嚓。

　　咔嚓咔嚓咔嚓。

　　杨离对马三才说，你们是住在宝库里啊。

　　杨离对马三才说，你知道九寨沟么？

　　马三才划着鸭划子，他坐在船尾，杨离蹲在船头。马三才摇了摇头。

杨离说，一个摄影家发现了九寨沟。

马三才说，你发现了湿地。

真有那么美么？不过是些野花野草，不过是些鸟，奔跑在湿地上的獐子，在水里嬉戏的鱼。烟村人说。当他们从杨离的镜头里去看湿地时，他们也呆了。还是那些野花野草，还是那些鸟，那些奔跑的獐子，被杨离的相机一拍，就变美了。这真是我们一天看无数遍的湿地（烟村人也学会了称洲为湿地）么？

杨离说，不是湿地变美了，湿地还是那个湿地，鸟也还是那些鸟，植物也还是那些植物，就看你用什么样的眼光去看，你用美的眼光去看它，你就能发现美。

想不想拍鹤？马三才问杨离。

当时，杨离到湿地已有些日子。天天都是马三才划着鸭划子陪着他到处拍摄。

鹤？！杨离吃惊地盯着马三才，这里还有鹤？

马三才的眼里就有了如烟如雾的东西。他想起了草籽。马三才轻轻划动着小船，说，要在黄昏或者清晨才能看见。

起风了。风从芦苇尖上传过来，从水面上传过来。风在植物的叶尖上奏出了沙沙的音乐。西边的天空如血。水面上，植物的叶尖上，都镀上了一层红光。杨离差不多都要窒息了。他拿着相机呆在那里，差不多都忘记了按下快门。晚霞的红色在渐渐变深，里面有了一些瓦蓝，一些瓦灰。天空变成了游动的大鱼。马三才轻轻划动着小船，鸭划子的后面，拖着两行静静的水纹。

你看。在那儿。

竹篙水中一点，小船停止前进，后面的水纹乱成一圈一圈。
顺着马三才手指的方向，杨离看见了鹤。

漂亮吗？马三才压低了声音。

杨离没有回答，他趴在船头，调整镜头，轻轻按下了快门。
咔嚓咔嚓，咔嚓咔嚓。

漂亮吗？马三才又说。

杨离抹了一把额头的汗，说，我要死了！他说完，就张大了
嘴，深深地调整着呼吸。

他们都说，是我女儿草籽变的。让我看看你拍的。

杨离打开了数码相机的镜头。杨离就呆了，他分明是从镜头
里看到了鹤的，而现在，他的镜头里只有沙洲，水草，却不见鹤
的踪影。

天就黑了下来。湿地笼罩在一层水汽里。

小船在水面滑行。一路上，马三才和杨离都没有说话。

这一晚，杨离和马三才喝了些烟村人酿的烧谷酒。许是酒的
缘故，两人的话格外的多。马三才对杨离说了他的过去，说他如
何带着农人垦荒，说他的女儿草籽，如果不死，现在也是二十来
岁，如花的年龄。还说了他一去没有音讯的妻。杨离说，恨她
吗？马三才摇摇头。不恨，是担心。杨离说，那你为何不出去打
工、去找她呢？马三才将一盅酒吱地倒进喉咙，说，说说你吧。
杨离于是说他的故事，说他大学毕业之后就分到报社工作，他不
喜欢那样的生活，后来就辞职。他去过很多地方，在去西藏途

中认识了一个女孩，他还爱上了那个女孩，可是，女孩没能走出西藏……

下雨了么？杨离说。

下露水。马三才说。

两人都有了浓浓的酒意。

怎么会是空的呢？马三才问。

是呀，怎么会是空的呢？杨离说。

两人都打起了呼噜。

第二天，依旧是马三才划船，杨离拍照。到黄昏的时候，他们又到了那片沙洲。他们依旧见到了那只鹤。杨离依旧举起手中的相机。而镜头中，依旧只有沙洲。杨离没有再举起相机。他和马三才一直呆呆地盯着那只鹤，看着鹤渐渐地隐入黑暗之中，看着月亮从苇尖上升起。

杨离在马三才家里住了一个月。烟村的农人都说，小伙子被这湿地迷住了。只有马三才知道，杨离是被那只鹤迷住了。每天清晨，天刚亮他就起床，每天黄昏，他都伏在沙洲附近，他不相信拍不到那只鹤。然而他失败了。他拍了上千个镜头，没有一个镜头里出现过那只鹤。

杨离离开了湿地。走的时候，他对马三才说他还会再回来的，他一定会回来的。他说，少则一月，多则半年。他说，到时还让马三才当向导。他塞给马三才一千块钱，马三才死活不要。马三才说，把你当朋友的，记得，常回湿地来看看。

一个月过去了，杨离没有回来。

两个月过去了，杨离没有回来。

半年过去了，杨离没有回来。

一年过去了，杨离还是没有回来。

大家渐渐地忘记那个扎着马尾辫的小伙子。

下雪了。

雪落在湿地上，湿地露出了另外的美。

马三才想，要是杨离现在来，该拍到多少好照片呀。杨离没来。

雪化了，各种鲜嫩的草叶在水面招摇，马三才想，要是杨离来湿地，该有多高兴呀。杨离没有来。

春耕开始的时候，马三才打了个包，带着他的二胡离开了烟村。他要出门打工了。出门之前，他在湿地边坐了一整天。他想再看看那只鹤，可他没有看到。马三才离开了湿地，开始还有人不习惯，晚上听不到他的胡琴声，心里觉得空落落的，觉得少了些东西。可是时间长了，大家也习惯了，也忘记了。

许多湿地上的鸟，冬天飞走了，春天却不再飞回来了。还有许多的鸟，冬天飞走了，春天一到，又飞了回来。它们喜欢这湿地，它们离不开这湿地。马三才就是这样的一只鸟。出门打工三年，马三才走了很多的地方，深圳他去了，上海他去了，北京他也去了。没有一个地方可以让他安安心心地待下去，于是他就像一只鸟，东飞飞西飞飞。他没挣到钱，也没饿死。一天晚上，他梦见了湿地，梦见湿地上有两只鹤。那一刻，他想家了。结了工资，他夹着二胡就回到了烟村。

三年时间，他的变化不大，烟村却有了新的变化。烟村的人变得多了起来。这些人都是外地来的，他们或背着相机，或扛着画架，还有的，不背相机也不扛画架，他们只是纯粹地看风景。他们住在农人的家里。烟村的农人，有了新的职业——划着小船，带这些外来的客人游湿地。这变化让马三才感到新鲜，也高兴。烟村的乡亲，见了马三才，都笑嘻嘻地同他打招呼。问他在外面的情况。他说在外面不强，混口饭吃。乡亲们就劝他别走了，现在烟村开发了旅游，将来是有大发展的。他笑着，点点头，说，好的，好的。他问，那个叫杨离的摄影师，又来过么？烟村人的眼里，就有了烟云缥缈。

马三才在烟村住了几天又走了。他现在习惯了四海为家的生活，他不习惯划着小船，带着外来的客人去看湿地，不习惯为了抢客人和乡邻争得面红耳赤。更重要的是，他对这片湿地的感情太复杂了。他离不开这湿地，离开了，心里空落落的。可是回到烟村，面对湿地，却无法承受那些啃噬他心灵的痛苦，这片湿地，吞噬了他生命中最重要的两个人：

草籽和杨离。

他无法承受这样的悲痛，他只有选择逃离。

现在的烟村人说到杨离，总是心怀感激的。是杨离的摄影，让更多的人发现了湿地的美，也是他带来了省里的电视台，拍出了湿地风光片。他们叙说着杨离的好，每个人都以和他有过交往为荣，有的人还会拿出杨离拍的照片，说，这还是他给拍的呢。他们的谈话，到了最后，都会变成一声长叹，然后，他们的目光，就会投向眼前的湿地，湿地上，两只鹤在交颈，发出清脆的鸣叫声。那一刻，他们会忘记这个月拉了几个客人。他们的目光里，会多了许多温情。而一个传说就这样渐渐在烟村里流传，这个传说在流传的过程中，融入了每个烟村人的智慧和祝福。这个故事的男主角是杨离，而故事的女主角，是草籽。烟村人认为，这一男一女都是美的化身，因此，他们应该有着美好的归宿。现在，你若到了烟村，租一只小船去游湿地，当小船经过那一片吞噬了草籽和杨离的泥淖时，烟村人会对你讲起这样一个传说：

有个姑娘，名字叫草籽，她是烟村最漂亮的姑娘。她的眼睛像烟村的湖水一样明亮，她的嘴唇像湿地上的花一样娇艳，她会唱歌，她的歌声像百灵鸟一样好听。烟村的人都很喜欢她，都爱听她唱歌。那时候，烟村人在她父亲马三才的带领下围湖造田，她就划着鸭划子，给父亲送饭。她才八岁，就已经会做很多事了。那天中午，她划着小船给父亲送饭，她看见湿地里开着一簇很美的紫色花朵，她从来没有见过那么美的花，她想把这朵花摘下来送给爸爸，爸爸一定很高兴。于是她停下小船，然后，她下了船，就去摘花，没想到，美丽的花朵是个陷阱，那看似坚硬的地面，却是无底的泥淖。草籽陷进了泥淖中，越陷越深，最后被泥淖淹没。草籽的父亲马三才因此成了垦荒英雄，他从县城，从省城捧回了一个又一个劳模奖章，他们父女的故事像风一样在烟村流传。然而垦荒英雄却从此一蹶不振。轰轰烈烈的造湖运动结束后，烟村又开始了退耕还湿运动。昔日的英雄，面对那一枚枚奖章，不解与失落陪伴着他度过了漫长的白天与黑夜。其实，马三才的女儿草籽并没有死去，她在泥淖里渐渐长大。白天，她像一条鱼一样生活在水中，到了清晨和傍晚，她会变成美丽的鹤。她还是那么的漂亮，她长成了大姑娘。

烟村来了摄影家，名字叫杨离。杨离见到变成鹤的草籽，他为草籽照了很多的照片，可是照片上都是空白，他怎么也拍不到那只鹤。摄影师杨离爱上了这只鹤，他回到城里后，还是忘不了那只鹤，梦里全是那只鹤。摄影师又来到了烟村，他一次又一次地去拍那只鹤，他发誓，一定要拍到那只鹤。终于，他的诚心感动了草籽，在一个清晨，草籽变回了她本来的样子，那是个美丽无比的姑娘，她有着长长的脖子，有着修长的腿，穿着雪白的衣裳。她和摄影师隔着远远的一片水淖，她在沙洲上跳舞。这一次，摄影师杨离拍了很多的照片，可是照片里显现出来的，不是美丽的草籽姑娘，而是一只正在翩翩起舞的白鹤（烟村人讲到这里，会拿出一张白鹤翩翩起舞的照片给你看，以证明他们所讲的故事千真万确，并指出这张照片的作者就是摄影师杨离）。

杨离沉浸在爱情的幸福中，每天的清晨和黄昏都会去那片沙洲。只有在这个时间，他才能看见草籽。有一天，他在等候草籽的时候，看见了一簇美丽的紫色花朵，他想，草籽会喜欢这些花，戴在她的头上一定美。他下船去摘花，他不知道花朵下是陷阱，他像多年前的草籽一样，陷入了无底的泥淖之中。

　　故事讲到这里，你的心里也许会升起无限惆怅。

　　烟村人是豁达的，是仁爱的，他会告诉你，其实不必惆怅，故事并没有结束，杨离和草籽一样，并没有死，他和草籽生活在另一个世界，每天的清晨和黄昏，他和草籽会变成鹤，在沙洲上翩翩起舞，双宿双飞。烟村人会说，如果你在黄昏或者清晨来到湿地，你会看到一对美丽的鹤，看到他们优美的舞姿。

梅　雨

　　梅雨来到时，湖一扫往日的平静，开始不安分起来。山洪裹着周围村庄里的秽物而下，湖面上漂浮着牛马的粪便、芦柴、菜叶、一头死去的病猪，浮肿的尸体在水中载沉载浮。食腐的鱼追随着猪的尸体，不时跳出水面。雨一连下了二十多天，水位公报说，长江今年的第二次洪峰到了楚州。天气影响人的情绪，烟村人在这压抑的天气里，开始心神不定、烦躁不安。

　　梅雨在每年五月准时到达，最少要持续一个多月。在梅雨季节，太阳偶或也会露脸，把湿热的空气蒸腾起来，搅动起来。空气中明晃晃地浮着一层水汽。人的情绪也像这水汽一样，在半空中浮动，上不着天，下不着地，虚虚的、飘飘的，有点让人提心吊胆的意思。

梅雨季节，烟村最烦恼的人是马广田老人。进入雨季，老人就一直睡不着，他的老伴马婆却睡得死一样沉。这天夜里，五心烦躁的马广田老人想和马婆说几句话，他觉得，他有很多的话要说，他需要一个倾听者，他已记不起，上次和马婆好好说话是在哪年哪月。

马婆是个麻将迷，每天天一亮，就穿着木脚去村部的茶馆里打麻将，一坐就是一整天，连饭都不回来吃。不知从何日始，村里的老人都学会了打牌——麻将、纸牌、抠筋、上大人……总之名堂多得很。马广田老人不会打牌，也不喜欢看牌。他甚至连茶馆都不想去，说茶馆里有股老人味。马婆就冷笑着说，你很年轻么？你也是死了半截没有埋的人。马广田老人就不再多说什么。这辈子他都是这样过来的，在马婆面前，他从来都没有占过上风，开始是，马广田老人让着她，天长日久，就习惯成自然了。马广田老人，也没有觉得有什么不好。只是，这两年来，马广田老人变了，居然时常会生出一些反抗的异心来，有时，会和马婆顶上一两句嘴。

马广田老人坐在床头，黑暗中，两眼盯着房顶。一只鼠伏在隔梁上，眼里闪着两道幽幽的光。老人想到了茶馆里的那些老人，他闻到了老人们身上飘浮着的奇怪味道。那是一种腐朽衰败的气味，就像这梅雨的天气，就像在梅雨中腐烂的木头。老人想，这烟村，是没有希望的了。

对于马广田老人的忧心，马婆一开始很愤怒，认为老人是吃饱了撑的，一脑子胡思乱想。马广田老人就同她争执，说人不能只是吃饱穿暖这么简单，只是吃饱穿暖，那和一只狗一头猪有什么区别？马婆像看怪物一样看着马广田老人，眼里有了遥远的感觉，说，狗吃饱穿暖了会打麻将吗？猪吃饱穿暖了会打麻将吗？嚓！最后，马婆得出的结论是：

马广田呀马广田，你就是一把老贱骨头。

马广田老人觉得，这样的问题和马婆是争论不清的。马广田老人还觉得，之所以争论不清，皆因他是知识分子，他思考的问题和马婆思考的问题不在同一层面。此话并非胡诌，老人上过四年私学，能识文断字，年轻时，跟戏班子唱过戏，跑遍湖广，虽只是跑跑龙套，那也是见多识广之人。老人在村里，算得上是风光人物，夏夜或是冬夜，纳凉或是围炉，听老人讲古，那是烟村一景。《子不语》《夜雨秋灯录》《对花枪》……老人记性好，演过的，听过的，看过的，都装在脑子里。八十年代初，村里演《薛仁贵征东》，山中无老虎，猴子称大王，老人是当然的薛仁贵，这薛仁贵虽说是上了些年岁，但敷上粉描上彩，昏灯瞎火远远地瞧，倒也是花花绿绿，胡子是胡子眉毛是眉毛。拿了长枪，"锵锵锵锵"踩着鼓点骑着马（就是一根鞭子）上了台，亮相，舞枪。好悬！枪差点脱了手。然后要把脚拿到肩上，撕一字。脚哪里拿得上去，将就着，一条腿立着，一条腿朝斜上方蹬（本该朝天蹬），双手抱腿，"哇呀呀"乱叫……哎哟一声，不好，一字撕下去了，人却起不来了。老人的卫兵是李福老人，也出了丑，他是挎刀的，却把刀扛在肩上，扛在肩上不说，还是刀口朝肉。那次演老戏，他们是出尽了丑，可是全村人那个高兴啊！都多长时间了，大家都还拿他们打趣，说，那是烟村最过瘾的一场老戏。

　　马广田老人呢，他怀念那样的时光。时光一去不复返了，先是村子里的人开始想办法挣钱，接着，年轻人都跑出去了，只留下他们这些老人妇女和孩子。出去挣钱是好事，大家的日子越过越好了，村里的楼房也越盖越漂亮了。可是，马广田老人看不惯的事也越来越多了。从前是，大家穷，却牢记着"守祖宗两字真传，曰勤曰俭；训子孙一生正路，唯读唯耕"。现在是，不缺钱了，谁还把勤俭当回事呢，唯读唯耕就更别说了，农田种了也赚不了几个钱，都荒了。孩子读书就更别说了，大人都出去打工，孩子丢在家里没人管，野马一样地疯玩，读什么书？初中毕业就都出去打工了。反正读大学也没有用，从前是，读大学跳农门，现在读了大学照样打工。马广田老人想起这些，就觉得是个问题，觉得要解决这个问题，可是，这样的问题你如何解决？和谁来解决？马广田老人想一想，就觉得忧心忡忡。

　　马婆的呼噜声，让老人心烦意乱。扭过头，盯着黑暗中的马婆，觉得马婆很陌生。想，这个女人，真的是跟了我几十年，为我生下了四儿一女的老伴么？是过去那个全村著名的泼辣小气的女人么？马广田老人叹一口气。他听见一只龙虾从湖里爬上来，在屋角下挖土。湖里不知何时来了许多的龙虾，孩子们拿了麻绳，系一只死青蛙，丢进水里就可以不断拉上龙虾来，有时一串能拉起来四五只。刚开始，村里人都不吃龙虾，这样的怪物，是烟村人前所未见的。然而终是有胆大的，先煮了来吃，味道极鲜美，于是在梅雨季节，龙虾就走进了家家户户的餐桌。再到后来，有岳阳的贩子来烟村收购龙虾，三毛钱一斤，孩子们都开始钓龙虾卖钱。然而龙虾却钓不完，而且个头越长越大。传说湖里有一只龙虾成了精。

马广田老人摸了根手电筒，披衣下了床，顺着龙虾挖土的声音而去，手电的光柱突然射到了龙虾的身上。

一只硕大的龙虾！有着一米多长的身子，身上披着褐红色的坚甲，像个威风凛凛的武士，正弓身埋头挖洞，突然被电筒的光吓到了，举着两只巨大的钳子，盯着马广田。龙虾手中的钳子冲着马广田，两只眼睛，闪着幽幽的绿光。看得马广田老人心生厌恶，举起手朝龙虾挥动着，嘴里发出"雀雀"的声音。龙虾呢，盯着马广田老人，一人一虾，对峙了足有一支烟的工夫，龙虾开始往后退，马广田老人的手电光一直跟着它退到湖边，龙虾慢慢没进了湖里。湖面上像炸了锅一样，翻腾着细密的浪花。老人看见，有千万只的小龙虾在水中跳跃着。老人听到了龙虾们的欢呼声。

马广田老人在那天晚上，突然就开了天目。

开天目，又称开天眼，是烟村人的一种传说。传说开了天目，就打通了生与死的关节，能看到阴阳两界的事物。烟村人还相信，人在幼年时，天目是开着的，在俗世生活日久，天目就蒙上了灰尘渐渐关闭。只有智慧的长者，生命快要走到尽头时，才会重开天目，看透世间一切的假象与真章。

马广田老人开了天目，老人的眼前，出现了一幅绝美的景象。他看见，污浊的湖水消逝了，眼前是一片空明的净地，湖水像空气一样，是透明的，湖里的鱼和虾，也是透明的，它们都浮在空气中，来回游动。花，湖面上到处都是花。那些花，也是透明的，白的真白，像猪油，红的真红，紫的黄的，总之是老人说不出来的五彩缤纷。马广田老人张大了嘴，他忘记了呼吸，直到他感觉到了呼吸困难，再去深吸一口气时，那美妙的图景就在那一瞬间消逝了。

马广田老人突然感到很难受，从心里涌动起来的难受，丝丝缕缕、牵肠挂肚。这是一种无由的悲伤。老人被这种悲伤所笼罩，他的鼻腔里酸酸的，心像被什么东西在割一样。马广田老人不明白，他怎么会突然有了这样的感受。他也不清楚，这悲伤，到底是因何而来，是为谁悲伤。按说，他应该高兴才对，儿女们都过得不错，也都孝顺，按月寄来生活费，他根本就用不完。现在他又开了天目……可是老人突然觉得很悲伤，他想哭一哭，于是就蹲在湖边上，双手捧着脸，"呜呜呜呜"地哭了起来。老人越哭越伤心，哭着哭着就明白了，他这是为自己而悲伤。马广田老人想到了死。他并不害怕死，可是现在，他开了天目之后，就悲伤了，就流泪了，就控制不住了，他什么也不管了，放开喉咙哭了起来。哭了好一会儿，他听见有人对他说，有什么好哭的呢，你这个不知足的家伙。马广田老人停住了哭声，想找一下和他说话的人，这声音似曾相识。可是，四周空荡荡的，不见人影。天空划过了一道闪电，随即响起了一声炸雷，雨又开始瓢泼一样往下倒。马广田老人低着头跑回家里，马婆还在打呼噜。老人没有上床，他搬了一把小板凳，坐在门口，望着白晃晃的湖面，他突然开始留恋起这个世界来。

你醒醒。马广田老人摇醒了马婆。

你怎么了，发疯了？半夜三更的。

……

你有什么事？

马广田老人突然不想说话了，他什么话也没说。

天亮的时候，雨停了。马广田老人破天荒地跟着马婆去了茶馆，没有人拉他打牌。马婆一去就坐上了。马广田就站在马婆的身后面看牌，看了两盘，觉得无趣，他想不通，为何有那么多的人迷恋麻将。

昨天晚上，有人在湖边上哭，你们听到没有？马广田老人问那些打牌的人。

谁！八筒。

我睡得很死，没有听到。八筒我碰了，我刚才顾了说话，没有看到。

你们都没有听到么？马广田老人不甘心地问，可是没有人回答他。大约真是没有人听到他的哭了。马广田老人感到很失望，一种被人忽略的失落丝丝缕缕地爬上心头，像爬山虎的藤蔓，把他的心脏覆盖。而那坚韧的根须，却顽强地扎进了他的血脉。

这雨再这样下，天就该塌了。马广田老人换了个话题，希望能引起大家的兴趣。

塌了正好，把我们这群老鬼一起收走。说话的是李福老人。

李福老人也没有打牌，他的眼睛不行了，根本看不清牌。可是他每天都像上班一样，早早地来到茶馆，听人打牌，偶尔插上一句嘴说上两句话，这几乎就是李福老人晚年生活的全部。

昨天晚上，有人在湖边哭，你听到没有？马广田拉了一把椅子，在李福老人的旁边坐下。他还是有些不甘心，想和李福老人讨论一下关于开天目的问题。

好像是有人在哭。半夜三更哭什么呢？要死人的。李福老人说。

我开天目了。马广田老人说。他想等别人迫不及待地问他开天目之后看到了什么，就像多年前，他讲那些故事，总是先造出一些悬念来，在紧张关头喝口水，让人给他打扇子或是温二两酒。然而没有人接他的话茬。老人于是悻悻地说，他看见湖面上开满了鲜花，鱼和虾都浮在空气中。

李福老人呵呵地笑着，说我是什么都看不见了，眼不见心不烦。李福老人还说，马爹，不是我说你，你就是心事重啊，儿女都成家立业，在外面不是过得都很好么，真是操不完的心。还是像我一样，稀里糊涂过吧。稀里糊涂的好哇。

马广田老人觉得很失望，没有人关心他开了天目的事。这样的大事，要是搁在从前，那该是多大的新闻呢？现在，没有人会相信一个行将就木的老头子开了天目。谁会相信呢？不过是老眼昏花，出现了幻觉罢。他抬头看屋外，屋外雨脚如绳。老人目光开始浑浊起来。屋里弥漫着浓烈的烟味和木头在雨季腐朽的味道。马广田老人开始羡慕起李福老人来，像他一样，什么也看不见，什么也不去想，多好。

起风了，风从湖面上吹过来，把雨带进了茶馆里。坐在门口的人开始把桌椅往里面挪。马广田老人做了最后一次努力。

你们都不相信我，没有人相信我。湖面上真的开满了花，鱼和虾都是透明的……

马婆白了老人一眼，将手中的麻将狠狠地扣在了桌子上，说，八万，你们别听他瞎扯。十几年了，他总是这样，神一出鬼一出的。七条我碰，六万。开天眼啦，还开地眼哩。开了天眼，你倒说说，我们这些人，前生都是一些什么……和啦。

马广田老人努力地睁大眼，想看清楚眼前这些人前世都是什么变的，可是他除了看见一些烟，看见烟雾里晃动的打牌人，并没有看见别的什么。

天眼也不是说开就能开的。有人说。

马爹，您开天眼的时候，通知我们一声。有人说。

马广田老人瞅着屋外的雨，心事重重地说，这雨没完没了地下，天都要下塌了。

然而没有人理会马广田老人。连李福老人，也觉得他太啰唆了。马广田老人离开之后，李福老人说，马家婆婆，你们马爹才七十不到，怎么就糊涂了，说话颠三倒四的？

马婆说，真真是烦得人倒血，让他去儿子那里住住，他去住了几天就跑回来了，死活也不去了。天天窝在屋里，牌也不打，又不在乎这几个钱，这点小牌我们还输不起么？

这倒是的，打打牌，人的脑子也不会老得这么快。

　　然而此时的马广田老人，打着一把黑色的雨伞离开了茶馆。雨越下越大，马广田老人觉得，他是整个烟村最孤独的老人。没有人理解他，没有人相信他，没有人和他一样站在同一层面对话。于是他往湖边走去。他觉得，只有这湖是懂得他的。

　　连续的暴雨，湖已胖了很多，原来从茶馆走到湖边，最少也有一里路，现在湖水都快连到茶馆了。连马路上都积了一洼一洼的水。马广田老人赤着脚，深一脚浅一脚，蹚着水朝湖边走。老人想再去湖边看一看，也许，他又能看到那鲜花开满湖泊的奇景。他很快就走到了湖边，湖水和天空中的雨连成了一片，他什么也看不清。马广田老人于是沿着湖岸往北走，他知道，往北走上一段路有个鸭棚，他想和看鸭的麻师傅聊聊天，麻师傅天天都睡在湖边上，也许对湖是有所了解的。

　　马广田老人看见了鸭棚，他扯开喉咙喊着：麻师傅，麻师傅。

　　鸭棚里没人回话。麻师傅的鸭子们，就在鸭棚边的树下挤成一团，听见了马广田老人的叫声，鸭子们都"嘎嘎嘎"地抻长脖子叫了起来。马广田老人心里掠过一丝不祥的感觉，他想往回走，可是双脚却像被什么东西扯住了一样，于是他继续站在雨中，再次扯开喉咙喊麻师傅，他的声音被风雨声和鸭子们的叫声淹没了。一阵强风吹来，把他举在空中的雨伞刮翻了。他一把没有抓住，雨伞飞了出去，落进了水中。老人蹚下水把雨伞捞了起来，浑身都湿透了，他几步跑到了鸭棚的屋檐下，把雨伞翻过来，就去推鸭棚的门。推开门，马广田老人就看见了麻师傅。当然，鸭棚里除了麻师傅之外，还有一个女人。麻师傅和女人盯着从天而降狼狈不堪的马广田老人。麻师傅的手还放在女人的腰上，似笑非笑地盯着马广田老人说，马爹，下这么大的雨，您老跑到这里来干吗？

马广田老人没有想到，在麻师傅的鸭棚里，会出现一个女人。而这个女人，分明不是麻师傅的老婆。

你天天睡在湖边上，有没有发现这湖的古怪之处？

有什么古怪的。

一湖的花，到处都是，鱼和虾都浮在空气中，玻璃一样的透明。

哼！那女人说。

老人退出了鸭棚，听见鸭棚里传来了笑声，老人觉得脸热。碰见这样的事，在村里人看来，是要背时的。马广田老人的心情一下子坏透了。鸭子们看见了马广田老人，又站了起来，"嘎嘎嘎"抻长脖子叫。马广田老人绕过鸭子们，他看见了一条船，那是麻师傅的放鸭船。老人走过去，把放鸭船系在岸边的绳子解开了，一推，放鸭船荡离了岸，在雨水中，被风吹着缓缓地朝湖心漂去。马广田老人朝麻师傅的鸭棚吐了一口口水，脸上露出了得意的笑。老人觉得心情好了许多，然而这种好心情并没有维持多久，往回走时，老人好几次踩进了水窝子里，一身泥一身水地回到家。马婆还没有回来，厨房里灰熄火熄，灶冷锅凉。马广田老人的心里也升起了悲凉，他没有急着换衣服，只是盯着屋外的雨和浑浑汤汤的湖。他眼里的天地，渐渐就混沌了起来。

半夜，马广田老人听见有人叫他的名字，他答应了一声，问是谁个在叫他。门外的人说，你这不孝的东西，连老子的声音都听不出来了。马广田老人就起床开了门。

雨不知何时停了，天上有着亮晃晃的月光，一眼望去，四处都是白洼洼的水。

马广田老人看见，门前的柑子树下站着两个老头，瞅着他呵呵直笑。

马广田老人揉了揉眼，没有看清这两个人是谁，于是说，你们是哪个，来屋里坐坐吧。那两个人只是嘿嘿嘿地笑。马广田老人听他们的笑声很熟悉，于是朝他们走过去，在月光下，马广田老人看清了，柑子树下的两个老人，一个是他的爷爷，还有一个是他的父亲。

马广田老人吃惊地说，你们两个怎么在这里？

两位老人，一人拉着马广田的一只手，他们的手脚冰凉，像是被霜冻过的铁。

父亲说，广田伢子，你开天目了么？

广田伢子，你在发什么愣呢？

父亲拿手打了马广田的头一下，说，你真是呀，长到老也还是这副德行。这时，爷爷发话了，爷爷说你爹问你话呢，问你开天目了么？爷爷的话让马广田老人觉得很冷。他的牙齿上下碰撞着说，是呀是呀，你们怎么晓得的呢？父亲的手，在马广田老人的头上摩挲着，说，想去那样的地方么？

马广田慌忙点头。父亲说，二十年前，也是梅雨季节，我晚上出来小解，看到了一湖的花，可是一会儿就不见了，于是我就出来找，我这一找，就是几十年，我终于找着了，没想到，你爷爷也住在那里。

马广田老人，于是问他的父亲和爷爷，现在住在什么地方。父亲和爷爷，同时指着眼前在月光中泛着幽亮光辉的湖。马广田老人看见，那湖面上，开满了一湖的鲜花，红的白的蓝的紫的。

开满鲜花的湖。父亲说，这里就是我们的家。广田伢子，你也不要回去了，我们一起走吧。

可是……

有什么好可是的。爷爷不高兴地说。

马广田老人说，我回去打个招呼。您的儿媳妇，您的孙媳妇，我要去和她打个招呼啊。

父亲和爷爷说那好吧，打了招呼就快出来。

马广田老人正要进屋的时候，却看见了李福老人。李福老人也是面目模糊不清。马广田问李福，你这老东西，半夜三更你跑这里来干吗？李福老人说他要走了，他厌烦了这漂浮着死猫烂狗的湖泊，他要去寻找那开满鲜花的湖泊去了。马广田老人说，你不是说你就这样稀里糊涂过么。李福老人神秘地说他也开天目啦，他觉得生活又开始有意思啦，他现在觉得一切都有奔头啦！马广田老人说，你等着我呀，我也要去的。

马广田老人于是兴奋地转回屋里，他看见马婆坐在床边上，于是对马婆说，我要走了，我的父亲和爷爷在外面等我，李福老人也在等我。马婆一把抓住马广田老人，说，你想丢开我不管么？我不让你走。

　　马广田老人没有走成。他感觉浑身难受得很，身子像掉进了冰窟窿，脑子里却像有一团火在燃烧。他对马婆说你别拦着我，我要走了……然而他突然发现自己睡在床上，他睁开了眼，却听见马婆在说：醒了。醒了。菩萨保佑。

　　我这是怎么了？马广田老人说。他扭过头，想看一看站在门外的父亲和爷爷，但是他什么也没有看见。

　　你简直要吓死我了。这病怎么说来就来，我还以为你活不过来了。马婆这样说时，居然就哭了起来。站在一旁的邻居，还有村里的张医生，都安慰着马婆，说马爹这是淋了雨，感冒了，打一吊针就好了。马广田老人这才灵醒过来，他这是病了。可是马广田老人记得很清楚，他真的看见了死去多年的父亲和爷爷。一切都是那么的清晰。还有，那开满了鲜花的湖泊。老人感觉很疲倦，也很放松。老人慢慢地闭上了眼。迷糊中，听见有人说：李福老人走了。

　　李福老人的子女们都赶了回来，他们为老人做了三天三夜的斋事。斋事做得很热闹。李福老人的儿女们，都比赛似的花钱操办丧事。身体略好一些的马广田老人去给李福老人送行。看见哭哑了嗓子的李福老人的儿女，马广田老人，却一点也不悲伤。他觉得，李福老人的儿女们可笑得很，李福老人在世时，没有一个儿女陪在身边，也没见一个人来尽孝，现在老人死了，他们却一个个比赛花钱看谁更有孝心了。

　　这都是做给活人看的。马广田老人想。

　　他又想到了自己，想到自己有一天也会这样，他死了，儿女们也会哭着喊着从外地赶回来，为他大办后事，他们也会哭，也会比着花钱看谁更排场，他们还会获得一个孝子的美名。马广田老人这样一想，更加坚定了他的那个念头，他要离开这死气沉沉的烟村，他相信，一定有那样一个开满了鲜花的湖泊。在从前，只要老哥们走了，他就会格外的悲伤，可是这一次，他不再悲伤。他知道，李福老人，是去寻找那开满鲜花的湖泊去了，他为老哥的选择感到高兴，他相信，李福老哥能找到那样的好地方。马广田老人摸着李福老人的棺木，和李福老人说了一会儿话，就回家了。

　　梅雨终于停了。长江的洪峰安全经过了楚州，天并没有被雨下塌。一场大病过后，马广田老人感觉身体比起从前来差了一大截。好在天放晴了，泥泞的路面也被太阳晒干。老人拄着一根木棍，到荒芜的农田里走了一走，看了一看。父亲和爷爷说过的话，一直在他的耳边回响。他只要一闭上眼，就能看见湖泊在月光下泛着幽幽的光，一湖的鲜花，从湖岸一直连接到天边。

　　马婆还是每天去打牌，不过现在，到了中午就回家，把饭做好，吃完饭了再去打。儿女们呢，听说老人病了，每人寄回了五百块，老人根本就不花钱，这些钱，够马婆打一年的麻将了。现在，马广田老人也不再反对马婆打麻将了。事实上，自从那场病之后，马广田老人就没有说过话了。他几乎成了一个哑巴。

　　哑就哑了吧。把命保住了就好。

马婆这样安慰马广田老人。老人不说话，只是呆呆的，想，那一夜他见到父亲和爷爷的事，想，他见到的那个开满鲜花的湖泊。村里人呢，都以为他得了老年痴呆症，他听在耳里，也懒得解释。老年痴呆就老年痴呆吧。他的心里明镜一样的亮堂，他的心里只有湖，开满鲜花的湖。

不仅变哑巴了，还变傻了，一天到晚呆呆的，口水流出来了都不知道擦一把。马婆边摸着麻将，边对一起打牌的人说。

好啊。变傻了好啊。变傻了就享福了。人们感慨。

马广田老人呢，腿脚的力气恢复之后，就经常坐在湖边上发呆，一坐就是一整天，两眼呆呆地盯着湖面。然而，湖面上除了浮着一群鸭子外，什么也没有。有几次，他想去找麻师傅聊聊，这个麻师傅，年轻时也走过不少地方，也会讲一些古。可是，想到里面的那个女人，老人又为难了，好几次，快走到鸭棚，又折了回来。

自从梅雨过去之后，马广田老人就再没有见过那开满鲜花的湖。每天晚上，他都久久不能入睡，闭着眼躺在床上，他的心里全都是湖。月亮沉在湖底，一群鱼去吃月亮，月亮就碎了。有风吹过，鱼鳞一样的波纹在湖面上一闪一闪。龙虾在湖岸边挖土，鱼儿们在唧唧地亲嘴，水蜘蛛从湖面掠过，一朵花开了，一朵花谢了……然而，这一切只是在想象中。

也许，要等到明年的梅雨季节，才能再次看到那绝美的湖景吧。马广田老人痴痴地想。

这样的日子，一直持续到秋天。秋风起来的时候，雁儿开始从北往南飞。雁儿的叫声，把马广田老人从梦中惊醒。他突然觉得，自己的身体变得轻快了起来，像是浮在空中，就像那些透明的鱼浮在空气中一样。他推醒了打着呼噜的马婆。

马婆马婆，湖上开花了，我们去看吧。

马婆说，现在都几月了，湖上还开花……咦！你不是哑巴了么？你又会说话了？灵醒过来的马婆坐了起来，拉着马广田老人的手，且喜且忧。

我一直都会说话，是你说我哑巴了。开满鲜花的湖。

马婆眼里亮起的光突然黯淡了下去。说，又来了，你又来了。该死的。你这该死的，磨人的，挨千刀的。我真是上辈子欠你的，这辈子要受你的磨。

马广田老人不再理会马婆，他穿衣起床，朝湖边上一路小跑。他跑到湖边时，湖还是平常的样子，幽暗的水面泛着寒光。老人在湖边上呆坐了很久，天麻麻亮的时候，马广田老人做出一个决定，他要像他的父亲和他的爷爷一样，去寻找那开满了鲜花的湖泊。他偷偷解开了麻师傅的鸭划子，坐在船尾，船头就高高翘了起来。他撑了一下竹篙，把船划向湖中，他听见鸭子们在扯着嗓子叫，鸭棚里钻出来的麻师傅站在岸边上骂：

这是哪个缺德鬼哟，你把我的船划到哪里去哟？

马广田老人没有理会麻师傅，他望了一眼遥远的湖天交际处，慢慢划了过去。

驯牛记

　　还光着屁股在湖里捉鱼摸虾的时候，烟村人这么称呼他；结婚生子了，烟村人依旧这么称呼他；后来他都当爷爷了，烟村人还是马牙子长马牙子短地叫他。他从来不计较这些，好像他从来就是叫马牙子的，你要是叫马旺财，他一准不吱声，你再叫一声马旺财，他慢悠悠转过身，一脸狐疑地盯着你，那意思仿佛是说，这小子，你叫谁呢？马旺财？这名字很熟，谁是马旺财？马牙子，叫你呢！他一拍脑门，做出恍然大悟的样子，哦，原来您叫我呀！对了对了，我就是马旺财，马旺财就是我，您看您看，我这记性。你要是再追问一句，马牙子，你当真忘记你叫马旺财了么？马牙子这时却一脸精明，眯着眼，瞅着你笑。这笑里，是有深意，有学问的。这一笑，你就摸不清他的底细了，加之他一准会反问一句：你说呢？这句你说呢，是马牙子的口头禅，在关键的时刻，他都会来一句：你说呢？

马牙子是个快乐的人，仿佛他这辈子，从来就没遇到过不顺心的事。有什么顺心不顺心呢，天塌不下来。当真是，天塌不下来。可是在烟村，三岁的娃娃都知道，马牙子这辈子，就没有做成过一桩正经事。说他游手好闲也好，说他不务正业也罢，总之，他是没有正儿八经地种过一天地，打过一天鱼。别人打鱼，他坐在湖边看热闹。拉网起鱼时，鱼们从网里飞起来，惊慌失措，挤成一团，他就给拉网的喊号子，一二三呀，嘿呀嗬呀，加把劲呀，快起网呀。网越收越小，鱼的活动空间就小了，鱼们没了主见，没了方向感，东西南北乱撞，就是撞不出网。马牙子这时不为拉网的加油了，倒为那些鱼着急，拍了手叫，跳呀，往上跳，往上跳就飞出去了。

拉网者笑骂，马牙子，这鱼是你爹呀。

马牙子回骂，是你祖宗。

起网了，马牙子大大方方过去，从鱼堆里挑一条斤把重的草鱼，或是一条鳊鱼，拿草绳穿了鱼嘴，提起就走。拉网者说，狗日的马牙子，你抢劫呢。他一脸不解，说，我给你们喊号子啦，一条鱼都不值么？拉网者笑。马牙子也笑。

马牙子就是这样的人，在烟村，哪里有马牙子，哪里就会有笑声。

和所有的烟村人一样，马牙子梦想着发财。发财好呀，谁不想发财呢。可马牙子认为，发财是要讲究策略的，死做活刨一辈子也发不了财。就说这打鱼吧，风里来浪里去，一不小心把命搭上，也是常有的事。命都搭上了，还要那钱财有何用呢，一个人倒是浪里白条来去无牵挂，要是上有白发高堂，下有娇妻幼子，那可真是，凄惶了这老的老，小的小。这些理论，是马牙子对他老婆讲的。当时马牙子三十出头，娶了妻，生了子，妻劝他务点正业，不再想那些不可能的事，别做那些没边没际的梦，不如脚踏实地做点实事。马牙子说，还请妻子大人明示。妻子说，你可以去打鱼呀。马牙子就说出了上面的那通理论。马牙子接着说，再说了，咱们这烟村，水里到处都是钉螺呀，钉螺是什么你知道么？不知道我对你讲，钉螺呢，他妈的就是一种螺蛳，这种螺蛳它姓钉，就叫钉螺，水田里的螺蛳它姓田，所以就叫田螺。姓田的螺蛳可是好东西呀，煮了炒了都好吃，可是这姓钉的螺蛳呢，就没那么简单了，它的肚子里都是血吸虫呀……妻子且笑且恼，说，不就是水里有血吸虫么，绕那么大一个弯子！

这就是马牙子。

马牙子说话总爱绕，云山雾罩的。妻子被他说服了。能不说服么？村里的渔民，死于血吸虫病的还少呀！于是妻子又给马牙子指了另一条发财路，老老实实种田。马牙子一听要让他老老实实种田，就跳了起来，从厨房里摸出一把刀，将刀递给妻子，然后呢，弯下腰，抻长脖子，指着后脖子说，你一刀杀死我。马牙子抻了半天脖子，一摸，脑壳还在脖子上。于是正色地说，你看看，这烟村，老老实实种田的，哪家发财了，你要是能数出十家来，我就老老实实种田。还真数不出来，于是说，可是，一家人要吃饭。

马牙子一脸惊讶，我们全家饿肚子了么？

妻说，倒是没有。

那不就得了。日他姐子的，我就不信了，农民就一定得种田，不种田会死人？

说来也怪，大家在农田里累得要死时，马牙子背着双手在路上瞎转，在树荫下纳凉；别人在湖里泡着时，他在岸边看热闹，也没见他怎么忙；别人家吃大米饭，也没见他家喝稀粥；别人家吃鱼，他家也没少鱼吃；别人家过年杀猪，他也杀猪。当然啦，也有看不惯他的人，多是些长者，自认吃的盐比人吃的饭多，过的桥比人走的路多，就爱拿自己的人生经验来教训马牙子，马牙子笑嘻嘻，让人家说。说完了，他回问一句，您说开心了么？要还没说过瘾，您继续。也有那一辈子奉行死做活做的人，见马牙子整天衣不沾泥，搞得像个干部，也爱说他。反正这烟村，谁都可以说他，他是出了名的好脾气。他呢，说，猪往前拱，鸡往后刨，各有各的活法。你要问他，你往前拱还是往后刨？他笑眯眯地回一句：你说呢？

日子如流水，这话，对于烟村人来说，是深有体会的。

烟村到处都是水，稻田的流水连着沟渠，沟渠的流水连着湖港，湖港的流水连着洞庭，洞庭的流水连着长江，长江的流水流到哪里去了呢？烟村的老人中，只有马牙子知道，只有他见过长江的流水是怎样流入大海的。老人们于是说，那个海怎么总也装不满呢？这样的问题，就不是马牙子能回答得了的啦。他对这样的问题也没有兴趣。总之是，日子就像水一样流走了。突然，有那么一天，马牙子发现，他老了，说话间就老了，他六十岁了。六十一甲子，现在是，儿有了，孙有了，马牙子突然觉出一些不甘，一些悲凉，心底的遗憾就丝丝缕缕往上爬，把他的心结成蛛网。

马牙子变得不快乐了。

湖是依旧的平静，依旧的丰饶。

马牙子坐在湖边的柳树下，盯着风情万种的湖，他回想起了自己这几十年的人生路，他发觉，自己这一生，就像是个玩笑，开开就没了：他贩过银元，因此还坐过两年牢，罪名是投机倒把，那是他一生中的耻辱，他这样认为……他卖过老鼠药，有那么一阵子，烟村四邻八乡的，没有人不知道马牙子，骑着辆永久牌自行车，龙头上挂着人造革的包，包里面装着老鼠药，龙头上还装了个喇叭，喇叭里不停地唱《世上只有妈妈好》……他还会什么呢？剃头、阉鸡，给人看相。记不清从哪儿弄回一本《麻衣神相》，他没怎么花工夫就弄通了，他就到处给人看相……几十年的光景，就这样，浪过去了。回想起来，马牙子觉得，这辈子，也值，也不值。值的是，他没像别的农民活得那样累，又是种田又是打鱼的；不值的是，他没能干成一件说得出口的事。当然，他也是有过机会一举成名，干成大事的。大集体那会儿，大队组织了科学小组研究插秧机，马牙子自告奋勇搞科学攻关，他是组长，一个木匠一个铁匠是副组长，三人组成科学小组，研究了一年，做出了一堆插秧机，没一台能使的。这是他的遗憾。当真是遗憾啊。当然，他也有过成功的时候。那时，农村人还没见过电风扇，都使芭蕉扇，他突发奇想，做了几把木页子固定在轴上，轴上装上皮带，下面连着脚踏板，只要脚下轻轻地踏动，轴就会转起来，轴一转就有风了。风还怪大。他给那机器取了个名字：

自动扇风机。

他的自动扇风机远近闻名，参观者络绎不绝……

这个下午，马牙子坐在湖边，仔仔细细地回想了他这一生，总结了他的这一生。最后，他骂了一句，日他姐子的，人生一世，草木一秋！

现在该说牛了。

这烟村，往东五十里是洞庭湖，往北五里是长江。长江以南沟港湖汊密布，有小山丘陵星散其间，山多楠竹、多桃树。湖港鱼虾肥美，水草丰茂。据说这烟村，四百年前，是建宁古城所在，明末毁于地震，如今的农民，常从地里刨出明钱、古砖、老墓，巨大的石头上雕了花纹……烟村的农田，都是湖泥淤积而成，种什么长什么，什么也不种就长蒿草，长三角草。蒿草一人多高，比胳膊还粗，三角草的叶子像芭蕉叶那样肥嫩。湖边是小山，山上野花真多，春天多的是十姐妹，金银花，秋天漫山遍野的菊花。有鸟，很多鸟，长腿的鹭、秧鸡、鹌鹑、野鸡……烟村的人并不知道，这里的生态地理，还有个说法，叫湿地。湿地区的水田，泥脚深，农民使的牛全是水牛。黄牛不成，黄牛力小，一下去就起不来了。

过了长江是著名的江汉平原，千八百里一马平川。平原人不种水稻，他们的孩子，长到十多岁，来到江南，见了水稻很惊讶：原来吃的米长在水里呀，我还以为结在树上呢。于是，那孩子的话成了笑话，在烟村被人传了不知多少年。江北全是旱地，产麦子、高粱、大豆、花生。平原上最美的是棉花。棉花在开的那天是浅黄色，那种黄很淡，远远看去，几乎就是白色，到第二天就变红了，暗红，像穿旧了弄脏了洗皱了的旧衣服，第三天就谢了。

江北人富裕，忙碌，生活却过得粗糙。

江南经济差点，人却闲得多，生活自然就过得精致。因此，江北的女孩都想往江南嫁，江南人有情调呀。江南的女孩呢，也想往江北嫁，江北富裕嘛。这叫缺什么补什么，人嘛，总是看着别人生活好，觉得别人的生活比蜜甜呢。

因了地理的关系，烟村的孩子少见黄牛。偶见了，咦！什么怪物？非牛非马的。

这年春天，烟村的一群水牛在江边吃草，吃饱了，抬头望江北，江北也有一群牛在吃草。烟村的水牛纳闷了，想，江北的牛，花花绿绿的，倒是好看。于是抬起脖子喊：

哞！哞哞，哞哞哞哞哞！

谁知道它们说的是什么牛语呢！

江北的牛也喊。然后，江南的水牛就兴奋了，它们一起下水，横渡长江，和江北的黄牛兄弟姐妹们欢聚了一场，天黑前又游了回来。这样的事，从前也是发生过的，也没出什么意外。然而这次不同，这次，一头刚成年的母水牛，爱上了江北高大威猛的键子，他俩一见钟情，春风一度，回来之后，小母牛就怀上了。

这牛的主人就是马牙子。

马牙子本来反对养牛的。又不种地，养什么牛呢？

这些年来，儿子马龙、马虎在外打工，混得不错，他又不缺钱花。再说了，他都六十岁啦，也感到力不从心了，没有了往日的那份到处跑的心。六十岁生日那天，他就当着一家人的面宣布，从今天起他要退休了，再也不为一家人的衣食挖空心思想招挣钱了。可是呢，老伴发话了，说，农民还退休？当真是新鲜。人老骨头枯，正好做功夫。买头小母牛养着，一年下一头小牛呢。

马牙子说，买牛我不反对的，你别指望我放牛。

马牙子不喜欢牛，不喜欢被琐碎的事给绊住。他想天马行空，喜欢自由自在。果然，他就从来没有放过一天牛。就连小母牛要生小牛了，他也懒得去管。一头牛就够烦人了，还多生出一头来。

老伴喊，马牙子，死马牙子，来帮个忙。

马牙子皱着眉，脏得要死，是你要养牛的。

生小牛呢。老伴说。

那就更不能去看啦，一个大老爷们，看母牛生小牛，别人笑话呢。男女授受不亲。

他总是有很多歪理，而且还爱用些半通不通的词，他觉得这样很有文化。老伴也不明白什么叫男女授受不亲，也不知道马牙子这词用得对与不对，她知道马牙子是不会来帮忙的，只是母牛下小牛，她心里没底，紧张，想和马牙子说说话，听到马牙子的声音她就不紧张了，她知道，别看这老头虚头巴脑一辈子，可真要有什么事还得靠他。她实实在在打心眼儿里佩服他的。

这烟村，哪个不说她命好？快六十的人了，愣是比别的同龄妇人看上去年轻两三岁。

马牙子嘴上说是不管，可心里也还是当心着牛。听见老伴叫生下来了时，他的心也就放下来了。老伴接着又尖叫了起来，马牙子马牙子，你看看你快来看看。

他就再也坐不住了，又出什么事啦？

从椅子上弹了起来，几步到了牛棚，脸上就乐开了花。

日姐子的，有意思，真有意思。

老伴的情绪却不高，说，怎么会这样呢，怎么会生头白牛呢，白牛就不值钱了。

马牙子却说，白牛好哇，白牛多好！

人有时就这么奇怪。你说这人和人吧，有的一见面就能成朋友，刎颈之交，有的人呢，天生就是有仇的，怎么也捏不到一块儿，见面就掐，转身就咬。动物和动物呢，也是这样的。狗和鸡，就能和平相处，你说这狗，脾气再坏，也能容忍鸡对它的无礼，在它的鼻子上啄一下，在它的尾巴后刨两爪，都没事，也不恼，可是一见了猫，就像见了仇人，非要去追，要咬，要分出个子丑寅卯，猫都上树了，还围在树下乱汪。你说这狗，为啥就偏和猫过不去呢？人和动物也是这样。用烟村人的话说，叫一头牛服一根鞭竿。人和动物，有时也要对脾气，脾气对上了，动物和人就心灵相通了。牛也是通人性的，特别是，当这牛老了，不中用了，干不成活，拉到杀场去杀时，它就会知道，会流泪，那么大的眼，一眨一眨，眼泪汪汪，直把你的心流软，流痛。

马牙子和这小白牛，就是前世有缘，今世来了。就说这马牙子，平时拉都不拉下牛的，自从得了这小白牛，就像变了个人似的，欢喜得不行。母牛才下小牛那天，老伴正说要去割点草来喂牛呢，结果马牙子不见了，到处叫不见回声，再叫呢，看见一捆青草从湖边走过来了，青草底下传出个声音，帮我接一下。居然是马牙子。可真是太阳打西边出来了，他几时割过牛草呢？

老话说，母以子贵。这话，倒是真真儿地应在了这牛身上。

烟村人就时常可以见到马牙子出去放牛了。马牙子背着手，牵着母牛，一副干部样子。小白牛一会儿在母牛屁股后面拱两嘴，吃奶，一会儿又奋蹄在前面一阵撒欢地乱蹦，身子绷起来，弹开，像一张弓。马牙子眯着眼，看着小白牛。喷他的口头禅：日姐子的。

你见了马牙子在放牛，开他的玩笑，说，咦，马牙子，一家三口蛮悠闲的嘛。

这话摆明了要拿他开涮呢。要是搁平时，他定会反唇相讥，指着你说，儿子，想吃你妈的奶了么？又对牛说，你儿肚子饿了呢。现在呢，他不说什么，眯着眼笑。你要是再说，马牙子，日怪呀，这小水牛，怎么会生出一头小白牛呢，像你一样白。这意思，是笑他，说这小牛是他马牙子下的种呢。你要以为他没听明白你这骂人的春秋笔法，再直接一些，说，马牙子，这小白牛会是谁的种呢？马牙子一乐，说，这事你还问我？你说呢？

小白牛一晃就半岁了。长得结实。全身通白。在烟村人的说法里，白牛不吉利，因此谁家的母牛下了白牛都要愁死。牛稍大点，就卖给牛经济，要么拉去杀肉，要么把牛毛染黑拉到湖南去卖。马牙子却把这小白牛给结结实实地养了起来。你又开他的玩笑，说，马牙子，你养着这小白牛干吗呢，日牛逼呀。这次，从不生气的马牙子可恼了，跟你急。

马牙子在放牛的时候爱胡思乱想，也是灵光一现吧，他突然有个伟大的想法，就兴奋了起来，乐得合不拢嘴。回到家，老伴问他，傻啦，一整天都哈着个嘴笑？他笑眯眯地对老伴说，他要做件大事，他这辈子没做成什么大事，这次定能成。老伴对他要做大事早就见怪不怪了。这辈子，总这样，突然发了疯，说是要做件大事，结果呢，一辈子也没有做成。老伴并没有上心。

马牙子附在老伴的耳边，轻轻说出了他的伟大计划：

日姐子，我要教小白牛跳舞！

马牙子再次成了烟村人议论的焦点，成了烟村人的话题。马牙子是个最最不甘寂寞的人，他喜欢成为焦点，成为话题。人过留名，雁过留声。要不然，人生一世，草木一秋。生了。大了。老了。死了。埋了。有什么意思呢？

马牙子牵着他的小母牛，来到湖边的空旷草场，还抱着个录音机，他要给小白牛放音乐。对于驯牛，这可是从来没有先例可循的，一切只能靠他的想当然。他认为音乐是必不可少的。然后呢，他在小白牛的面前示范些最简单的动作。摇头晃脑。当然，不是简单的摇头晃脑，而是随着音乐的节拍来。他先放了湖南花鼓《刘海砍樵》，这段马牙子也是会唱的，他就跟着哑起嗓子唱，边唱边晃动着头。

小白牛呢，望着马牙子，心说，抽什么疯呢？

不理他。小白牛继续吃草。

马牙子倒不急，他知道，要驯小白牛跳舞，不是一朝一夕的事，他急什么呢。小白牛没能明白主人的心思，不理他，又觉得，这盒子里放出来的声音难听得要死，就有些不耐烦了，吃草都不安心。

马牙子要驯小白牛跳舞的消息，自然很快就在烟村传遍了。看他驯牛的，来了一拨又一拨。来了，先是盯着在摇头晃脑尖喊怪叫的马牙子看，又盯着那只顾吃草的小白牛看，然后一脸狐疑地问，马牙子，又在搞什么鬼？

没看出来么？驯牛呢。马牙子一脸正经。

驯牛？

驯牛都不懂，真是没文化呀，当初老子要你读书你却要放牛，结果呢，连驯牛这样的词都听不懂，老子在教牛跳舞呢。

你自己会跳么？老师都不会跳，怎么教学生呢？

马牙子，马牙子，你这样教法，牛没有学会跳舞，倒学会跳大神了。

马牙子，你又在动什么歪心思？是想把牛驯好了卖个高价钱吧。我对你说，你这白牛除了卖肉，没人要的。

马牙子"叭"地关了录音机，一挥手说，滚滚滚！

然而看热闹的人并没有滚。马牙子呢，就开始手舞足蹈地描绘起他的宏伟蓝图来。他说，将来牛驯成了，他就要带着他的牛走南闯北，想看牛跳舞，那行，交十块钱，十块钱不多吧，十块钱就看一次牛跳舞，你们有谁见过牛会跳舞呢？对，听都没有人听说过，更别说看。当然啦，你们这些人，我是不会收那么多钱的，就收五块钱吧。

马牙子当真是个人来疯。越多人看他越来劲，越多人打击，他也越来劲。你们不是说我这牛驯不成么，我就真驯成了给你们看。然而，看马牙子驯牛，也没有太多的可看之处，一开始，人们都还有着高涨的热情，以为他真能把这牛驯得会跳舞呢，别说跳舞，就是驯得能听人的指挥摇摇头呀，握握手呀，那也是蛮有意思的嘛。然而无论马牙子如何卖力，也无论群众的激情是多么高涨，那小白牛才不理会这些呢。它想，这些人都发了什么疯呢，都来看我，我有什么好看的呢？不过，它很快也发现了，它是非同一般的，它是一头白牛呀，比起那些黑不溜秋的同类来说，它是不折不扣的美人呢。然而，人们很快就对马牙子失去耐

心了，于是，渐渐地就没有人看他驯牛了。有什么看头呢，翻来
覆去就那么几招。牛都烦了，人还不烦？那些没有去看过他驯牛
的人，就开始放马后炮了，说，马牙子，他那不就是个笑话么？
他说教牛跳舞你们就相信呀，就去看呀，他能教会牛跳舞，老子
还能造出原子弹呢。

冬天说到就到了。马牙子的老伴劝他，别再傻乎乎的啦，你
知道别人怎么议论你吗？他们都说你是疯子呢。马牙子不理会老
伴，风吹不倒雷打不动，雨雪也不能耽误他的驯牛课程，结果
呢，到了寒冬腊月，牛还不会跳舞，他倒是学会跳舞了。他要自
学呀，跟着电视里学，跟着录像带子里学，他是真怕自己的牛跳
舞没有学会，倒学会了跳大神。他可是真的和这牛摽上劲了。要
说马牙子怎么就这么死心眼呢，他就没有怀疑过自己么？这事就
不好说了。总之呢，他是没有停止过计划。话又说回来，毕竟他
从事的这项事业是太孤独了，在这烟村，除了成为笑谈，是没有
人会理解的。没人理解无所谓呀，他马牙子一辈子做了多少没人
理解的事。可是他希望得到关注，没有人关注他了，他就觉得寂
寞，觉得无聊，觉得前途有些茫然。

风从江北来，带着江面上的寒气。

马牙子找一处背风的地方驯牛。一个月前，他开始了新的奖
惩措施，反复地让小白牛做晃脑袋的动作，他一手抓住小白牛的
一只角，随着音乐的节奏左右晃动小白牛的脑袋，左一晃右一
晃，晃得小白牛眼冒金星。小白牛也生气了，日姐子的（它也学
会这句了），老子不晃，你摇死老子也不晃，把你的头这样摇你

舒服么？小白牛再犟，犟不过马牙子。那时节，小白牛已断奶，开始吃草了。马牙子手中拿着难得的鲜草和鞭子。草儿在前，鞭儿在后。你不晃？老子不给你草吃，鞭子却很少派上用场，他舍不得打小白牛。渐渐地，小白牛明白了一个道理，要想吃到草，就得摇头晃脑。于是它不再反抗，它学会了摇头晃脑。这小小的进步，让马牙子暗暗高兴。可这进步实在是太小了，小白牛现在只是学会见了草就摇头，这有什么呢，好多牛从来没有教过，见了草还会点头呢。

风还在刮。

空气干冷干冷。

人家都窝在家里向火呢。马牙子看见有几个放野火的娃娃，于是喊他们过来。娃娃过来了。他问娃娃们，想不想看牛跳舞呀。娃娃们一起冲他做鬼脸，说，咦，吹牛。娃娃们也不同他玩。偶尔的，还有一两个好事者，见到了他，会关心一下他驯牛的进展。

马牙子，你的牛会跳舞了么？

快了快了。马牙子说。

要快点啦，你都六十多了，小心牛没有驯出来，你先去阎家五爹爹那里报到啦。

到第二年春天，人们都忘记马牙子驯牛的事了。到第二年的冬天，有人突然遇见他在教牛随着音乐节拍晃头，说，咦，马牙子，还在教牛跳舞呢？后来大家再见到他驯牛，就像没有看见一样。好像是，马牙子从来就是这样的，喜欢和牛一块玩，不喜欢和人玩。马牙子变了，他都变得不爱和人说话了。经常发呆，想问题，一个人偷着乐。这变化，只有他的老伴知道。老伴愁死了，还不敢劝，一劝他就跑进厨房，拿出刀来，抻长脖子说你一刀杀了我。老伴后来都烦了，说，你就会这一招，不会玩点新鲜的？他说，好，我玩点新鲜的，跑进房里找出一根麻绳，说，你把我勒死算了。老伴哭笑不得。儿子们呢，知道老爹这脾气，你越反对他越来劲，也不理会他了，由他折腾去吧。

马牙子六十五岁那年，对老伴说，老太婆呀，我今年想过生日。大过！

老伴说，好呀，大过就大过！

两个儿子也觉得没问题，大过一次，还可以收些礼金呢。于是按烟村的风俗请客，三姑六姨左邻右舍的都来了。那时节，正是秋高气爽，秋庄稼也入了仓，人们正闲着，来的客人就格外多，鞭炮声从清早响到中午，没有停过，门口的禾场上，积了厚厚一层红鞭炮屑。娃娃们在寻那些没有炸掉的炮竹，点上火，一扔，"叭"，一扔，"叭"。冷不丁吓人一跳。

烟村的红白喜事，是孩子们的节日！

来了一些老友，说些寿比南山福如东海的话，说些忆往昔看今朝望将来的话，就到中午了，要开席了。开席前自然是要拜寿的。儿子、儿媳、孙子，齐齐整整，面前站了一排。马牙子穿着黑家布唐装，端坐太师圈椅子上，像个老地主，一脸春风得意地接受着儿孙们的祝贺。然后，督管先生就喊一声，开席啦。马牙子突然站起，说，慢。

大家都盯着他，安静了下来，看老寿星有何话说。

他却不说话，直奔牛栏，把他的小白牵过来。小白身上，搭了件印着大团黄花的被单，角上还扎着两把野花，尾巴上系着红布绸，也不知他何时把小白牛给扮上了！来客们先是发愣，继而想起他驯牛的事，这架势，难不成是让牛表演跳舞？

马牙子大声说，各位，各位，请不要出声……小家伙们，别放炮了，再放炮把小鸡鸡割了。

马牙子一脸神秘，他抱出录音机，手指轻轻一摁，音乐响起。

小白牛望望马牙子，又望望周围的人，一动不动。

马牙子急了，自己先示范了，左一晃，右一摇。

小白牛想，哦，原来是让我跳舞呀，这么多的人，我害怕呢，我不敢跳。

小白牛猛地见了这么多人，怯场了、发愣了，愣在那里发呆呢。

马牙子急了，这不是让老子丢人么！马牙子急得头上直冒汗，说，你跳呀，你跳呀。日姐子的，不跳老子一刀杀了你。

当真从厨房拎出一把刀，杀气腾腾就冲那小白而去。客人见他拿刀，有手疾眼快的，上前就抱住他，夺了刀。马牙子还在那人怀里一跳一跳的。有人就慌着把牛牵走了。有人把他按到座位上，劝他消消气。有人又放了鞭炮开席吃饭，喝酒。

它会跳舞的。马牙子安静了下来，说，它早就会跳了，我一直把这事憋在心里没有说，我对谁都没有说，就是想让它今天露露脸。

知道，我们知道。小白是会跳舞的了。来，喝一杯。

真的会跳。

是的是的，真的会跳。我们都信您。来，再喝一杯。

你们真的信么，你们才不会信呢，你们肯定在心里笑我。

喝了很多酒。马牙子还在说，小白是真的会跳舞。

马牙子醉了。一觉睡到半夜，醒过来，口渴得不行，说，水。

老伴一直没睡，听他说要水，慌忙给他倒开水，风中渗凉，试了不烫嘴，说，不能喝就少喝点，你以为还年轻呀。

马牙子咕嘟咕嘟喝完一缸子水。抹把嘴，盯着老伴，认真地说，小白真的会跳舞，只要我一放歌，它就会跟着歌来晃，先晃头，左一晃，右一晃，左一晃，右一晃，然后呢，随着我的手势，它就开始走舞步，嘣嚓嚓嘣嚓嚓，嘣嚓嚓嘣嚓嚓，很有节奏，前走几步，后退几步。它跳得好看，明天我让它跳给你看。

老伴说，好啦好啦，我相信，睡吧睡吧。

马牙子倒头又睡下了，一会儿又打起了呼噜。老伴盯着马牙子，长叹一声，也睡了。

烟村的夜，安静得像一个梦。

子建还乡

公元二○○五年冬天，在南方谋生的设计师子建回到阔别多年的故乡。从温暖的客车里出来，子建感觉到冷。风像小刀直往他脸上割，左一刀右一刀，割得慢条斯理，却刀刀到肉，几刀下来，他的耳朵就生痛了，脸上有辣辣的感觉。子建不管这些，把硕大的牛仔包朝背上一甩，放大步子往家走。镇上灯光消逝时，乡村的月光就亮了起来。一轮清冷的月，寂寞地挂在空中。子建抬头望月。故乡的月。子建当时想到了嫦娥和她的广寒宫。

从镇上到家，有十好几里路程。公路在夜色中，泛着清冷的白光，路两边，偶尔可见一些瘦小的树影。再远些，左边是一望无际的稻田，稻子早入了仓，田野里光光的，显出几许荒凉；右边是湖，湖较从前似乎胖了许多，有点无边无际的意思，水面回映着月光，月光更加清冷，湖愈发深不可测。乡村还在昏睡之中，鸡不叫狗不咬，只有被寒霜冻脆的草，在子建的脚下咕吱咕吱浅唱低吟。子建有些害怕，怕湖里的水猴子突然爬上来，将他一把拖入水中。他知道，这些，不过是烟村人以讹传讹，拿来吓人的鬼话，子建还是紧张。初中毕业后，子建就离开了烟村，先是在县城高中，后来到了省城读大学，再到南方谋生，对于乡村，他多少有些陌生。

子建四年没回过家了，主要是没时间，在广告公司做设计师。广告公司大抵都是这样：一个萝卜一个坑，拔了这个萝卜，老板就得另找个萝卜把坑填上。公司不好请假，妻子二凤是知道的，可二凤唠叨了好几天，说起来眼泪流。子建想，也许二凤的话有道理。去找老板请假。老板问请假为何事。子建想了想，说，岳父死了，回家奔丧。老板盯着子建，脸上变幻出狐相，问，你有几个岳父？子建蓦地想起，去年来了同学，想陪他们在深圳玩几天，请假，也是说岳父死了来着。狐精狐精的老板，当真好记性。子建说，去年说是要死了，结果在鬼门关转了一圈，又回来了，这次，真死了。老板看子建悲戚，不像演戏，说，愿这次真死了。请到假，子建一脸喜悦回家。二凤说，你怎么说的，老板就准了假？子建实话实说。二凤拿手在子建胳膊上重重一拧，说，怎么不说你爸死了。子建笑着说，我爸不该死，你爸该死。二凤就开始交代子建，回到家该怎么说，又去超市大包小包往回拎，直到子建说别再拎了，再拎把超市搬回家了。

子建背上这小山样的包，是二凤的杰作。子建背着二凤的杰作，走不到二里路，就汗流浃背了。他把包放下，手伸进后背，把湿透了贴在肉上的衣服揭起来，冰凉的风直往里蹿，见缝就钻，一下子就钻进了他的肺里。子建这样走走停停，远远看见了家门，脚步越发地快了。远远地，看见前面大路上，一个黑乎乎的影，子建疑心是母亲，叫一声妈。果然是母亲，说，子建么？狗就叫了起来，狗一叫，鸡也跟着凑热闹，跟着叫。母亲骂狗，死狗，死一边去，也不认个人就乱汪。一脚，正踢在狗肚子上。狗汪一声，一肚子委屈，躲在屋角，又低声汪汪两声，见主人对来人的那亲热劲，对它的那个凶，大约明白了，来者不是一般人物，也就心平气和了。母亲骂完狗，又骂鸡，叫什么叫，一会儿就杀你，又去骂父亲，说子建回来了，背这么沉的东西，你也不起来接一下。

子建说，让爸睡。

母亲说，那……你也去睡，知道你要回，床都铺好了。

子建睡在床上，想，我是真的回家了。有些困，迷糊中，听见鸡在哀鸣，扑腾，渐渐没了声响，听见母亲舀水的声音，刷锅的声音，想，明天还要去岳父家。想，岳父岳母，都一大把年纪了，何苦来哉，想……就入了梦。子建梦见了一片狗尾草，狗尾草在风中摇曳。在梦中，他还是孩子，光脚板走在狗尾草中，穿过狗尾草，他看见了一座庙，庙里有个姑子，姑子穿灰布的袍子，姑子见他，冲他笑，姑子的笑声时远时近，子建就惊醒了。

见子建醒了，母亲就开始擦桌子摆饭。

　　子建才知道，一觉睡到了上午九点。

　　刚坐好，还没有吃呢，听见有人在一声长过一声地叫父亲去打牌。

　　父亲拿着筷子，站到门口答应着，喊，楚胡子，楚胡子，来喝一杯。叫楚胡子的就到了门口，说这么晚了才吃饭？咦，来客了呢。母亲起身，去添了一副碗筷和酒具。楚胡子说他是吃过了的。母亲说，吃过了再喝点酒。楚胡子就坐下来了，这才看清所谓的客，原来是子建，惊道，子建几时回来的？！胖了，魁梧了。在外工作怎样，发财了吧，这些年在外赚了几百万？子建倒抽一口凉气，想这楚胡子，说话也不怕风大闪了舌头，嘴上却说，楚叔叔还是那么爱说笑，几百万！我又不抢银行，哪里去挣几百万？黑子发财了吧！

　　黑子是楚胡子的儿，和子建是老庚，光屁股玩到大。黑子初中毕业后出去打工，子建大学毕业后，也出去打工，两人很多年都没见过面了。

　　楚胡子笑眯眯地说，混得还行吧。

　　父亲说，哪里是还行呀，黑子发大财了，千万富翁。去年回家，开着小车，给家里盖了新楼，花了几十万。子建顺着父亲手指的方向，果然看见山脚下有一幢扎眼的新楼，望上去颇为壮观，脸上现出自惭形秽的神色。

　　楚胡子说，听人瞎吹，哪里就千万富翁了。我估摸也就一二百万吧。他要真有个千把万，就不是那个排场了。

　　父亲说，说的倒是。

子建问，黑子在哪里做呀？

楚胡子说，黑子也在深圳呀。对了，他上次回家还问起你呢。

子建脸上有了些许的喜色，但那喜色转瞬又被失落替代。子建又问一句，黑子是开厂了么？父亲接过了话，说，黑子在深圳开了一间……听说叫什么……什么福建城？你说这黑子也真是的，我们与福建隔了几千里，怎么就叫福建城？楚胡子说，鬼知道呀，我也这样问他呢，说是那边都这么叫。子建想起了，老板是带他去过福建城的，深圳有很多福建城，福建城都做相同的生意。他还想起了那个福建城的小妹，子建有些兴奋……起身给楚胡子倒酒，又问楚胡子要了黑子电话。喝了一会儿酒，说了一会儿话，子建已不胜酒力。借着酒劲睡了一会儿，下午在家发呆，好在和名叫管家的黄狗混熟了，走到哪里，管家就跟到哪里。子建闲得无聊，在野地里瞎转。管家成了他最忠实的伙伴。

云压得低，乡村的天空就矮了。

一群寒鸦从天上刮过，齐齐中弹一样，落在收割后的稻田里。稻田立刻就黑了一片。风比晚间刮得更急，更狠，在树梢上尖叫、狂欢、奔跑，像一群穷凶极恶的莽汉，手中抢着大刀片子，一刀紧似一刀，勇往直前，砍向一切挡住它们的东西。湖却清白得发冷，发硬。水也干瘦，山也枯寒，乡村冬日的山山水水，很有点锋芒毕露的意思。

怕是要落雪了。子建想。要是回来能看见雪，那也是美好的事情。

子建在野地里瞎转，想找回些美好的回忆。然而子建眼中的乡村，多少是与他记忆中的乡村不符了，他记得的，都是乡村美好的景致：田野里铺满了紫云英，杨柳绿得干湿浓淡，桃也鲜红李也粉白，鸟鸣山幽，农人在田间忙碌，牛羊在坡上吃草，燕子在衔泥，蜻蜓在点水……走过一座桥，子建觉得，这桥也不真切了，记得这座桥，是要比现在大得多的。桥下一条水渠，确实瘦了好多。又走过一道小山岗，子建惊奇地发现，山岗的后背，居然冒出了一间小庙。庙的周围，是梅子林。穿过梅林，远远闻到香火的味道。进得庙里，光线就暗了下来。守在庙里的，居然是个姑子。姑子穿着灰布的道袍，见了子建，面无表情。子建觉得这姑子眉眼很熟，又不好盯着她看。在庙里小站了一会儿，就出去了。走到庙门口，转身回望，那姑子也正在看他。子建和姑子的目光就撞在了一起。子建慌忙走了。走远了，心还在乱跳。子建觉得这姑子穿了道袍还很好看，觉得自己简直是有些莫明其妙。

回到家时，天就擦黑了。一路上丢了魂似的，没想出来，在什么地方见过那姑子。

怕是要下雪了。子建说。子建渴望着一场雪。

是呢，怕是要下雪了。母亲也这样说。

下午，我去山后面的庙里。子建说。

母亲哦了一声。父亲也没说什么。

看见一个道姑。那道姑，眼熟，像在哪里见过。

母亲没接子建的话茬，坐一会，寒意愈发浓，像老鼠在咬脚，子建打热水泡了脚，就钻进被窝睡了。

　　这一晚，子建睡在床上，听着风在树梢上跑过的声音，偶尔一声两声的狗子叫。子建的眼前，就浮现出了那山背后的小庙，小庙里的姑子，姑子那似曾相识的眼神。子建想，要是下一场雪就好了，雪停了，一地的雪，乡村的夜，清白干净，他趁着雪光，踏雪寻梅。多年前，子建读初中时，爱看《聊斋》，那时，多么渴望能遇见一只狐仙。

　　狐仙终没出现。明天，他是要去二凤家的。可是，如何去说呢？子建素来是讷于言而敏于行的。让他干什么事，于他来说不难，可让他去耍嘴皮子，那真真儿是难为他了。算了，不去想岳父岳母的事。子建就想二凤，想二凤，此刻怕是还在加班。又想黑子，黑子居然挣了几百万。想福建城，深圳到处都是福建城。想阿莲，那个福建城的小妹。小妹说她叫阿莲。子建知道，那不是她的真名。想，那姑子。想狐仙。想，该下一场雪。

　　子建此番回家，是有正经事要办的。岳父承包砖厂，发了点小财，烧包得不行，赶了回时髦，包起了二奶，那二姐，听说和子建一般年岁，长得好看，在镇上开烟酒档，听说那烟酒档是岳父出钱开的。子建初听这事，差点没把肠子笑出来。你说一个老农民，奔六十的人，居然包起了二奶，怎么想都觉得滑稽。

　　二凤冲捂着肚子笑的子建就是一脚，是真踢了一脚。

　　你还笑得出来？！

　　二凤生气了。子建想忍住笑，终是忍不住。

　　二凤说，你就笑吧，你就看笑话吧。

　　二凤说着就哭了。二凤一哭，子建就再也笑不起来。岳父包二奶，于子建来说，本不是问题，风吹皱一池春水，干卿何事？他没太当回事，没觉出事情的严重性。二凤一哭，问题就严重了，子建才觉察出，岳父包二奶的问题，不是别人的问题，是他和二凤的问题。问题出来了，就要想办法解决。二凤先是给父亲打电话，打了电话，又不知怎么启齿，只是问一些砖厂的事，问父亲的身体，又说她在外面的情况。这次，二凤倒不像平时报喜不报忧，说在外一切好，而是改变策略，诉一大堆苦，说她的难，说她和子建结婚这么久都不敢要孩子，不是不想要是不敢要，说他们现在还租房住，说厂里加班如何厉害。说大凤日子过得也不强，大姐夫去了，大凤一个人又要打工又要照顾孩子。

　　二凤的意思，是想告诉父亲，别以为你现在有点小钱了，日子过好了，儿女们又用不着你操心了，就可以胡来，就可以去包二奶，去把钱胡掷了，其实，你肩上的责任还重着呢，女儿们的日子，过得并不好。

　　应该说，二凤的策略是正确的。总不能，在电话里直接和父亲谈二奶的事。再说了，人都有逆反心理。二凤用的是悲情策略，希望以此来感化父亲，让父亲三思而行，及时悬崖勒马。二凤还在电话里提醒父亲，现在做得动，要多为儿女们想，将来老了做不动了，才能指望着儿女们的回报。种瓜得瓜，种豆得豆。二凤说，不仅我是这意思，子建也是这意思。二凤说这话，是有前提的，她就姐妹俩，没有兄弟，父亲百年之后，还要她们送终。

岳父大人并没悬崖勒马，岳父大人说你们日子不好过就对我说，没钱我明天就给你寄。二凤说不是钱的问题。

不是钱的问题是什么问题？这年头，一切问题都是钱的问题。没有钱什么问题都来了，有了钱，什么问题都不成为问题。

子建当时听岳父大人这样说，就觉得，可别小看了这老农民，对现实的洞察与把握，比他这大学生要深刻得多。

二凤见给父亲打电话解决不了问题，就给母亲打电话。

母女间，倒是无话不谈，只是母亲拿起电话就哭，母亲一哭，二凤也跟着哭，哭完了，母女二人共同在电话里声讨狐狸精，声讨没良心的。这样的声讨，除了能让母亲在心理上平衡一点，没有作用。不仅没作用，还起了副作用。二凤在电话里说，妈，您放心，我站在您这边，子建也是站在您这边的，我姐也站在您这边。

本来呢，子建的岳母是不太敢和岳父去闹的。那个女人，她是见过的，见过了，她就自卑得要紧，害怕得要死，就不敢去与男人作斗争了。有了女儿女婿表态，子建岳母就有了底气，于是开始与她老公闹，一哭二闹三上吊。开始时，闹一闹，子建岳父觉得理亏，也就隐忍了，后来她见占了上风，就有了些乘胜追击的意思，不再给子建岳父做饭洗衣，不再给他好脸色看。这样一闹，没想倒把子建的岳父大人给逼急了，说是狗急跳墙也好，说是逼上梁山也好，说是就坡下驴也好，总之这一闹，岳父大人就不回家了，搬到了那女人那里住了下来，还正式提出了离婚。这样一来，岳母就没辙了，就慌了，就不知所措了，就给二凤打电话，搬救兵。二凤呢，实在是请不到假，只好让子建回趟家，当和事佬。

子建回家，是肩负了重责的。只是这重责，让子建有些不知该如何担起，他在家里挨了一天，实在是，有点想逃避这重担。也不全是逃避，他也在想办法，该怎么来解决这头痛的问题。这可比在公司里做设计难得多。子建把这事分析了好多遍，也没能理出个头绪来。

清晨起来，地上白花花的，不是雪，也不是霜。风把大地吹得干干净净，把土壤中的水分刮干了，泥筑的公路泛着白光，绳子一样远去。子建取门前竹篙上的毛巾去塘边洗脸，毛巾直直的，像根棍子，冻在竹篙上。水边也结了冰，冰上有横一道竖一道的花纹。子建看了一会儿冰上的花纹，心想下次做设计时可以用冰纹。敲块冰，拿在嘴里嚼，嚼得透心凉。管家跟在子建后面摇头摆尾，一副讨好的样子。狗知道，这陌生男子是他的主人。狗不知这主人只是回家住几天的，想要和主人搞好关系呢，跟屁虫似的跟着子建。子建又敲一块冰，给管家吃。管家拿鼻子嗅嗅，哼哼叽叽的，吃吧，它知这玩意儿是不好吃的，不吃吧，又怕得罪了这新主人，两只前爪搭在水边，抬眼望着子建，眼里水汪汪的，有狐相。母亲站在门口喊，子建你这憨包哟，大冬天的还在塘边洗脸，回来洗热水。见子建拿着冰在咕吱咕吱嚼，母亲捋了一下从额头滑下的灰白发丝，眼里有春风在荡漾。

怎么不多睡一会儿呢？母亲说。

不睡了。子建答，醒得早，醒了就再睡不着。

母亲说，不去你岳父家？

子建坐在灶门口，给母亲烧火。说，妈，您知道二凤的爸妈，怎么回事么？

母亲说，你都知道了？

子建说，为这事回来的。

母亲正在炒菜的手就停下了。自言自语，我说呢，不过年不过节，怎么说回就回了。又说，还用得着为这事专门回？子建说，我也是想家了，想您和爸了，就借这机会回一次。母亲又开始炒菜，炒菜的动作里，就有了好听的节奏。欢快的节奏。母亲说，那个女的，在镇上开了家烟酒档，就在一进街口的桥边，叫个什么……对，芙蓉烟酒档。

吃完饭，父亲照样去打牌。母亲打电话给子建的堂弟子良，让子良用摩托车送子建去岳父家。母亲交代子建，给十五块的车费就行。岳父家在南面，一路上倒是顺风。子良问子建什么时候回的，也不去他那儿玩。子建就说是太忙了。问子良日子过得怎样。子良得意，去年盖了新楼，又买了新摩托，没事跑跑出租。子建问弟妹呢。子良说跟着黑子干，在深圳，盖楼的钱都是她挣的呢。子建哦了一声，想起福建城那自称阿莲的小妹，不说话。公路坑坑洼洼，子良把摩托车骑得飞快，子建像坐在弹簧上，一蹦一蹦，心快从嘴里蹦出来了。车到镇上，经过芙蓉烟酒档，子建突然有新的想法，叫子良停车，给了子良十五块，让子良回。子良客气了一回，收下，说，有空去我家玩。

子建来到芙蓉烟酒档，见到那女的。皮肤白，个子高，穿件水红色毛线衣，除了略显丰满外，确实算得上是美人。子建想，难怪老岳父发疯，连家都不要了。子建觉得嗓子眼发干，吞口口水润嗓子。女人见子建不看烟，只看她，笑着说，老板要什么烟？子建慌忙去看烟，问了几种烟的价钱。问，这芙蓉王是真是假？女人瞪一双杏眼，说，假？你去镇上打听打听，郭芙蓉啥时卖过假烟？！子建心里一跳，像揣着只青蛙。郭芙蓉，名字好耳熟。又去看那女子，似乎哪里见过，却又一时想不起来。子建就有些呆，呆呆地望着郭芙蓉。郭芙蓉呢，见子建盯着她看，倒是大大方方，轻轻调整了自己的站姿，又轻轻吸气把腹部收起，把胸挺起。

你是在烟村中学上过学么？子建问。

郭芙蓉说，是呀，你是……我看你眼熟呢。

子建说，那就是了，我是子建，马子建。

郭芙蓉就惊叫了，呀，老同学呀，在哪里发财呢？

子建就如实说了。又说，这次回来，是来看岳父岳母的。郭芙蓉脸上就现出了些淡淡的失落。说，老同学，十多年没见了，你是越长越帅了。子建说，你也是呢，越长越漂亮。子建这样说时，想到她和岳父的关系，觉得自己和岳父的相好这样说话，有些轻佻，突然觉得心里难受了起来。郭芙蓉说，坐一会儿，我给你泡壶茶。子建说，不了，给我拿条芙蓉王。郭芙蓉先是不要钱，子建说钱是一定要给的，郭芙蓉只收了进货价。子建本想告诉郭芙蓉他的岳父是谁，话到嘴边，又觉得不忍，便和郭芙蓉道别，租摩托走了。

子建的心里真真儿是乱极了。难受极了。他没想到，这死鬼岳父包的二奶，原来是郭芙蓉。这简直太不像话，太过分，太让人难以接受了。子建感觉像是有把刀子，在慢慢割他的心，割他的肺。而这手拿刀子的人，就是他的死鬼岳父。子建突然想把这老鬼揍一顿。狠狠地揍。子建握着拳头，催摩托车师傅骑快点。

岳母岳父是早知道子建要来的，多日没归家的岳父，这天也回了家。岳母呢，早早地杀了鸡，在做午饭。听见摩托车响，岳母就奔了出来，见了子建，喊一声子建，差点要哭了。可毕竟是岳母，在眼里打了两个转的泪生生没掉下来，说，厨房烟大。子建看一眼厨房，岳母家早用上了煤气，哪来的烟？岳母慌忙接过子建的包，说，你看，回家就回家，还带这么多东西干嘛。又招呼摩托车师傅来喝杯茶，师傅说不了，接了车费，"日"的一声就远去了。岳父也出来了，淡淡地说了声子建来了屋里坐吧。岳母倒好茶，一会儿照顾锅里，一会儿又跑到堂屋看着子建问长问短。子建就打开了包，东西一样一样往外拿。都是给岳母买的。这是二凤的主意，二凤说，不要给爸带东西，让他知道我们做儿女的立场。果然，子建见岳父脸上有些挂不住了。子建说，这条烟，是专门给爸您的。岳父神色轻松了许多。趁岳母不在时，子建话中有话，这烟是在镇口芙蓉烟酒档买的。

子建看岳父，岳父脸上居然水波不兴。这老家伙！子建想，果是老狐狸，不动声色呢。子建觉得自己还是嫩了，太沉不住气，这第一回合，没占到便宜。子建心想，那好吧，老东西，等着，一会儿再来收拾你。居然是郭芙蓉！怎么会是郭芙蓉？

没等子建收拾岳父，岳父倒先收拾起他来。岳父说，子建，你这孩子怎么混的，那么多在外面打工的，初中都没有毕业的，在外面混上三五年就发大财了，你倒好，堂堂一个大学生，混了这么多年，还要让我们这些做大人的操心。

老岳父总是这样，从前还没发财的时候就这样，动不动就爱以过来人的身份指导子建该怎样不该怎样，现在，他发财了，说起话来更加理直气壮。只是这次，老岳父似乎忘记了，他这女婿，是代表女儿回来兴师问罪的，他是守方，子建是攻方，按兵棋推演的说法，他是蓝军，子建是红军。当然了，老岳父可能正是明白了这点，又从子建给他的下马威中发现了苗头不对，于是先下手为强了。这招还真管用，在等着吃饭的这段时间，子建的红军基本上处于守势，倒是老岳父的蓝军气势如虹步步紧逼。眼看着红军就要溃败，蓝军却见好就收了。

岳母的情绪，似乎很快就稳定了，好像是，家里什么事都没有发生过。吃饭时，因了老岳母在场，子建并没有反击，他给老岳父留足了面子。就只是喝酒。翁婿二人看似在喝酒，实际上却在摽着劲。子建酒量相当有限，岳父酒量也不咋地。因此呢，你一杯我一杯，两人都喝得不知道自己是谁了。酒壮怂人胆，几两烧酒下肚，居然就有了些豪气。老岳父呢，说话舌头也捋不直了。二人喝了一瓶白酒，菜从热喝到凉，最后结了冻，岳母就拿来酒精炉，把菜倒进锅子里打起火锅。

子建说，妈，您去忙，我和爸有话说。

岳母知道女婿这是要说正事了，喜滋滋地说，你们喝。

躲到一边去了。

子建终于要开始攻了。不过子建先展开了温情攻势，说，爸，几年不见，您老多了，头发白一半了。

老岳父一听这话，大约激起满腹心事，端起酒杯一口干了，说，是老了。一辈子啊，说话间就过去了。不值。不值。不值啊子建我不值。

子建说：今天买烟，遇见我的老同学，郭芙蓉。

岳父说：哦。哦。哦。

子建说：她还那么漂亮。

岳父说：嗯。

老岳父酒醉心明，知道女婿这是要发难了。

子建说，您的事，二凤都对我说了。这次回家，就是想劝您，多为这个家，想一想。

岳父说，想什么？有什么好想？活了一辈子，都在为这家活，为儿女活，为别人活，现在老子活明白了，老子不为别人活了，老子要为自己活。再说了，你妈那脾气，你是知道的，我这一辈子，受的不是气。

子建一时不知该说什么好。可是想到郭芙蓉，心里的火气又上来了：总之，你不能和那个，郭芙蓉好，你这算什么呢？快六十的人了，一个老农民，还包二奶，像话么？

岳父一拍桌子，碗和碟子一阵颤抖：老农民，老农民怎么啦，许城里人包二奶，就不许老农民包二奶了？再说了，你小子说话别那么难听，什么包大奶包二奶的，我马上就和你妈离婚的，离婚了，我就和小郭结婚。

老岳父说话流畅。一副死猪不怕开水烫的架势。

子建冷笑了一声。郭芙蓉！

心口堵得慌。当年，读初中时，郭芙蓉是班上最漂亮的女生，全班男生的梦中情人。不仅学生喜欢她，老师也喜欢她。那个混蛋英语老师，借给她辅导作业为由，把她骗到宿舍强奸了她。老师当然难逃法网，郭芙蓉也退学了。后来，就一直没了音讯。郭芙蓉！子建冷笑了一声，郭芙蓉会嫁你吗，郭芙蓉能嫁你吗？

公元二〇〇五年冬天，子建在天麻麻亮时离开故乡重回南方。当时，风还在刮，干冷干冷的。雪，终于是没有落下来。

回到南方后，子建和二凤有段对话颇值得玩味。

二凤说：谢谢你子建，不是你回去这趟，我爸我妈怕是真要离婚了。

子建说：你也别谢我。我觉得，你爸其实怪可怜。

二凤说：你是怎么劝通我爸的。

子建说：我对你爸说，如果你坚持包二奶，那我也包。

二凤揪着子建的耳朵，说：翻天了，你包谁？

子建说：我这不是劝你爸的么。

蜜　蜂

油菜花开的时候，蜜蜂就来了。

烟村的冬天不见蜜蜂，冬天蜜蜂去什么地方了呢？有人说是去温暖的南方了，有人说躲进了泥里，还有人说，蜜蜂的寿命就那么长，两三个月，它们的生命就走到了尽头。但孩子们宁愿相信蜜蜂去了温暖的南方，宁愿相信，蜜蜂是不会死的。他们无法接受，这精灵一样的蜜蜂生命会是如此短暂。然而，说这话的人是周围找，周围找说出的话，孩子们就不得不信了。

周围找是烟村的放蜂人。在他之前，烟村很少有人放蜂。关于蜜蜂，他当是烟村最有发言权的人。

周围找的名字有些古怪，其实这不是他的真名，他的真名，大抵被人忘记了，总之是，大家都叫他周围找，大人这样叫，孩子们也这样叫。这名字，应该是有什么典故的，在烟村，如果一个人到了动婚姻的年龄，还没有说上媳妇，就会开这样的玩笑：

哎，你的媳妇子姓么事？
姓曾，曾家屋里还没生！
姓蒋，蒋家屋里还没养！
姓周，叫围找，周围找。

烟村人长于自嘲，也敢于自嘲。这是民间智慧，也是自我慰藉。它消解了苦难与沉重，让生活变得轻松与随意，诗意而自然。

不用急，一切都会有的，媳妇子会有的，现在还在丈母娘的肚子里呢，急么事，慢慢找，总是能找到的。周围找这样说。

周围找不是烟村土生土长的人，但他的言行却很像烟村人，也乐意接受烟村人的生存哲学，因此他放蜂来到烟村之后，就爱上了这里，每年都要来一次。关于周围找的籍贯，有多种说法，有说他老家是湖南华容的，他说这里是"个里"，说"去"是"客"，"客调关"，"客塔市驿"，"客烟村"，典型的湖南华容口音。也有人说他的老家是南县的，还有人说是宁乡的。他会说宁乡话，烟村的话他也能说。你问他到底是哪里人，他笑笑，不说话。烟村人不爱刨根问底，也不去追究他到底是哪儿的人了。也是，只要他不作奸犯科，管那么多闲事干吗呢？

　　周围找的腿不好使。一条腿长，一条腿短，走路一翘一翘
的。因此他总爱说烟村的路不平。每到油菜花开的时候，周围找
就来了，划着小木船，从船上搬下一个又一个的木箱子，箱子里
装的是蜜蜂。烟村人少见放蜂的，很好奇，却又害怕，那成千上
万的蜜蜂，每个屁股后面都带着针，被扎上了可不是闹着玩的。
因此，烟村人觉得周围找是一个神奇的人，这样神奇的人，一
定是有着不同寻常的经历，比如说懂一些江湖规矩，说不定还会
一些武功。去问他时，他摇摇头，说不会武功，也不懂江湖规
矩，他只会放蜂。这多少让人有些失望，不过失望之后，大家的
心里，却对周围找生出了敬意，觉得他诚实，不是个爱说白话的
人。大家觉得这样很好。有人说，小周（那时还叫他小周），就
在烟村找个媳妇子，在这里安个家，这样东跑西跑的，总归不是
办法。

　　烟村人心怀悲悯，觉得烟村大约是中国最好的乡村，觉得像
周围找这样的好人到处流浪是蛮可怜的事情。

　　周围找笑笑，说，不急，不急。

　　周围找不急，烟村人替他急，张罗着给他找对象。因了他的
这条腿，又是个外乡人，烟村人也只是干着急，终是没能帮上他
这个忙。他还是那样，油菜花开的时候，带着他的蜜蜂来了，油
菜花谢了，带着蜜蜂走了。因此，油菜花一开，烟村人在劳作了
一天之后，有时望着眼前这片花团锦簇的烟村，突然说一句周围
找该来了。果然，没两天，人们就看见了周围找划着小船，从湖
的对岸来到了烟村。

他还是那样的笑，还是把一口一口的木箱搬下船。当年跟在他屁股后面跑的孩子们慢慢人长树大了，烟村人也在某一天突然灵醒过来：周围找来烟村放蜂，一晃快十年了。这时人们才发现，周围找有些老态了。可不，他也是四十出头的人了。然而这一年，烟村人惊奇地发现，周围找不是一个人来的，他的身后，还跟了个女人。女人长得倒还周正，就是眼睛不好，只能看见一线光。

从此，周围找走到哪里，手上都拿着一根棍子，棍子的一端在他手上，另一端在女人的手上。周围找牵着女人，在烟村走来走去，成了一道独特的风景。这风景，多少有些让人心酸，生出诸多感叹，看着人家生活之不易，也对自己的生活生出了满足，消解了心中许多的不平。

烟村人待周围找不坏。这年油菜花谢的时候，他们没有离开，在烟村人的帮助下，盖起了两间小土屋，他们正式成了烟村的一员，他们有了自己的菜园，他们也喂了猪，还喂了一只狗。猪喂得很肥，狗很温顺，从来不汪人。

周围找的女人很勤快。烟村人也不知道她叫什么名字，就叫她周家婶娘。周家婶娘虽然眼睛不好，可是她一天到晚这里摸到那里，做饭，洗衣，喂猪，除了不能帮周围找侍弄蜜蜂，屋里屋外都难不倒她。她的房子虽小，却收拾得很干净。

周家婶娘的菜园侍弄得也好，一年四季绿油油的。她菜园里的菜总是吃不完，有邻居来串门，她就很高兴，又搬椅子又倒茶。她家的茶里除了放茶叶，还要放很多的东西：炒香了的芝麻，黄豆，糖，盐……味道怪怪的。她说这叫擂茶，她说她喜欢喝擂茶，问你喜欢喝不。你不忍拂了她的美意，说，喜欢喝。她的脸上就露出了满足的笑。她很好强，不喜欢别人可怜她，她想让人觉得，她们这一家子，和烟村其他人家没什么两样。你在她家坐一会儿，走的时候，她会去菜园子里摘一把豇豆，或者一个老粉南瓜。她说，反正我们俩也吃不完的。

周家婶娘很会做酱菜，到了秋天，辣椒罢园了，辣椒秆上都是丁点儿大的秋辣椒，烟村人把拔掉的辣椒秆子扔在菜园子边上，晒干了当柴烧。她把一根根的辣椒秆举到眼前，像是在闻上面的气味一样，把一个个的小秋辣椒都闻了下来，洗干净，烧一锅开水，把辣椒放在开水里烫熟，捞出来，放在竹帘子上晒，辣椒都变白了。于是，烟村人吃到了白辣椒，第二年，烟村人不再把秋辣椒丢掉，也学会了做白辣椒。

除了蜂蜜，她对什么东西好像都不稀罕，但蜂蜜她绝对不送人，那是一定要用钱来买的。男人侍弄蜜蜂不容易，她珍惜男人的劳动，这也是他们一家人生活的来源。烟村人也理解，从来不会去问她讨蜂蜜。

他们的生活，过得安逸而自在，当然，也有遗憾。就是没有孩子。一晃他们住到烟村五六个年头了，周围找怕是有五十岁了，周家婶娘比他小，也有三十大几了，一直没有生育。也不知是谁的缘故，总之是，这成了他们夫妻俩最大的遗憾。周家婶娘又格外的爱孩子，只有孩子们来她家玩，她才会拿出一罐子蜂蜜，化了水，一人一杯蜜糖水。听着孩子们喝得吱溜响，她的脸上就浮起满足的笑。她问：

好呷啵啰？

她说一口湖南话，口音怪怪的。烟村的孩子也学着她的口音说：

好呷得狠！

上几年级了？成绩好不好？

孩子们不想回答这样的问题，喝完了蜂蜜水，野马一样散了，留下她坐在那儿发呆。烟村人也关心着她的关心，为她寻来了许多的偏方，她来者不拒，都煎了喝，再苦也喝。她家门前的十家路口总是倒着各种各样的药渣子。又听人说，吴家凸有个女巫师，很灵验的，去求求她，也许能生个一儿半女的。烟村的婆娘们带了她去。巫师说，你家门前有一条沟，这条沟不好，要填起来（烟村到处是水沟，家家门前有水沟）。她满怀希望把水沟填了，一年过去了，还是没有怀上。后来，再有人说哪里有个神仙，她都不动心了。邻人劝她，再试试，也许这次就有效了。她呆呆地听着树上的一窝小鸟叫，半晌，说：

我绝经了。

邻人不知说什么是好，陪着她发呆，心里很痛。说，我家的小儿子，你不是好喜欢吗，我想让他认你做干妈呢。

周家婶娘没有回过神来，还在听门前树上的小鸟叫。老鸟飞走了，小鸟们叫了一阵，安静了下来。一会儿，老鸟又叼着虫子飞来了，小鸟们张着嫩黄的大嘴，挤成一团。她听见了更远的地方，男人周围找在取蜂蜜，蜜蜂们嗡嗡嗡地包围着男人……她那深陷的眼窝里，慢慢地漫出两汪水。让人看着揪心。

　　日子就这样不紧不慢地过着。突然有一天，邻居跑到了周围找的家里，对周家婶娘说起了一桩事，说在幸福桥头，有人扔了个孩子。不缺手指不豁嘴，很漂亮的一个丫头子。听了这话，她就呆了。像雕像一样。足足有十分钟，听见男人周围找的脚步声，她才回过神来。她没有对来人说要去捡回那个孩子，也没有说不捡。

　　这一整天，她都魂不守舍的。她的耳朵里，似乎听到了孩子的哭声。

　　上午就这样过去了。

　　下午又这样过去了。

　　烟村的夜，悄悄来了。起了雾，雾先是从水面上浮起，从三角草尖上浮起，从苇叶上浮起，从稻叶上浮起，从一切有凹陷的地方浮起。她觉出了一些寒意。她一动也不动，发呆。

　　周围找问她，你这是怎么了，是不是病了？

　　她不说话。

　　周围找说，你看你，天都黑了，猪也没喂，饭也没做，你是怎么了，丢魂了么？

　　她还是不说话。摸回到房间，倒在床上就睡。周围找跟进了房间，说，你到底是怎么回事？是我惹你了么？你说句话，你这样不说话，算么子事？

　　她突然坐了起来，拿了床单，说，走，你划船，我们去幸福桥。

他们把小女孩捡了回来。小女孩的嘴都乌了。喂米汤给她喝，咕嘟咕嘟咬着调羹不放。

饿坏了。她说，慢点吃。

周围找说，慢点吃。

她说，长得好看啵？

周围找说，好看，跟你一样好看。

她说，给取个名字。

周围找说，你取。

周家婶娘想了一会儿，说，叫个蜜儿，你看好啵？

周围找说，好，蜜儿，周蜜儿，我们一家人的日子像蜜一样甜。

有了女儿，周家婶娘的日子没有像蜜一样甜，反而苦了起来。她整夜整夜不能睡，蜜儿爱哭，不停地哭，把嘴唇都哭紫了还哭，脸都哭黑了还哭，哭得手脚一抽一抽。喝完了奶也哭，抱在怀里也哭，把周家婶娘的心都哭碎了。她抱着蜜儿，不停地摇晃着，在房里转着圈子：

哦哦哦哦，哦哦哦哦！她的嘴里不停地哄着蜜儿，然而一点用都没有。

听说他们捡回了一个孩子，邻居们都来看，有提了鸡蛋的，有提了奶粉的，也有拿红纸包了钱的。她们看见孩子哭个不停，说，怕是不舒服，弄到张医生那里看看。周围找于是就抱着孩子去找张医生，然而周家婶娘也要跟了去。

周围找说，我一个人去，你在家里。

周家婶娘说，我也要去。

她不放心。

先是去了烟村的卫生院，张医生一看，说他拿不准。两口子的心一下子就提到了嗓子眼。周家婶娘的手就出汗了，声音也是虚虚的，问，张医生，不要紧吧？

张医生说，不好说，去镇上看看吧。

两口子又摇了船去镇上，在镇上的医院一检查，说孩子心脏有问题，先天性的。两口子的心就掉进了冰窟窿里，半天回不过神来。然后，周家婶娘就哭：老天爷，你和我一样瞎了眼！

在镇上的医院住了三天，打了三天的吊针，周家婶娘一刻也没有合眼。孩子是不哭了，只是嘴还是发乌。

回到烟村，邻居们听说孩子回来了，都来看，七嘴八舌地问。周围找坐在门槛上，揪着头发，周家婶娘的眼圈肿得像个桃子。邻居们急了，问是怎么回事。周围找把情况说了，邻居们就都不说话了。过了很久，终于有人小心地说，要不把孩子再放回幸福桥。这话一出口，其他的人，差不多都认为，这是一个可行的办法，只是大家都觉得，这样做又太残忍了，毕竟是一条生命。邻居们散了之后，周围找从门槛上站了起来，小声地对周家婶娘说，要不，我把孩子再抱回去？

周家婶娘不说话。周围找以为周家婶娘是默认了，抱着孩子往外走。

你要搞么事？

把孩子放回去。

你狠得下这心？

她亲娘老子都狠得下这心……

她亲娘老子不是人，你也不是人？

那……可是她这病！

我们给她治，讨米要饭也给她治。

周围找也舍不得蜜儿。孩子就这样留了下来。第一年，孩子三天两头闹病，一点感冒都要折腾七八天。第二年，孩子又得了急性肺炎。周围找要照看蜜蜂，周家婶娘就没有了白天黑夜，又要抱孩子去医院，又要摸回来照顾栏里的猪，周家婶娘的头发就白了好多，人也瘦了两圈。周家婶娘还养了鸡，每天早晨给蜜儿吃两个鸡蛋。第三年，蜜儿开始长得壮实了起来，像其他的孩子一样在村子里野，在田野里风一样地跑，发出铃铛样清脆的笑声：

妈妈妈妈……

爸爸爸爸……

蜜儿结实得像个小棒槌，脸红扑扑的。周家婶娘一会儿也离不开蜜儿。女儿走远了，她就喊，蜜儿，蜜儿，蜜丫头……声音里的幸福都快要漫出来了。她毫不掩饰自己的幸福，逢人就夸蜜儿是如何的聪明，巴不得全烟村的人都来分享她的幸福。周家婶娘做事时也带着蜜儿，她在菜园里种了香瓜，西瓜，凉薯，甘蔗……她在家门口，栽了桃树，梨树，橘树，还有两株柿子树。她抱着蜜儿，和蜜儿一起憧憬着未来：三年桃子九年柑，只要三年，咱们家就有桃子吃啦，橘子还要快呢，两年就挂果了。到时候呀，咱们家就是一个果园了，咱们的蜜儿想吃桃子啦，去树上摘一筐，想吃橘子啦，去树上揪一个……

有了蜜儿，这个家庭多了许多笑声。蜜儿四岁生日，老两口带她去镇上照相。周围找看着头发花白的周家婶娘，说，走，去理发店里染一下。周家婶娘把头发染黑了，看上去年轻了好几岁。蜜儿也说，妈妈真好看。

他们的生活，真是像蜜一样甜。周家婶娘对蜜儿描绘的未来，很快就实现了，桃树挂果了，梨树开花了，橘子树也长高了……时间过得真快呀，一晃，蜜儿都是小学生了。蜜儿很聪明，成绩好，老师也喜欢她。每天上学，周家婶娘都要送她到门前的大路上。蜜儿走远了，她还站在大路上，望着蜜儿上学的方向，她什么也望不见，可还是这样望着，听蜜儿欢快的脚步声渐渐远去。放学时，蜜儿晚回来了一会儿，她就站在门前的路口，一遍一遍地张望。再迟回一会儿，她就叫周围找去找找看。周围找说，没事的，一会儿就回来了。她很生气，说，你不去我去。就跌跌撞撞往路上闯。周围找摇了摇头，说，你呀你呀。终究拗不过她，去找女儿了。

有一天放学，蜜儿回家，口袋里装了好多吃的东西。周家婶娘问蜜儿是哪里来的，蜜儿说，是两个不认得的叔叔阿姨给的。周家婶娘问蜜儿，那两个人还说什么了？蜜儿说，没说什么。周家婶娘突然很生气，她骂了蜜儿，还说蜜儿好吃死了，不认得的人给的东西也敢要。她把蜜儿口袋里的东西都扔了。蜜儿哭了起来，她也哭，抱着蜜儿哭。

周家婶娘对周围找说，我们搬家吧。

周围找说，在这里住得好好的，为么事要搬家？

周家婶娘说，反正我不想在这儿住了，我想搬回湖南老家去。

周围找说，湖南哪里还有老家，家里什么都没有了。

周家婶娘说，没有也回去。

周围找这一次没有答应周家婶娘。周围找说，这里的花多，春天来了，有紫云英，有油菜花，夏天有荷花，秋天有菊花，一年有八个月可以放蜂。

周家婶娘说，你就晓得放蜂，你就不会想一些别的事？

她一直害怕有一天，蜜儿的亲生父母来把蜜儿要回去。周围找说，你放心，蜜儿是我们养大的，她和我们亲。她说，村里的人都晓得蜜儿是捡来的，她迟早会懂事的。可是周围找不同意离开烟村，于是她就一天到晚活得提心吊胆，听见有陌生人说话，她就会感到莫名的担忧。

蜜儿八岁那年，一家三口，围着桌子吃饭。周家婶娘突然喊胸口痛，倒在了地上。医生来时，周家婶娘就已经去了，死于心肌梗塞。

周家婶娘去世了，周围找的天就塌了。他差点哭瞎了眼。蜜儿没有了妈妈，她哭得最凶。

做了三天三夜的斋，蜜儿三天三夜没合眼。烟村人无不动容，说，周家婶娘抚了她一场，值得了。

周围找真的是老了，他的腰也哈了，背也驼了，胡子拉碴，头发全白了。他还放蜂。春天到了，烟村到处都是花，金黄的油菜花，浅红的紫云英，粉红的桃花，雪白的梨花。周围找的蜜蜂们出去采蜜了。周围找坐在家门口，点了一根烟，眯着眼，恍惚间，他看到了许多年前，他第一次来到烟村时的情景。他是那么的热爱这烟村，热爱着一辈子都在忙忙碌碌的蜜蜂们。

夏　枯

夏枯草味苦、辛，性寒。清肝火，散郁结。

——《本草纲目》

夏枯的生命很短，短到只有一个春天。春来时绿，春去时黄。夏枯的身上有些悲情色彩。

前子也有悲情色彩，有些像夏枯草。自然，这只是他的想法，他这样的年龄，能把好端端的日子过出无端愁绪来：

牛蒡解肌薄荆翘，

丹栀斛玄夏枯草；

疏风清热散痈肿，

牙痛颈毒皆可消。

……

　　前子坐在湖边的土坡上背《汤头歌》，背了一会儿，头就痛起来。他不喜欢背汤头，不喜欢父亲的职业，不喜欢生养他的烟村。烟村无边的水域是牢笼，总有一天，他会逃离这鬼地方。

　　前子在等待着机会。同学答应拿了工资就寄钱来。两个多月过去，钱还没有寄到。前子心烦意乱，做什么都安不下心。从泥里抠起一块碎瓦片，用力扔向蒿草深处，隐在蒿草里的水鸟们扑棱棱惊起，迅疾掠过水面，像一股烟，在湖的上空划几个圈，落在远处的水草中。

　　前子抠起许多小瓦片，每背一句，就狠狠地朝水面打出一块。

　　四逆散里用柴胡。嗨！

　　芍药枳实甘草须。嗨！

　　……

　　瓦片在水面跳跃。他用尽全身力气在吼。声音贴着水面，一波一波传到湖对岸，撞到山上，弹回来，再撞过去，弹回来。前子的喊叫声在湖面上来回打着旋，和那些惊起的鸟一起旋向空中。

　　喊一阵子，好受了许多，积郁在心中的不快，随着这喊声烟消云散。前子把嗓子喊倒了。说不出话来，喉咙里像塞了把草，一说话就嘶嘶啦啦难受。前子仰面倒在土坡上，看着天上流浪的云，自由的风，泪水无端就下来了。

前子是独子，父亲希望前子留在家里跟他学本事。

前子家境不坏，父母不指着他打工挣钱。

父亲做前子的思想工作。

说：你没看过电视，以为在外面打工是好玩的！

说：你总是这德行，哪怕顶我两句也好，我总是一个人在同你说话。

说：把脑壳扬起来，一天到晚勾着头，一点朝气都没有，哪像十六七岁的后生。

前子勾着头，眼睛长时间盯着脚尖，一句话也不说。

对这个儿子，父亲有些失望，他又不甘心失望，他想为儿子铺就一条顺坦的大路。前子把头微微地扬起，很快又勾了下去。父亲长长叹了口气，去翻晒簸箕里的饮片。空气里弥漫着淡淡的药香。

父亲知道前子的心思。

想：也许让前子在外面历练历练能炼成块好钢。

想：儿孙自有儿孙福，凡事像这烟村的水，顺应自然才好。

父亲一辈子从风浪里过来，他知道生存之难。他这一生，东折腾西折腾，到暮年，终于悟透了生的根本，体会到平淡冲和的奥妙，他想让儿子别走弯路。儿子并不领情，一门心思想往外跑。

父亲年轻时，也像前子一样不安分，看不惯老人那一套。在他年轻时，前子的爷爷整天逼他背汤头，"麻黄汤中用桂枝，杏仁甘草四般施，发热恶寒头项痛，喘而无汗服之宜……"前子的爷爷很严厉，一句背错，尺子就打过来，像灵动的蛇，总是在最准确的时间发动进攻并击中要害。那时，父亲就认定，背汤头是人生中最无聊的事。那时的他也如前子这般思想：把这汤头背得烂熟又如何？成了医生又如何？天天坐堂拿脉开方，多么无聊。前子爷爷最爱说的是"不为良相，便为良医"。父亲觉得，老人家过于夸张了医生的本事。他目睹了自己的家境，并未因了这一身医术风光殷实，他有更远大的抱负。结果呢，东倒腾西倒腾，最终是靠这点医术养活了一家老小。他后悔少时没有用功，没有好好继承家学，没有成为前子爷爷那样的名医。因为这，做父亲的当然不希望儿子再走他的老路。儿子如同一株小树，不能人为地束缚他生长，眼看着树要长歪了，还是要扶一把的。

你这点三脚……也叫良医？

儿子回他一句。就这一句，把父亲后面的话呛回了肚里。

儿子总是这样，三棍子打不出个闷屁，偶尔来一句，像枪子，能打死人。父亲的脸涨得通红。他试图再说服儿子：你爷爷的医道，想当年，县长派人抬轿来接你爷爷看病。

儿子毫不留情地又打来一颗枪子：奴才思想，给县长看个病，值当这样传了一代又一代？

你……

父亲举起手，前子并不躲，父亲的手就软了。

前子说：不要小看我，有一天，我会成为比尔盖茨。

父亲问：比尔盖茨是搞么事的？

儿子冷笑，拿眼轻佻地瞟着父亲。

父亲打听到了比尔盖茨是何方神仙，弄清楚后，心里便不踏实起来。父亲这辈子，曾犯过好高骛远的病，吃了不脚踏实地的亏。父亲说，想出去打工，除非从我尸体上踩过。

日子就这样慢慢过去。

日子过得真慢。

日子过得真快。

在想到同学寄来的钱时，日子过得真慢。在想到无端浪费的青春时，日子又过得真快。

桃子熟了，粽子香了，春天过去了。夏枯枯萎时，前子收到了同学寄来的钱。五百块。从邮局取到钱，前子几乎是一路飞回烟村。要同父亲摊牌了。他知道，父亲是刀子嘴豆腐心，父亲说从他的尸体上踩过去，只是吓唬他的。我不是小孩子，没这么容易被吓住。前子的心飞离了烟村。他看见了他的未来，看见了那个遥远的深圳，那里的蓝天椰树和海风，大厦高楼与工厂。他的脸上荡漾着笑。

父亲看着一脸喜色的前子，心也活泛了起来。

父亲说，前子，去采些夏枯。

前子居然高兴地答应了，前所未有地主动问及父亲夏枯草有怎样的药性，哪些方子用得着。父亲感动起来。以为儿子对医道产生了兴趣。父亲对儿子讲起了夏枯草的药性，前子没有心思听父亲唠叨，挎上竹篮，飞向湖边。

前子在湖边采夏枯时，遇见了婆婆。

这位婆婆，从湖对面吴家迁过来。婆婆姓甚名谁，他不知道，家里有些什么人，他也不知道。不仅前子不知道，烟村的大人也知之不多。他们只知道，婆婆极其的勤劳，采夏枯，割蒲公英，打粽叶，捡桐子果……一年四季都在忙。婆婆采了一大堆夏枯，直起腰来时，看见了小马驹样欢实的前子。婆婆眯眼看着前子，眼里有了异样的光。婆婆问前子是谁家的孩子，采夏枯也是去卖钱么？

婆婆还说夏枯不值钱。姑娘婆婆们没事才采夏枯卖钱，没见过年轻伢也做这事。

前子脸红了。要在平时，前子是懒得理婆婆的，这天他心情极好，没有烦婆婆，问：奶奶您这么大年纪了，不在家享清福？

婆婆笑了：你叫我奶奶？你真是个好伢子。

婆婆没有回答为何不在家享福，却追根问底，打听前子这么年轻，怎么不做点别的事，要采这不值钱的夏枯。

前子说：奶奶，我爸是医生，每年都要采点夏枯入药。我只要采一点就行。

婆婆眼里又闪了一道光：医生好啊。你有没有学医生呢？

前子摇摇头，说他不学医生，他要出去打工了。婆婆哦了一声，说她的秋儿也要出去打工。

前子没有问老人家秋儿是哪个，蹲下来，把割好的夏枯一把把装在婆婆的背篓里。婆婆一个劲地说：好伢呢，好伢呢，长得也好，你哪年生的呀？

前子说了生辰，婆婆掐着手指头，甲子乙丑丙寅丁卯算了一会儿，说，虚岁十八，和秋儿同年。

前子帮婆婆割满了一竹篓夏枯，自己也割了些，就和婆婆道了别。许是收到钱的缘故，又或者因为做了些善良的事情，前子的心情极好。吃晚饭时，前子想对父母说他要去深圳。母亲在剁猪菜时把手指剁了，流了好多血，到嘴边的话，就又咽了回去。前子想，那就过两天再说吧。真要离开烟村，却感觉这烟村并没有那样的可恶。这无边的水域，水域上生息的水鸟，肥嫩的植物，还有烟村的人，都让前子觉得美好。

第二天，前子照旧坐在湖边的土坡上背汤头。这次，前子是自愿去背的。因了这心境的不同，前子觉得，背汤头其实也蛮好玩，最起码不像平时想的那样枯燥。汤头里的那些个草药，有许多，前子叫得出名字，能在众多植物里认出来，比如他的名字马前子，就是味中药。

这之前，前子很讨厌他的名字。读书时，同学们给他取个绰号草药，又由草药引申成赤脚医生，再后来，把医生两个字都省了，直接叫他赤脚。男同学叫他马赤脚，他笑笑，无所谓，女同学也在背后叫他马赤脚，前子就觉得很难堪。

读初中时，前子喜欢上了一个女同学。女同学就坐在前子前排。

女同学是班上最漂亮的女生，有着一头长长的黑发，瀑布一样整天挂在前子眼前，前子的心就乱了。那一片黑，成了迷宫，前子陷在里面，找不到出来的路。女同学从没拿正眼看过前子。昨晚，前子梦见了女孩。女孩只给了前子一个背影，长发飘飘，像一只猫，潜潜走入齐腰的芳草中。前子跟在女孩身后，也走进芳草中。那女孩突然抱住了他，身上一丝不挂。前子发现，女孩并不是他的同学……

前子从梦中惊醒，发现又把床单弄脏了。这让前子觉得羞愧，有种负罪的感觉，他觉得自己可耻。闭上眼，想一会儿那梦，那梦中的感觉，那么甜蜜，那么的心旌摇荡。

别东想西想了。前子对自己说，背汤头。

很奇怪，这次居然很快就记住了，而且理解了。学医也许是个不错的选择，他是不可能留在家里学医了。他有路费，马上就要离开烟村了。

前子又见到了婆婆，婆婆还是背着个竹篓，竹篓里象征性地放着一把夏枯。

在读书？

嗯！背汤头。

汤头是么子？

一本医书，前子说。昨天的夏枯卖了几块钱？

婆婆没有采夏枯，上下左右打量前子，眼里弥漫着欢喜，这是前子熟悉的眼神。前子想起了奶奶。奶奶去世后，前子就再也没有见过这样的眼神。前子觉得亲切。前子说，您坐一会儿，我来帮你寻夏枯草。婆婆欢喜地说，不呢不呢。又问前子，真的是要出门打工吗？前子点点头，说本来今天要走的，母亲的手弄伤了，想等母亲手好了再走。婆婆叹一口气，真是个孝顺伢！婆婆同前子拉拉扯扯地聊了一会儿，背着竹篓走了。前子继续背他的汤头。中午，前子回到家，碰见婶婶。婶婶看着前子就笑。前子觉得，婶婶的笑里有着深意。前子说婶婶你笑么事？

婶婶不说话，上下打量前子，像看陌生人。婶婶让前子浑身不自在，仿佛身上有几只虼蚤在跳。

婶婶说：前子，有件好事要告诉你。

前子说：好事？我才不稀罕。

婶婶说：真不稀罕？真不稀罕那就算了。到时你别后悔！

婶婶说完，神秘地冲他笑。前子说没什么好后悔的，你想说就说，不想说就算了。

回到家，母亲也在冲他笑。母亲的眼神里有春风。今天这是怎么啦？一个个都怪怪的。母亲不说，前子也没有打听，把自己关在房里，听见母亲在同父亲说，前子也不小了，要是觉得合适，先定下来也是好的。

吃饭时，母亲给前子夹菜，让前子多吃。

母亲晓得我要出门打工了？不像。母亲要是知道，哪里还笑得出来。前子隐隐感觉到了什么，然而，具体是什么，前子也说不准，一个关于他的，美妙的事情，依稀，模糊。前子的心有点乱。又不想问清楚到底是怎么回事，埋着头吃饭，吃得很快。

吃慢点，又没人跟你抢。父亲说。

筷子停了一停，又快速往嘴里扒饭。前子扒着饭，突然发现母亲在盯着他笑。母亲没有吃饭，只是盯着他笑。前子抬眼，和母亲的目光撞在了一起，慌忙低下头。

母亲笑着说：前子真的长大了。

心里莫名其妙地发慌，难道昨晚梦遗的事被母亲发现了？难道婶婶也知道了？这样一想，前子没有心思吃饭了，放下碗筷就钻进房。把被子床单仔细地翻看了一遍。这样的事，实在太丢人。前子想，无论如何，晚上一定要对父母说，明天就走，越快越好，离开烟村，走得远远的。

下午，左邻右舍的人都知道了一件新闻——前子要说媳妇子了。

左邻右舍的人见了前子，眼里就都漾起笑，让前子买喜糖。前子说又没喜事，买什么喜糖？

要说媳妇子了，还不是喜事？

前子脸红了，哪有的事？

哪有的事？那个丫头子的奶奶都来打听你啦，婶娘我为你说了一箩筐好话！

邻人七嘴八舌，前子知道了原委。原来，采夏枯草的婆婆，上午借口讨水喝，把前子的左邻右舍访了个遍，打听前子人品如何，家境如何，母亲是否贤惠，父亲是否能干。邻人于是就问她，打听这些干吗？婆婆先说随便问问。后来，她得到了美好的答案，知道了前子的母亲在这烟村是数一数二的贤惠能干，把家操持得精致温暖，前子的父亲虽是草医，但爷爷却是名医。前子的家境，在烟村也算是中上之流。烟村的妇人极为聪明，一看婆婆这架势，知道打听前子的家事，大约是与前子的婚姻有关，夸张地极尽溢美之词，有的说前子家马上要盖楼房了。婆婆也道出了她的心思。婆婆有个孙女，和前子一样年龄，长得漂亮，人也勤快。婆婆见前子这孩子实在，长得也好，想把孙女说给他。婆婆说，明天她再来，要带孙女的照片。

我的孙女长得好看哩！

邻居们学着婆婆的语气跟前子开玩笑。

前子也笑。前子说他明天就要出门打工了，他才不说媳妇子呢。

前子失眠了。脑子里漂浮着女孩模糊的影子。婆婆的孙女，什么样子呢？前子想来想去，和他暗恋过的女同学叠在了一起。

起风了，风来得猛，树叶被风推过来搡过去。要下雨了。

果然，半夜下起了暴雨。雨来得猛，下了一整夜。

湖胖了许多，湖水涨到前子的家门口。水草没在了湖中，只露出一点绿色的尖，波浪里摇摆不定。到处白洼洼的。天上是水，地下是水，天地间也是水。烟村成了水的世界。

那就再等等，等雨停了水退了，再对父母说出门打工的事。

雨下了七天七夜才放晴。太阳明晃晃的，把青草的气息蒸腾起来。路上，到处是半尺深的泥泞。

再等等，等路干了，再对父母说出门打工的事。

出了几天太阳，路终于干了，湖水渐渐退到原来的位置。湖被暴雨淹过，伤了元气，失去了往日的光彩，有些狼狈不堪。夏枯草被连天阴雨一泡，都烂了。

没有夏枯草了。只有待来年，夏枯草才会再次发芽，抽绿，开花。

婆婆没有再来烟村。

婆婆怎么了呢？是病了么？还是出了什么事？

知了在树上拼命地叫。知道了。知道了。知了其实什么也不知道。盛夏就这样来到了。前子已把一本《汤头歌》背得烂熟，婆婆也没有来。也许要到秋天，桐子果熟时，婆婆会再来拾桐子吧。前子终于下定决心，他要离开烟村。父母没有再坚持，离开的时候，父亲往前子的包里塞了一千块钱，说：路上小心，在外不行就回家。

母亲划着船，送前子去镇上，前子要从镇上坐车到岳阳，再坐火车到深圳。船经过吴家㲼时，母亲说：对面就是吴家㲼了。

前子不说话。

母亲说，吴家㲼的那个婆婆，唉！

前子不说话。

默默看着岸边缓缓向身后移动的那个叫吴家㲼的村庄，那村庄的房屋、炊烟、绿树、稻田。周围很静。静得只有母亲摇出的桨声：

哗——哗——

透明的鱼

　　吹过第三遍北风，烟村就失去了春夏的颜色，差不多的绿都收敛起来，冬青、刺树、杉树、竹，在冬日里，就益发抢眼，绿得深沉厚重，像老者经历了沧桑世道的眼神。柑子树上，结满了黄澄澄的柑子，经了霜，经了雪，想吃就去摘，吃不完的，就掉下来烂在地下，烟村人也懒得摘了去换钱，也换不到什么钱，柑子太酸，除了烟村人，外地人吃不惯，吃一个，牙就倒了。

　　绿失去了，湖却一日日白亮起来，那种亮却并不耀眼，也不张扬。

　　春种夏长，秋收冬藏，这是农人一年的生活。而大自然，也遵循着这样的道理，"哗"地一下，像张开了一柄花纸伞，展开一个绿亮如泼的烟村，再"哗"地一下收了起来，收得干干净净，浑然天成。不单是收起颜色，也收起了声音，于是，冬天一到，烟村就安静了下来。人的心，也跟着沉静下来。有什么计划，打算，都等明年开春再说吧，一年之季在于春，而冬天，是享受的季节。

烟村的人，并不像中国其他地方的农人，有着勤劳的本分，有着闲不住的热情。烟村人也勤劳，但把日子过得精致安妥，过得悠闲从容，无论是富贵人家，还是贫寒人家，一到冬天，要么袖着双手，要么背着双手，这里转转，那儿走走，摆出一副干部模样，一副怡然自得，优哉游哉。烟村人若会吟诗，当说"采菊东篱下，悠然见南山"了。然而烟村人用别样的语言表达着这样的境界。

说：天塌下来有长子顶着。

说：做得好不如做得巧。

这是烟村人的生存哲学，你可以责怪他们有那么一些随遇而安，有那么一些消极懒散。然而烟村人就这样生活在这片水域上，活了一代又一代，并把这些哲学当作美好的事物传承。

烟村人也节俭，如果天再冷些，每日就吃两餐饭。又不干活，还一天三餐？实在有些说不过去！早上睡懒觉，一觉醒来，已是日上三竿，鸡同鸭讲，猪哼狗叫。烟村的妇人，将手收在袖子里，哈着腰，吸溜着嘴，嘴里哈出热气，在菜园子里砍一株白菜，或者薅两根萝卜，慢慢悠悠地开始生火做饭，饭做好了，已是中午。吃完饭，到有火的人家，围在火塘边，妇人织毛衣，纳鞋底，男人不时将手张开，朝着火塘，也不说什么话，只是默默向火，静静地享受着火的温度。没有喧哗，没有张扬。偶尔有那会讲古的，讲一些烟村新近出来的奇闻怪事，讲国际国内的形势，都是些大的可以闪了舌头的事情，烟村男人没有鸡毛蒜皮的习惯，谈那些小事有失身份。没有读过书的，说话也是轻声细语，如同唱歌，读过书的老人，一开口会蹦出"孔子问阳货""伤人乎？不问马！""幼吾幼以及人之幼"的文言或者"卧冰求鲤"的典故。晚饭时，天一定是彻底黑严实了，烧块糍粑，或者在火塘上架口鼎，将上顿没吃完的饭菜一鼎煮了，煮出稀烂的烫饭，一家人吃得热火朝天，吃得有滋有味。即便多年以后离开了烟村，还会莫明其妙地怀念烫饭的滋味。

闲不住的是孩子。野马一样地在外面疯，也不怕冷，手脚都冻成了冰，鼻子耳朵通红。大人们看着在外面疯的孩子，做出不解的样子，说，真正是想不通，坐在家里向火不舒服么？这样说时，拿火剪去捣正在熊熊燃烧的木柴，捣出许多星星吱吱乱飞。孩子们实在冻得不行了，拖着清鼻涕，将手缩在袖筒里，仿佛拎着只死鸡，跑回家伸手在火上烤两下，又野马一样地跳了出去。在野外放野火，点着了湖边土坡上枯黄的狗尾草，火呼啦一下，就蔓延开来，孩子们就跟着火疯跑。

孝儿也是这样的野孩子，甚至是野孩子中的野孩子。他的野，没少让母亲操心，然而他不知哪里来的那么多的力气，像头小猪，"吭哧吭哧"拱到这里，"吭哧吭哧"又钻到了那里。他也不累？他好像不知道累！母亲在做鞋。看着他，眼里满是怜爱，手上的针在头发里光了光，将针鼻用力在顶针上顶，穿过了鞋底，拿嘴咬住穿过的针，头往后使劲，手向前使劲，哧的一声，索子穿过了鞋底。针又去头发里光了。

母亲喊：孝儿，你过来。

孝儿磨磨蹭蹭过来了。母亲拿手在孝儿的屁股上拍打，火塘边扬起一层灰。

来，烘烘手。母亲粗糙的手握住了孝儿冰疙瘩一样的手，在火上方烤，边烤边揉搓着。说：来试试，紧不紧？用力。

说：紧点好。三天穿不上的是好鞋。

说：得给你做双铁鞋。

孝儿就埋着头偷偷地笑。孝儿的鞋坏得格外快，一双千层底的布鞋，大人要穿两年，其他的伢们要穿一年，他呢，两个月都穿不到，脚指头前就出了鸡伢子。

然而，孝儿又要跑。母亲不让，将孝儿搂在了怀里。像摁住了一只猴。母亲喜欢这个小儿子。爷爱长子，娘疼幺儿，这话真真是一点也没有错。何况大的儿子早读了初中，住在学校。身边天天烦着她的是这小儿子。让她欢喜着的，也是这小儿子。母亲说，别跑了，就在屋里向火。

孝儿说：不呢，我要同马桂花去玩。

其他的女人就笑，说，孝儿，把马桂花说给你做媳妇子，怎么样？

孝儿的脸红了，他最怕大人们提这样的事。他急了，努力挣脱了母亲的怀抱，逃了出去，像只挣脱了束缚的猫。身后留下了母亲和女人们的笑声。

父亲照例微闭着眼在火边烘着身子，这样的鸡毛蒜皮，不是父亲关心的事件。然而女人们的话题并未就此结束。母亲就笑着对在纳鞋底的桂花姆妈说，桂花姆妈，你这个丫头子真真儿是个精怪呢，要不长大后给我们家当儿媳妇算了。

桂花姆妈抬起了头，嘴角还留着些线头，拿手抹了，脸上带着得意的笑。一家养女百家求，养了丫头的尊严与荣耀，全在这里头呢。桂花姆妈笑着说：就怕你们家嫌贫爱富。

母亲说：你才嫌贫爱富呢。

其他的妇人就起了哄，说，那就趁热打铁，把这事定下来得了。

母亲说：桂花姆妈，你说话算得了数不，你们屋里的答不答应？

桂花姆妈说：哪个像你，我们家我是一把手，我说了就算。

其他妇人就说：今天是喜日子，孝儿姆妈，你要请客呢。

母亲说：请客就请客。杀鸡杀鸭你们说。

于是，就有人自告奋勇去捉鸡。

母亲说，捉鸡公，鸡母在下蛋。

看把你吓的，晓得的。

三个妇人一台戏，这四五个妇人一起，当真是热闹得不行，几个妇人就这样自作主张，将两个娃娃的终身大事给定下来了。还有自告奋勇的，当起了红媒。有了这层的关系，孝儿的母亲和马桂花的母亲，就自觉亲密了许多，觉得她们不是普通的关系，是儿女亲家了。桂花姆妈就说，杀什么鸡，你们这些好吃懒做的婆娘，割点腊肉下火锅就是了。

于是，母亲就起身去菜园里砍白菜，拔萝卜，回来又割了腊肉，在鼎锅里下起了火锅，其他的人都笑着说，今天跟着沾光了。还要喝酒，女人们都能喝酒。这样的日子，是女人们的世界。孝儿的父亲，这时也睁开了闭了半天的眼，打着身上的灰，加入到了喝酒的行列。但这日的酒，他不是主角，自然退居到了次要的角色上，吃着饭，指点着锅里的菜，说白菜是最服腊肉的，萝卜要配鱼吃才好。而且要吃鱼冻。讨论的话题，就扯到了鱼，把被他们定下了终身大事的一对娃娃给丢到了一边。说：

浃子里的水干得差不多了，只怕要起鱼了。

马牙子这次怕是又要发一笔呢。

今年涨水的时间长，浃子里的鱼多。

去捡鱼吧。

这么冷的天？算了，还是在屋里向火舒服。

……

说着话，塘里的火渐渐小了，鼎里的菜渐渐没了，烧酒也见了底，也没有再往鼎里添菜，往火里添柴。寒意开始往屋里漫，见缝就钻。寒从脚底起，仿佛是有小鱼在咬脚了，接着鱼们钻进了裤脚里，冰冰凉凉。吃饱喝足了的女人们，都袖着双手，鞋底插在怀里，跺干净了身上的灰，说，多谢了，多谢了，吃好喝好了，又一天混过去啦！说，别忘了要谢我这媒人的呀，多的不要，一双皮鞋就行。说，好冷，要落雪了……

人都走远了。烟村的夜，就漆一样的黑。风在树梢上狂欢，拉出尖厉的调子。谁家的孩子惊了，做母亲的站在湖边的山岇上喊魂，高一声低一声，把烟村的夜喊得深沉寂寥，空旷悠远。

母亲就着鼎烧好了热水，父亲喊：孝儿，给老子倒水洗脚。

孝儿就找来了脚盆，又找来了毛巾，找来了父亲洗脚后穿的鞋。父亲泡脚的时候，孝儿望着屋外的黑发呆，他的心在浃子里，他白天去看了，浃子里的水快要干了，起鱼就是这两天的事，千万可不能错过。孝儿喜欢捉鱼，烟村的孩子大人都喜欢捉鱼。说谁像个鱼鹚子一样，绝对是烟村人对于捕鱼能力的最高夸奖。孝儿渴望得到这样的夸奖。然而，这天真是太冷了。

父亲泡完了脚，孝儿就去端了洗脚水，泼在了屋外面的黑暗中。母亲又倒了热水，给孝儿洗脸，洗手，洗脚。一盆水都洗成了黑色。母亲说：你看你的脸，起了壳子了，你看你这爪子，像乌龟爪子样，哟，这脚都冻成胡萝卜了。痛不痛？母亲手上的动作就轻柔了起来。

不痛，痒。孝儿说。

父亲说，在水里加点盐，用盐水泡泡就好了。

年年冻脚，哪里是盐水泡就能好的？话是这样说，母亲还是去抓了把盐，放在了水里，给孝儿泡脚。孝儿的脚在母亲的手里，像两条滑溜的鱼。孝儿觉得这样是一种享受，母亲也觉得，给孝儿洗脚是享受。洗完了脚，母亲又抱出被子，在余火上方烘热了，放在床上。孝儿钻进了热烘烘的被窝，闭上眼，一会儿就入梦了。孝儿梦见了下雪，好大的雪。雪落在他的身上。孝儿还梦见，大雪把房梁压倒了。孝儿还梦见了浃子，浃子里的水抽干了，好多的鱼……这晚的梦真多呀！醒过来，却忘得差不多了。

外面真的下雪了。下了一夜的雪，足有半尺厚。窗外白晃晃的。孝儿钻出被窝，趴在窗口看外面的雪，雪压在了竹子上，竹子都弯下了腰。孝儿高兴地尖叫了起来。母亲就跑了过来，说，我的憨儿，可莫冻坏了你呀。把孝儿塞进了被窝。孝儿说要起床，母亲就把烘热的棉袄棉裤给孝儿抱了过来。

你自己穿，八九岁了，还不会自己穿衣服。母亲嗔怪他。

孝儿就自己穿衣服，然后跑到门口，对着雪撒了泡热气腾腾的尿。雪地上留下了一排深深浅浅的窝。孝儿的心里，惦记着浃子里的鱼。这样的天，大约是没有人去捡鱼了，马牙子把鱼捡完，再把水放进去，等了十多天的希望就要落空了。孝儿吃早饭都没了心思。母亲说，今天你可别再跑出去野了。孝儿突然想起了昨夜的梦。他把梦对父母亲说了。父亲沉默了起来。

烟村人相信，梦是可以预兆祸福的。比如梦见失火、涨水或者棺材，烟村人都认为那是吉祥的征兆。梦见捡钱，烟村人会认为那是要破财。梦见绿色的东西，是有亲戚要来。可是孝儿的这个梦，在烟村人的解读里，是大凶大恶之兆。梦见雪，是要戴孝，梦见屋倒，家里的顶梁柱要出事。因此上，孝儿说完这个梦，父亲就沉默了。母亲说，做了梦，清早起来一说就破了，梦说破就好了，就没事了。

母亲嘴里这样说，这一天，却是忧心忡忡，把孝儿管得严严的，不让他跑出去，母亲怕这个梦应验在儿子的身上。母亲又去孝儿叔叔家看了公公婆婆，公公婆婆也好好的。从公公婆婆家回来，孝儿早溜了出去，和其他的几个野小子，跑到水涎子边看鱼了。水涎子边的雪比村子里的要大、要厚。湿地一片银妆，中间有些黑亮的地方，那是水洼，这里一个，那里一个。天地间辽阔无边，一眼望到长江，望到长江的对岸，望到江中一只大船经过，听到长长的汽笛。江那边是什么呢？孝儿还没有去过江那边。那里于他来说，是个神奇的世界。

似乎要说说涎子，涎子是烟村人对湿地水域的称谓。在江边上，有着密布的苇子，苇子中间，是一片一片水域，到了夏季，长江涨水，这片水域就全没在了水中，只有些苇子的尖露在水面。江里的鱼儿，就把这里当成了乐园，这里有着静静的回流，有着丰茂的水草，有着吃不尽的虫子。到了七月，涨起的江水渐渐退去，这里一片水，那里一个坑，这就是烟村人所说的水涎子。

水涎子里的鱼极多，烟村的孩子们，平时在涎子里，光了身子跳下去就能摸到鱼。然而涎子不是谁都可以下去摸鱼的，涎子的所属权归了芦苇站，水退了，芦苇站就有人护着这涎子里的鱼，不让烟村的农人们去偷捕。到了腊月，鱼价起来了，架几台抽水机，没有白天黑夜地抽，把涎子的水抽干，鱼就堆在水里乱成了一团，那可真是堆在水里的！那些抽水的白天黑夜，烟村的人，早就在盯着了，天天关注着涎子里水位的深浅。在烟村人的意识里，这里的鱼，既然不是投放的鱼苗，是长江的大浪打来的，自然是人人都有份了，每到这时，涎子边就围了成百上千的人，等着水抽干，等着承包浃子的人捡走了部分大鱼，不知是谁大叫一声，岸上的人就一哄而下：罩，撩，摸，赶，什么招数都使了出来，什么工具都派上了用场。于是一年的腊鱼都在这里了。次日，周边的几个镇上，鱼价要大跌。

然而，却下雪了。半尺厚的雪。妇人们是不会出门捡鱼了，老人们都缩在了火塘边，孩子们都被大人锁在了家里。孝儿到了浃子边时，浃子边冷冷清清，只有三五群青壮的汉子腋下夹着蛇皮袋和撩（一种捕鱼工具，铁制，状如大梳），缩在浃子边背风处，守着浃子里的鱼。而浃子里的水，似乎还有半米来深。孝儿和伙伴们观望了一阵，就转回了家。母亲这次是生气了，狠狠地骂了孝儿，厉声说，如果再跑到浃子边去，就打断他的腿。这么冷的天，你想死呀。母亲说出了个死字，马上捂住了嘴。

孝儿没有事，父亲没有事，公公婆婆也没有事。一天过去了。母亲松了口气。这天晚上，母亲开始发烧，冷一阵热一阵的。孝儿在迷糊中，听见了家里有人说话的声音，父亲请来了医生，给母亲打上了吊针。迷糊之中，孝儿又睡了过去。第二天，孝儿才知道，母亲真是病了，病得不轻。母亲的嘴唇上浮着一层干枯的皮，母亲的眼里，没有了往日的光彩。父亲在做饭，然而面对父亲做好的饭食，母亲一点胃口也没有。母亲只是拉着孝儿的手，说这下子好了，这个梦应验在我身上了，这下放心了。父亲安慰着母亲，说，哪里就那么严重了，下午让张医生再来打上吊针就好了。母亲的脸上泛起疲惫的笑，说她自己的身体她自己知道。母亲说她很累，想困一会儿，她握着孝儿的手，就睡了过去。

孝儿看母亲睡着了，他又想到了浃子里的鱼。他想去捉鱼，他想，要是能像故事里讲的那个小孩子那样，捉到两条鲤鱼，给母亲煮一鼎鱼汤，母亲喝了鱼汤，病就会好了。孝儿于是把手从母亲的手中轻轻抽了出来，他溜出了家门，踩着咕吱咕吱的雪，朝浃子边跑去。他一直跑，跑得胸口有些疼，也没有觉得累。翻过一道堤，北风猛地直往嘴里灌。雪是停了，风却卷起了雪末，打在脸上，像刀子在割一样。

呀！浃子里的水真的干了，大人在水里捡鱼。孝儿把鞋藏在了草窝里，赤着脚就往浃子里跑。赤脚踩在雪地上，孝儿感觉像踩在刀口上，将脚趾紧紧抓在一起，一跳一跳。不过很快，他的脚就适应了这刀子。他像小马驹一样跳进浃子里。

大人们突然发现了他。

狗日的，不要命了啊，这么冷的天。

他像没有听见。他眼里只有鱼。

上去上去，不上去拿稀泥巴糊你。

他像没有听见。他心里只有鱼。

孝儿向一条大鱼扑过去，他抱住了鱼，那鱼最少有四五斤，鱼的劲儿真大呀，挣脱了，箭一样射出老远。孝儿被带趴在了水里，一身泥水。

你想死呀，会冻死你的。

大人骂他，并朝他走了过来，他就吓得往岸边撤。大人看他撤了，又低头继续捡鱼，鱼在大人们手上摆动着，在水桶里扑腾着。孝儿羡慕得要死。他恨自己没有力气，恨自己胆子太小。大人们很快把他给忘了，他又开始朝涑子中间走，他看见了一条大鱼，那是条红尾巴的鲤鱼，足有一尺多长。现在，它陷在稀泥里。孝儿朝鲤鱼轻轻地靠近，再靠近，他的呼吸都快停止了，他将两只手高高举起，对准鲤鱼头猛扑过去，手死死掐住鲤鱼，鲤鱼在他的怀里挣扎，扑腾，然而这次，他不会再让鱼挣脱了。他死命抱紧鲤鱼的身子，鱼挣扎了一会儿，终于安静下来。他开始往岸边撤。大人看见他抓了条大鱼，追了过来，孝儿在逃向岸边时，又倒在水中，然而鱼还在怀里。

他没有松手。

他终于逃上了岸。

他朝堤岸上跑去。

身后飞过来了两团稀泥，没有打中他。他跑到堤上，可他找不到鞋了，到处是相同的草窝，到处是厚厚的积雪，遍地银妆。风在堤上跑，带着雪末，堤顶上显得格外光溜。孝儿想，算了，不要鞋了。他抱着那条大鲤鱼往回跑，手冻僵了，鲤鱼从手里掉了下来，在雪地上扑腾。他去抓鱼，手不听使唤，费了好大的劲，才将鲤鱼重新搂在怀里。

鲤鱼好大，红红的尾巴。

鲤鱼好美，嘴边有几根胡子。

孝儿一路朝家跑。在路上，遇见了好几个人，每个人看见一身泥一身水的他，都发出惊叹，夸他的鱼大，夸他能干。孝儿觉得很自豪。他遇见一个老人，老人说这伢子，这么冻的天，好可怜！

孝儿突然觉得很悲伤，他想哭，也不清楚他为什么想哭，为母亲，还是为自己，或者是为怀里的鱼，或者什么都不为，他只是想哭，他觉得自己很勇敢，也觉得自己很委屈。他就哭了起来。一边哭，一边往家走。鼻涕出来了，拐起袖子抹一下，眼泪在脸上，结成了两道冰。

身后的雪地上，两行歪歪斜斜的脚丫子印，一直延伸到很远的地方。

绿　衣

爷爷说，过了惊蛰节，死鱼都咬铁。

绿衣问爷爷，惊蛰节是么子？

爷爷被惊蛰节是什么这个问题给问住了。

绿衣还问，死鱼哪个还会咬铁？死鱼咬铁做么子？

爷爷怜爱地说，你这个鬼丫头，哪这么多怪问题。

那时，绿衣九岁，正是问题多得要命，缠得死人的年龄。

七八九，嫌死狗。

绿衣的性格里，又有着男孩子好动的一面，赤了脚上树摘桑
葚光了屁股下湖摸鱼，划着小船到湿地寻鸟蛋，什么都敢做。烟

村人说她是个疯丫头。其实也不单绿衣，这烟村的丫头小子都是如此。因此，烟村人称孩子们跑出去玩不说出去玩了，说死到外面疯，说晓得野哪里去了。一个"疯"字，一个"野"字，极为准确、传神。

这是烟村人的语言。疯字和野字里，含着欣赏、自豪、鼓励，还有一些些担心与怜爱。

面对疯丫头绿衣的问题，爷爷不打算回答，这样的问题是回答不完的，回答一个，又带出了另一个，她可以缠着问一天。然而，绿衣却不依不饶，揪了爷爷的胡子，说不告诉她，她就把爷爷的山羊胡子揪下来。爷爷服输了，说，也就是这么一说，哪个死鱼真的会咬铁了，不过是说，过了惊蛰节，湖里的鱼，沟里的鱼，港里的鱼，汊里的鱼，睡了一个冬天，都醒来了，开始产籽、长膘，可以下钩钓鱼了。

爷爷这样说时，望着家门前的那漫无边际的湖和湖畔的湿地。湖水一日日绿了起来，深了起来，鲜活了起来。湖睡了一冬，开始风情万种，开始春色撩人。冬天的湖水，像是一块白亮的玻璃，春天一到，湖水就变颜色了，变成了绿玻璃。湖边的湿地上，那些在冬季里枯萎的草，没在涨起来的春水中。芦芽，棒槌草，三角草，箭一样钻出水面，绿得鲜嫩，阳光泼在新绿上，新绿的草叶发着玉样的光泽。鱼们在水里活跃起来了，这里打个晕，那里打个晕。跳起来吃鲜嫩的草尖。鸟们也都开始回来了，长脚杆，弯脖子，尖而细长的嘴，一群群落在水田里。湖边的电线杆子上，那么多的黑点子，是山雀、燕子。油菜花无边无际，把金黄铺到了天边，远成淡绿，烟村就成了黄金和翡翠镶成的世界。烟村经过了冬天的睡眠，醒来了，开始生机勃勃。爷爷望着那湖，有那么一阵子就发呆了。他的眼里，就有了沧海桑田，有了世事云烟，有了生离死别，有了风雨雷电。爷爷想，人生如梦！这是个饱经世事的老人，在暮年发出的人生感悟。这感悟不是来自书本，是老人经过一生风雨后自然的总结，这些总结，有时却会和某些哲人的总结惊人的相似。

爷爷爱发呆，绿衣是晓得的。她还晓得，爷爷一发呆，要么是想她的奶奶了，要么，是想她的妈妈了。绿衣没有见过奶奶，在她印象中，奶奶就是湖边山包上的那个小土堆。妈妈在绿衣的记忆里也是模糊不清的。绿衣疯是疯，野是野，可是这丫头心里有水，灵气，她知道爷爷这时心里不好受，于是她也不问问题了，学着爷爷的样子，爷孙俩，都坐在门槛上，都赤着脚，爷爷不抽烟，嘴里嚼着一截草，绿衣学着深沉的样子，双手托着腮，也望着家门前浩渺无边的湖，也想想一些什么。

绿衣到底沉不住气，她见爷爷想起来似乎有些没完没了，就牵了牵爷爷的衣袖，说，爷爷，你哪里晓得这么多的话呢？爷爷一愣，说，哪个话？绿衣说，死鱼都咬铁呀。爷爷可以说出很多这样的话，比如在正月天打雷了，爷爷就会说，正月雷打雪，二月雨不歇，三月干了田，四月秧长节……一直说到十二月，一年的风雨，一年的气候，都在正月间的这一声雷里了。爷爷还说，闰七不闰八，闰八过刀杀……爷爷说，听得多了，就记下来了。绿衣你到爷爷这个年龄，晓得的事还要多哩。

说起来，绿衣不该叫爷爷为爷爷，该叫外公。只是她打小跟外公一起过，打小就叫爷爷，叫习惯了。烟村人也觉得，这丫头，就是老人的孙女。如果不是绿衣活脱一个小春桃，烟村人大约会忘了，绿衣其实是春桃的女儿这一事实。

春桃是绿衣的母亲，也是个打小就很聪明的丫头。春桃这丫头心性高，总想着要走出这烟村，走出这湿地。春桃说，她不喜欢这里，和这里的一切。她向往的，是另外的天地。那片天地，在春桃比绿衣还小时，就在她的心里扎下了根。那时，从城里来了些十六七岁的姑娘小伙儿，烟村人称他们为知识青年，烟村人对那些远离家乡来到乡下的孩子们不坏，重点的活都不会叫他们去做。他们就负责唱戏，排节目，或者做些轻巧的事。他们也给烟村带来了别样的欢乐。有个女知青，那时就住在春桃的家里，春桃的妈妈对她很好，她就认了春桃妈做干妈。春桃妈做什么好吃的，都想着给她留一口。就是在那时，很多个有月亮的夜晚，她给小春桃讲了很多的故事，讲城市，讲城市的街道，讲电灯电话，讲城里的车辆与高楼。她说，城里真好呀。于是，小小的春桃心中，就种下了对城市的向往。

到城里去。

这是春桃的人生追求。后来，那些知识青年陆续回了城，再也没有回来。春桃的母亲也去世了。春桃读到初中毕业，再读不下去了。她的成绩不好，她心里总是想着城市。于是，她就去城市里打工了。春桃去的是省城武汉。她在武汉给人家当保姆。她在离开烟村时就对自己说，一定要在城里扎下根来。一定。为了这个一定，春桃付出了她无法承受，却必得一生承受的代价。

春桃十七岁那年，爱上了一个城里人，那个人说也爱她。春桃想，嫁给城里人，她就是城里人了。她怀上了城里人的孩子。孩子就是绿衣。春桃以为，她会成为城里人，她真傻，把一切都看得太简单了。她的梦自然是落空了，春桃生下孩子后，带了三个月，就把孩子丢给父亲，她又出门打工了。她去了更远的深圳。一晃，绿衣九岁了。春桃只回来过三次，也就是说，绿衣只见过她的妈妈三次，爸爸呢，她是从来没有见过的。听爷爷说，爸爸死了。绿衣信爷爷的话。绿衣想，别的孩子都有爸爸，她要是有爸爸该多好。

爸爸是什么样子的呢？绿衣有时会想一想爸爸的样子。

绿衣的母亲春桃，这些年在外面，东跑西跑的，她做过有钱人家的二奶，也在发廊里做过小姐。这也没什么，烟村的很多女孩儿，都在发廊里做，挣下了大把的钞票，回到家，把家里的房屋修好了，让父母的日子过好了，她们是烟村的荣耀。她们用自己的苦涩，成就了父母的荣光与幸福。可是春桃呢，不知为什么，这些年来，却没有挣下钱。她总是一次又一次恋爱，一次又一次让那些男人把她的钱花光。她总是不长记性，她似乎永远都在憧憬爱情。这孩子，打小聪明，怎么就那么缺心眼呢！城里有什么好？这个问题，爷爷一直没弄明白。爷爷也担心着绿衣，绿衣一天天大了，他担心着绿衣将来长大了，和她母亲一样。然而爷爷又想，不出去，让绿衣一辈子窝在这烟村么。这样一想，爷爷劝自己，儿孙自有儿孙福，不去想那么多啦！

不去想是不去想，绿衣是一日日地大了，清明谷雨，小寒大寒。一年又一年，春种夏长，秋收冬藏。湖白了又绿，绿了又白，几番变化间，绿衣就长大了。一日，绿衣从学校哭着回来了。

爷爷说：绿衣，我的乖，哪个欺负你了？

绿衣说：爷爷呀，我得了病，我要死了。

绿衣长大了，来好事了。这让爷爷高兴，又让爷爷揪心。爷爷找来邻居的婶娘，让婶娘对绿衣传授了一些女人在成长过程中必得的知识。从那天开始，绿衣和爷爷之间就有了距离了。爷爷再也没有把绿衣搂在怀里，再也不叫绿衣我的乖。绿衣呢，依旧的快乐，走路从来都不老老实实，总是疯跑，老远就喊爷爷，我回来了。爷爷说绿衣，你大了，是大姑娘了，别再这样疯疯癫癫的。绿衣吐吐舌头，照样的疯，来去像只鹿，在烟村跳跃着。可是她却迅速长大了，身体开始显山露水了，活脱一个春桃。绿衣的心智还是那么单纯，像烟村的水一样，是透明的，这更让爷爷担心。许多个夜晚，爷爷翻来覆去，以一声长叹结束了他的思想。有许多的事，爷爷想提醒绿衣，可是张过几次口，却无法把那些话说出口，爷爷想，该把绿衣交给她母亲了。

绿衣的母亲，在爷爷的催促下，终于是回到了烟村。

在爷爷的记忆里，春桃一直是十多年前离开烟村时的模样。这期间，春桃回来过几次，每回一次，爷爷都要高兴几日又要伤心许久。春桃是一次比一次显出沧桑了。爷爷有些认不出来眼前的这个女子了，这女子，头发红里带黄，手上总是夹根烟，说话声音沙哑，眼圈还总是泛着青。

　　父女二人坐在门口，望着门口那无边无际的湖，都没有说话。绿衣也懂事了许多，她在房间写作业，耳朵却在捕捉母亲和爷爷的对话，关于她的身世，她现在已隐约清楚了。她有时会觉得有些悲伤，但这样的悲伤也只是一会儿的事，更多的时候还是欢乐的。和同学们在一起，和烟村的伙伴们在一起，她是快乐的。她才十四岁，许多的事情，她还来不及去细想，也没法去细想。母亲回来住了半个月，绿衣觉得很开心，毕竟是母女，很快就熟悉了。绿衣有时也想，要是母亲不走了多好。可她知道，这是不可能的，她早已能淡然面对别离。

　　过了许久，绿衣听见母亲说，她得走了。

　　找到合适的人家，就嫁了。城里不好待，就回烟村。

　　知道的，爸。

　　你呀，就是心性太高了。

　　春桃又点了烟。母亲抽烟的样子蛮好看的。绿衣从门缝里偷偷看。她听见爷爷说，烟要少抽点。你看你，哪里还像个人样。

　　母亲就把那刚点着的烟猛吸了一口，余下大半支在地上摁灭了，心不在焉地用手搓弄着剩下的半截烟。

　　要不，就在烟村找个人嫁了吧。

　　绿衣知道，前不久，听说母亲回来了，就有人过来给爷爷递话，那意思，是想给绿衣找个父亲。据说男方人品不坏，家境殷实，只是那男人前年死了老婆，有个十岁的儿子。绿衣紧张地听着，她不知道这样是好还是不好。爷爷对绿衣说，你妈妈要是跟了他，算是跳出苦海，进入福窝。

母亲说：再说吧。将手中的烟丝搓落在地上，说，我不甘心。

爷爷说：绿衣一天天大了。

母亲说：过两年，读完初中，我带她出去打工。

爷爷说：还走你的老路？

……

绿衣看见母亲再次从烟盒里抽出一支烟，母亲的手指翘成兰花状，很好看。她把烟夹在指头上，绿衣觉得，母亲的样子还是那么美。

她为母亲骄傲。

暑假时，烟村的太阳开始暴虐起来。湖边的柳树叶子都耷拉着，无精打采。几只知了，不要命地喊，知道了。知道了。湖里堆满荷花，红艳艳的。鼓眼的莲蓬躲在莲叶下，这里一个，那里一个。绿衣划小船摘莲蓬，还哼着好听的歌，这是在学校里学的。

哎，小姑娘，你吓跑我的鱼了。

绿衣听见有人用城里的话在喊。

绿衣吐吐舌头，做个鬼脸，把船划开。远远地看那钓鱼人。绿衣觉得那人蛮有趣，他的钓鱼竿也蛮有趣，一节一节的，可以收起来，和烟村人用的鱼竿不一样。烟村人的钓鱼竿没那么讲究，砍根拇指粗、直溜的水竹，削去枝叶，就是钓竿了，再讲究点的，用烟火把竹节熏出一道道黑圈。这个说城里话的人，钓竿是能活动的，小巧而又轻便。

城里人。绿衣想。她想起父亲，那个她没有见过面的男人，听说，他就是城里人。绿衣并不记恨父亲，只是有些想念他。有时也会想，要是有个父亲多好。父亲是什么样子的呢，是否会像这个钓鱼人，有着白净的皮肤，戴着牛仔布的帽子，戴着茶色眼镜，穿着普蓝色的长褂子，还是府绸的，轻盈飘逸？绿衣看着，想着，不觉又划到钓鱼人的身边。钓鱼人看着绿衣，冲她笑。

钓鱼人笑起来很温和。

你是城里来的人吗？绿衣问。

钓鱼人笑笑。你叫什么名字？

我叫绿衣。

钓鱼人说：绿衣，这名字……

绿衣有些紧张：这名字怎么啦？

钓鱼人说：绿兮衣兮，绿衣黄里，心之忧矣，曷维其已。绿兮衣兮，绿衣黄裳，心之忧矣，曷维其亡。

钓鱼人就笑了起来，钓鱼人笑起来的时候，依旧很温和。绿衣觉得，钓鱼人的身上有一种特殊的味道。钓鱼人说，你多大了，读几年级。

绿衣说：读初二了。

钓鱼人说：那你读过《诗经》了，《诗经》里有一首诗，就叫《绿衣》。

绿衣兴奋地说：是吗？

不过，钓鱼人说，这名字不大好。

怎么不大好？

绿衣听见爷爷在喊她，有些不舍，她还是回去了。回去了，心却还在这奇怪的钓鱼人身上。为什么我这名字不大好？绿衣想，下次见到钓鱼人，定要问个明白。可是一连几天，她都没有见到钓鱼人。

五天后，绿衣又见到了钓鱼人，绿衣拿块石子扔向钓鱼人的浮子。钓鱼人回过头来，见到了绿衣，嘴咧了咧。

喂，我问你，我的名字为么子不好了？

钓鱼人说：也没什么，名字就是个符号，再说了，你的名字很古典，你们家肯定有读书人。

绿衣摇摇头。

那这名字是谁给取的？

绿衣说母亲取的。母亲为什么给她取这名字，绿衣也不知道。

那你爸爸呢？

绿衣咬着嘴唇，不说话。她呆了一会儿，提高了声音，想要把心头的不快甩开，说：

你是从城里来的吗？

钓鱼人点点头。她说，你们城里好吗？城里有些什么？城里人怎么生活？钓鱼人说你想去城里么？绿衣摇了摇头。钓鱼人说那你问城里人的事干吗？绿衣想起了母亲，她想知道，母亲为什么那么想在城里生活。

"呜"的一声，空中闪过一道银光，钓鱼人拉起了鱼，他的脸上漾起了笑，把鱼从钩上取下，"扑喇"，放进网里，鱼搅起了

哗哗的水声。绿衣去看网里的鱼，好多黑背鲫鱼挤在一起。钓鱼
人看着绿衣，他脸上的笑，渐渐就凝固了。

　　后来好些天，钓鱼人天天来钓鱼。绿衣也天天去看钓鱼人钓
鱼。钓鱼人就对绿衣讲城里的事，讲城里的生活。绿衣说和电视
里放的一样么？钓鱼人说一样。钓鱼人说想去城里么？绿衣摇了
摇头。绿衣只是想弄明白，母亲为何一心要在城里扎根。现在，
她有点似懂非懂了。

　　绿衣喜欢和钓鱼人在一起玩。绿衣有时甚至会傻想，要是这
人是父亲，那该有多好。绿衣这样想时，会偷偷笑出声来。她再
摘了莲蓬，就会给钓鱼人丢几个，她呢，盘了腿，坐在钓鱼人的
身后，剥莲蓬吃。钓鱼人说，会游泳吗？绿衣说，会。钓鱼人于
是穿了短衣，跳进水里游泳。他喊绿衣也下水游，绿衣下水。钓
鱼人游进藕花深处，绿衣也游了过去。她找不到钓鱼人，害怕钓
鱼人出事，城里人大多是旱鸭子。有人从背后抱住了她，她吓得
尖叫了起来，等她看清了是钓鱼人，她不叫了。她看见了钓鱼人
的笑。钓鱼人把她紧紧地搂在了怀里。绿衣觉得天地在旋，她害
怕极了，紧张极了，她想喊，喊不出声音来。她觉得这样不好，
真的很不好，她觉得这样羞人得很。从那以后，她再也没有去湖
边，再也没有见到钓鱼人。

　　绿衣隐隐觉出了这是件坏事。她有些紧张，害怕爷爷知道。
爷爷知道了，会打断她的腿。慢慢地，绿衣的嘴开始馋了。她感
觉到怎么也吃不饱，又感觉到了肚子在一日日长大，里面有个生
命在孕育着。等爷爷知道这事时，已经是第二年春天。爷爷知道

这事后，手就一直抖，他问绿衣，哪个狗日的。绿衣只是哭。绿衣说她也不知道，绿衣说，是个钓鱼的人，城里来的。爷爷那天夜里，磨了一夜斧子。第二天，爷爷用斧头砍了一天树枝。

春桃回来时，绿衣的肚子更大了。春桃在夜里偷偷把绿衣带离了烟村，她们去了城里。一个月后，绿衣生下了一个小女孩。春桃给孩子取了个名字叫幸。幸满百日后，春桃带着她回到烟村，把幸交给了绿衣的爷爷。春桃说，就对人说，是我春桃的孩子，反正我已经生了一个绿衣，我的名声是无所谓了，绿衣还要做人，她还小。

春桃把幸给了绿衣的爷爷后，又去了深圳。绿衣也在深圳。春桃不做发廊了，她要给女儿做个榜样，她进了工厂。绿衣也进了工厂，母女俩在一间厂干活，不在一个车间。绿衣很上进，很快，她当上了文员，还学会了电脑，学会了粤语，学会了照顾母亲，春桃很幸福。母女俩，在一起的时候，就会聊聊幸。母女俩，也会想想男人，谈论厂里的男人。母亲看中的男人，绿衣都觉得不好，绿衣觉得好的男人，母亲又觉得不怎样。她们俩就这样争论着，还说，找机会把爷爷和幸，接到城里来生活。

爷爷不肯来。她们也没找到机会。

爷爷呢，每天背着幸，就像多年前背着春桃，背着绿衣那样，背着幸。他和幸说话，说，幸啊幸，我的乖。他和幸说一些谚语，说过了惊蛰节，死鱼都咬铁。幸咯咯咯地笑。爷爷觉得，这一幕，他很熟悉，仿佛是经历过的，他想啊，想啊，想起了绿衣这么大的时候，又想起了春桃这么大的时候。真像是一场梦。

爷爷觉得，这一切，都是发生在不久前的事。他说，幸呀幸，我的乖，快快长，长大了，咱们去城里找妈妈。幸还是笑，咯咯咯咯。幸一笑，春天就真的到了。春水涨满了湖，一群水鸭子，在湖面上乱飞。

夜行记

　　鸡叫三遍的时候，六一被母亲从梦中唤醒，窗外正有清白的月光泻进，在床前划出窗棂和树影。母亲说鸡子都叫过三遍了，该上学了。六一穿衣。刷牙。洗脸。母亲已经替六一把书包整理好。六一想对母亲说，让母亲送他，不一定送到学校，送过黑林子就行。六一还从未独自走过黑林子，白天也没有走过。过了黑林子，有一条并不宽阔的土路，在土路上走半小时，就上了沙子石头铺就的公路，上了公路，离学校也就不远了。

　　母亲不放心地整理着六一斜挎在肩上的书包，又拉整齐六一的衣襟，眯着眼看六一。

　　六一不用抬头去看母亲。他知道母亲在看他，他感受到了母亲目光中的温暖。父亲去世后，六一长大了很多，作为这个家庭唯一的男人，就该有个男人的样子。母亲问六一怕不怕。六一心里其实怕，可他挺起了胸，说不怕。母亲拉着六一的手。母亲的手像冰一样凉。六一把手从母亲的手中抽出来，一脚跨出大门。

月光像雪，清亮清亮，从未见过的透明。露水沙沙沙沙下。地上湿湿的。

六一不敢回头看母亲，怕一回头，勇气会跑得无影无踪。六一走得很快，他想让母亲看出他的勇敢与无畏，不想让母亲为他担心。身后传来母亲的声音。母亲说六一，还是我送你吧。六一大声回答母亲说不用。六一说他不害怕，一点也不害怕。六一说着就跑了起来，他感觉到母亲的目光像一根线，缝在他身上。

少年六一心里就涌起了丝丝缕缕的哀伤。

六一想起了父亲。父亲，那个整天乐呵呵的男人，烟村著名的精壮汉子。整整四个年头，六一都是坐在父亲的肩头经过那片黑林子。春去冬来，六一在父亲的肩头见过黑林子里的草茂盛了四次，雪染白了四个冬天。春天的时候，父亲将六一顶在肩头。父亲说，三月三，蛇出山。父亲怕六一被蛇咬。冬天的时候，下厚厚的雪，黑林子里显出少见的清白，父亲有时会把六一放下肩头。父亲拉着六一的手，夜静得像睡着了，脚踩在雪地里发出咕吱咕吱的声音，惊动一只藏在雪窝里的野兔。经过黑林子的那株参天的白果树，父亲对六一讲，白果树里住着一窝狐，它们修炼成了仙，变成了美丽的女人。经过那片墓地，六一最为紧张。墓

地里的老坟可真多呀，密密麻麻，一个接一个。一代又一代的
人在那些土包下安息。父亲指着那块立着高大碑子的墓说，这里
睡着一位了不起的大人物，中过进士，做了很大的官，两袖清
风。父亲对六一说，好好读书，将来考个好大学，也当个两袖清
风的好官。经过一个小坟堆，六一格外紧张，双手掐进父亲的肉
里。父亲说，孩子，别怕，人有三分怕鬼，鬼有七分怕人，你要
是胆子大，鬼见了你躲都来不及呢。六一还是怕。那小小的坟堆
里，睡着的是他的小伙伴。小伙伴跳到水库里游泳，下去就再也
没有活着上来。父亲把六一从肩头放下，大声地说着话，唱粗野
的歌。父亲走到一座老坟前，冲着墓地撒了泡尿。父亲让六一也
撒一泡尿，六一胆战心惊尿了半天也没有尿出一滴。父亲呵呵地
笑，父亲的笑声在黑林子里来回震荡，吓得一群野鸽子咕咕乱
飞。有一次，六一对父亲说，他看见坟堆上坐着个穿白衣的小
孩，那孩子在朝他招手。父亲的声音一下子小了。父亲问孩子在
什么地方，六一指着那孩子出现的方向，那白衣男孩却消逝了。
很多的往事，一下子涌了出来，丝丝缕缕。六一的鼻子酸酸的。
六一从来没有想过有一天，他会独自面对这片神秘的黑林子。
父亲，那个吹牛可以打得死老虎的男人，现在安静地躺在黑林
子里。

　　六一走得急。他怕迟到。拐一个弯，缝在背后的母亲的视线
断了。六一心里猛地一空，脑子里也清醒了许多。六一知道，前
面的路，就得他一步一步走了。六一的脚步慢了下来。月亮还在
中天，清亮亮的光，照着崎岖不平的小路，像一条起伏的白色带

子，在草丛里时隐时现。草尖上挂满露水，裤脚很快被露水打湿了。走过一片梯田，稻子上浮着一层纱样的雾。六一在田埂上小心地走着，高一脚低一下，眼睛一直盯着脚下的路。还好，六一从小就在田埂上跑习惯了。他顺利地经过了那片梯田。远远地，就看见了那棵参天的白果树。白果树在月光下，黑压压的树冠高高耸起，周围的树林显得渺小起来。走过那棵白果树，就是黑林子。六一的心有些紧，呼吸粗重了起来，他听见心脏在胸腔里发出嘣嘣的声音。六一深深地吸一口气，略微地缓了缓脚步，又加快了步子。无论如何，他要自己闯过这片黑林子。他十岁了，他要开始独自面对未知。六一想起了父亲，父亲一生天不怕地不怕。六一想，我是父亲的儿子，父亲在黑林子里看着呢，可不能让父亲失望。这样一想，六一加快了步子。他听见身后传来轻轻的脚步声，他没有回头去看。他不敢回头。

几乎是跑到那棵白果树下的。站在白果树下，天一下子黑了。月光浮在白果树的树冠上。一条泛着微白的小路，从白果树旁延伸到黑林子深处。黑林子里没有光。六一握了握手中的电筒，他并没有打开电筒。握电筒的手是湿的。六一握紧电筒，紧紧地，仿佛握着父亲的手。深深地吸了一口气，望着那深不可测的黑林子，黑林子里泛着森森的凉，仿佛有一些小生灵在喞喞私语，仿佛有无数双眼睛在盯着六一。六一有点想哭，后悔没有叫上母亲，应该让母亲送过这片黑林子的。可是，六一知道，父亲去世后，母亲就病了。家里还有小妹妹，妹妹还没有上学。田里有那么多的活，栏里有猪。从前，父亲在时，田里的活几乎不用母亲操心，母亲只要把家里的活做好，把猪养得肥肥的，到了过年的时候，杀一头过年吃，卖一头做来年的开支。可是现在，父亲突然去了，母亲实在太累，他应该为母亲分忧。为了母亲，六一在心里想，儿子一定能战胜恐惧，走过黑林子。

六一这样一想，又有了力量，重新感受到了母亲的目光。母亲的目光像根线缝在他的身上。六一深吸了一口气，迈大步子就闪过了那棵巨大的白果树。走过白果树的时候，六一想到了父亲讲过的狐仙，父亲说，狐仙一眼就能看穿谁的胆大谁的胆小，狐仙专门迷惑那些胆小的人。那美丽的狐仙就躲在白果树后。

六一盯着脚下的路，脚步拿得飞快，想快速通过黑林子。过了黑林子，他就不害怕了。六一经过了父亲的坟墓。父亲的坟墓就在路边。六一在父亲的坟墓前只是缓了缓脚步，就大步往前走了。他很快走到一个三岔路口。六一在三岔路口停下来，他现在不能再只看着脚下的路，必须得朝四周打量，只有这样，才能分辨清哪条路是通往学校的，哪条路是通往水库的。

想到水库，背后的毫毛唰地竖了起来，仿佛有人在脊梁上吹了一口风。他想到了那个淹死在水库里的小伙伴，六一让自己不要胡思乱想，可是他感觉到黑林子里四处都是人在发出冷冷的笑，他们在嘲笑这个没爹的孩子。六一朝左边看过去，左边是黑压压的树林，树林子里是一堆堆的土包。六一又看看右边，右边也是黑压压的树林，树林子里是一堆堆的土包。六一慌了神，他开始恨自己，为什么平时父亲背着他上学时，他没有记清路。是往左拐呢，还是往右拐呢？六一在三岔路口不知所措。一只野兔从他身边呼地蹿过去。六一尖叫了一声。他终于没有让眼泪流下来。

六一把手电筒打亮，左边照照，右边照照，右边和左边几乎是一模一样。六一对自己说，一定要冷静啊六一，父亲在看着你。想到父亲，六一想起，有一次父亲背他上学，那是个没有月光的夜晚，六一趴在父亲背上，父亲的背上下起伏，六一感觉像是坐在船上，随着波浪一起一伏。父亲说，六一，睡着了吗？六一没有回答父亲的话。父亲说，孩子，知道那条路是往什么地方的吗？那条路是通往水库的。知道水库有多长吗，划船要划上三天三夜呢。知道水库有多深吗？水库没有底，直通东海龙宫呢。父亲告诉六一，水库里有一条巨大的鱼，只在阴天欲雨前才出现，那条鱼出现的时候，整个水库中间就像被一条黑黑的深沟分成两半。没有人想到那黑黑的深沟会是一条鱼的脊背。怎么会有那么大的鱼呢？真的是不可思议啊！没有人看见过哪边是它的头，哪边是它的尾。有一天，人们发现那条深沟缓缓地在摆动，一下子朝左边摆，一下子又朝右边摆，水面上就开始泛起了波浪。开始只是有一些波纹，后来波纹慢慢隆起，越来越高，一波接着一波，波浪很快就到了岸边，岸边的水一下子涨了好几尺，当时站在山顶上的八爷看清了，原来是条大鱼呀。八爷吓得不轻，一屁股就软在地上。后来就开始打雷，下雨。暴雨下得可真大呀，水库里的浪花和雨水混为一体，像开了锅一样。八爷后来回到村里，对大家说起那条大鱼，大家都说八爷是胡说八道呢。后来再也没有人看见过那条大鱼了。父亲说，儿子，你相信八爷的话吗？六一对父亲说相信八爷的话。父亲问六一，想不想去看那条大鱼？六一兴奋地说想。父亲说那哪天下雨的时候，他就带着六一去山顶上看大鱼。父亲还没来得及带六一去看那条大鱼呢，就突然离开了。

六一想起来，当时父亲背着他，指着左边的那条路说着大鱼的故事，那么，去学校的路该是往右边了。六一于是朝右边走去。月亮这时已渐渐落到西边，光亮变得微不足道。六一拿电筒照着路走得飞快。不知名的虫子被六一的脚步声惊醒，不知东西南北地乱撞，撞在六一的脚上，身上。六一顾不上这些，越走越快，走到后来，不知为什么就跑了起来，他总是感觉到背后有什么东西在跟踪着他。六一越跑越快，脚下踢到了一根凸起的树根，扑通一下扑在地上，手电筒也跌落在草丛里，一柱光亮斜斜地射向天空。六一一声不吭爬了起来，捡起手电筒又跑，跑得上气不接下气，他实在跑不动了，就扶着一棵树，弯着腰哈气。呼吸平息了下来，六一也渐渐从慌乱中平静了下来。六一觉得不对劲，走错路了，于是掉转身往回走。这次他没有跑，感觉心被一只无形的大手紧紧地攥着，大手越攥越紧，只要再用一点力，就会把他的心脏像摘瓜一样揪下来。他想起父亲对他说过的话，走夜路时不能慌张，越是迷了路越不能慌张。如果实在害怕了你就大声唱歌吧，唱歌可以帮你赶走恐惧。六一放声唱歌，可是情况不妙，他的声音失踪了，他找不到自己的声音。他张开嘴唱了两声，都没有唱出声音来。六一感到了无边的恐惧。他捏着自己的嗓子，"嗯嗯嗯"地试图发出些声音来，喉咙深处传来了一些轻微的像是砂布擦在木头上的声音。口渴得要命，他想喝点水，但这显然是不可能的。于是拼命地往喉咙里咽口水，嗓子眼仿佛被沙子堵住了，连口水也无法通过。丢失了声音，这让六一觉得很无助，他折断了一根小树枝，在手中挥舞着，一路走一路朝路两边的草丛和树干击打。挥舞树枝的动作给了六一安慰和勇气。他想起父亲说过的，人有三分怕鬼，鬼有七分怕人。六一大步往前走，手中的树枝不停将两边草尖上的露水打得四处飞溅。树林子上空传来了一阵扑扑啦啦的鸟羽击打空气的声音。一只猫头鹰停在树枝上，看着挥舞着树枝的六一，忽然发出了一声怪笑，一振翅，无声隐没在黑暗中。

　　往回跑了没一会儿，回到了三岔路口。他选择了另外的一条路。手电筒的光柱时高时低，在路两边的树木、草丛、天空、墓碑上晃动。六一高一脚低一脚，这次他没有低头看路，也没有惊慌失措狂奔，他仔细辨认着路两边的树木、草丛、墓碑，希望能从这些东西上找到熟悉的影子。对了，六一兴奋了起来。通往学校的路边上，有两个他最熟悉的路标，一个是那有着高大碑子的进士墓，还有一个，是埋着小伙伴的小小的坟堆。只要找到这两个路标，就一定是通往学校的路。

　　想到小伙伴，六一的心又紧张起来。他想起了那晚看见的白衣人。月光下。白衣人。六一记不清当时是真的看见了白衣人，还是故意说谎来骗父亲的。当他告诉父亲，他看见小伙伴的坟头有白衣小孩子朝他招手时，父亲握他的手一下子紧了许多。父亲没有看见白衣人，问六一是不是在骗他。六一说没骗他，他看得真真儿的，一个白衣人，透明的样子，在对他招手，对他笑。后来六一的父亲把六一看见白衣人的事在村里宣扬了出去，村里的人都知道，黑林子里有个白衣小鬼，半夜里微笑着对人招手。后来，越传越奇，说那白衣小鬼就是那淹死的小孩，他在那边孤单寂寞，想找个小朋友一起玩呢。现在，六一自己也忘了，当时是否真的看见过白衣人。想到白衣人，六一头皮一阵发麻，他感觉身上的力量在渐渐消逝，就像他那消逝了的声音。六一不敢把目光投向路两边的树林，草丛，碑子。他害怕那个虚构的白衣人真实地出现在他面前对他招手微笑。六一仔细辨认路两边的树林，草丛和碑子。只有这样，才能确定所走的路到底是正确还是错误。

白衣小鬼。六一无法挥去心头那虚幻的影子，在心里喊了一声父亲，又喊了一声父亲。六一对自己说，要是人死了真有鬼，那么父亲现在肯定在看着他，在保护他。六一在心里说，父亲，您告诉儿子，哪条是通往学校的路。回答他的只有吹过树梢的风。月亮这时已完全沉没。亮前最黑暗的那段时间到了。黑林子像漆，只有手电光在忽左忽右，忽上忽下。六一的脚步声，露水的沙沙声，虫子的鸣唱声。还有，六一突然听见脚步声，六一停下，那脚步声也停下，六一往前走，那脚步声也响起。六一不敢往回看，硬着头皮往前走，越走心越虚。现在他并不害怕鬼怪，走了这么久，并没有看见鬼怪。六一发现现在走的这路也不对。他记得，走过三岔路口，用不了十分钟，就是那高大的进士墓碑，他和父亲在那里撒过尿。六一想尿，他将手电筒摁灭，撒了一泡尿，这次他尿得很顺畅。撒完尿，轻松了很多，发干的嗓子眼里似乎有了润润的东西，他试着"嗯嗯"了两声，他听见了自己细微的声音。他知道自己真是太紧张了，背后湿湿的，把手从衣服的后面伸进去，汗湿了一片，他把衣服揭起来，风进入衣服里面，六一打了个冷战，脑子也清醒了。他继续往前走，对自己说，再往前走一千步，如果还没有走到进士墓，那就是走错了。六一开始在心里默默地数着1，2，3，4……98，99，100。六一数到一百，便曲起一根指头，又开始从一数起1，2，3，4……99，100。数完一百。六一再曲起一根手指。六一把左手都握成拳头了，还没看见进士墓……六一的右手又曲起了三根手指，还没有看见进士墓……97，98，99，100。终于，六一的右手也握成了拳头，拳头里盈满汗水。进士墓没出现。六一再也走不动了，泪水哗地就下来了。六一很伤心，六一想父亲了，想母亲了。六一觉得自己很可怜，很委屈，泪水止不住地往下流。

六一转身往回走，这次他也没有开手电筒，也不看路两边的树木，他什么也不看，什么也不想，只是默默地流着泪，泪水顺着脸流进了嘴里，六一用舌头舔了舔泪水，咸咸的，涩涩的。六一哭一路走一路。又回到三岔路口。六一站在三岔路口，他想回家，他想回到母亲的身边放开嗓子大哭一场。于是往回走，他还是走一路哭一路。走了有二三百步，他停了下来。六一到了父亲的坟墓前。有一肚子的委屈想对父亲哭诉。泪流得更凶了，父亲去世的时候，六一都没有哭得这样伤心过。六一哭了一会儿，为自己的行为感到羞愧，要是父亲在世，看见自己这样没种一定不高兴。六一想，他是家里唯一的男人，他要为母亲分忧。六一对父亲说，您就放心吧，儿子长大了，儿子一定能走出这片黑林子。六一抹干泪，转身往前走，又一次走到了三岔路口，他选择了往右的路。六一想，无论对错也不回头，一直走下去。如果真是通往水库，那就去水库看大鱼吧，也许真能看见那条大鱼呢。

六一于是快步跑了起来。

六一的影子没入了树林里。一直远远跟着他的母亲，抹了一把泪。

母亲的泪花中含着笑，母亲知道，儿子长大了。

口琴、獐子和语文书

六一走一阵玩一阵，手中挥舞着一根小树枝。

在六一的想象中，这根树枝就是一把刀或者剑。

嘿嘿！哈哈！

六一的嘴里发出一些声音，用树枝击打路两边的小树和草丛，感觉自己是个武林高手。

走到拓栏桥时，太阳落到了湖的西边。水面上，金晃晃的波光闪动，三叶草的叶尖上，跳跃着一层金色的晕。一条鱼"扑喇"跃出水面，划了道优美的弧。天空中，飞着些忙忙碌碌的黑山雀。六一看了会儿山雀，太阳就不见了，湖面安静了下来。

六一想，再不快点走，回家晚了母亲该急了。

六一听见了一种从未听过的声音。

多么奇妙的声音啊！声音是从前面那个黑衣人嘴里发出的。

黑衣人一直走在六一前面，走了好长一段路。六一开始没有注意到黑衣人的与众不同，只把黑衣人当成了普通的行路人。黑衣人一直走在前面。六一有时跑得快，有时走得慢，黑衣人一直在他前面，不远也不近。这让六一莫名紧张。六一又看了看湖，湖边的湿地，太阳真的不见了。湿地上飘浮着一层薄纱样的雾。一只"苦娃子鸟"在叫，苦哇苦哇苦哇……叫起来没完没了。

六一想到母亲常对他说的话：太阳落土，鬼上大路。

想到鬼，六一把手中的树枝挥舞了几下，这次没有再发出嘿嘿哈哈的叫声。他想快步从黑衣人身边跑过。黑衣鬼大约是无常。无常都是瘦高瘦高的，瘦高的无常爱和人比高，这时你要脱下一只鞋，在和无常比高时，把鞋拼命扔向天空，无常就会感到自卑和害怕，会从你的眼前消失。六一弯下腰，脱下一只鞋，发现穿一只鞋走路不方便，便把另一只也拎在了手中。

就在这时，黑衣人嘴里发出了美妙的声音，那声音像有魔法一样，把六一的脚系住了。六一忘了害怕。有什么好害怕的呢？多么美妙的音乐啊！六一放慢了脚步，慢慢跟在黑衣人身后。黑衣人快，六一也快，黑衣人慢走，六一也放慢脚步。六一想弄清楚黑衣人是用什么样的魔法，吹出这神奇美妙的声音。

这是什么声音呢？

六一从来没有听过。六一会用嘴唇发出多种声音，各种水鸟的叫声，动物的叫声，可是六一从来没有想到，从人的嘴里可以发出如此奇妙的声音。黑衣人的嘴里飘出了一支欢快的曲子，六一的心情也是高兴的，手中的树枝也跟着欢快地舞动，手中的鞋也跳动了起来。他的脚步也是轻快的，六一几乎想随着那神奇音乐的节拍起舞了。黑衣人嘴里飘出的音乐突然间慢下来，脚步也慢了下来。六一的脚步跟着慢下来。六一想起了父亲，不知为什么，他就是突然想起了父亲。六一觉得心里突然被无边的悲伤给笼罩了。他看见了月亮从东边的青龙山升起了，清亮清亮，光辉像寒雪。

月亮的光辉照在湖面上，湖面反映着冰凉的光。

月光浮在湿地的苇子上，苇子幽深如梦。

月光跳跃在黑衣人的身上，黑衣人很寂寞。

六一跟在黑衣人身后，生怕惊动了黑衣人，又渴望黑衣人能发现他，同他说上两句话，不，哪怕一句也行。果然，黑衣人回过头来，看了六一一眼，六一的眼光和黑衣人的眼光撞在了一起。黑衣人的目光游离不定。六一看清了，黑衣人的手里拿着个小小的盒子。难道那美妙的声音是从这个盒子里飘出的？

这是什么呢？真是很神奇。

黑衣人加快了脚步，一步足有六一三步大，清亮的月光下，黑衣人走得无声无息，像飞，六一要小跑才能跟上。

黑衣人还在吹着那美妙的曲子，曲子变得雄壮起来。六一跟在黑衣人后面跑，跑得气喘吁吁，跑岔了路都不知道。黑衣人往东边去，六一的家却是往西边。在丁字路口，黑衣人往右拐了，六一跟着往右拐，拐上了一条小石子铺成的路。六一赤脚走在石子路上，坚硬的小石子硌得脚心生疼。

六一忘记了疼。音乐在月光下颤抖着，像这高低不平的马路。

黑衣人突然停了下来。六一吓了一跳，赶紧收住了脚，差点就撞到了黑衣人身上。

黑衣人尖着嗓子说：小子，你想搞什么？

就在黑衣人说出那句话的同时，六一把手中的两只鞋抛向了天空。

六一的举动显然让黑衣人莫名其妙。黑衣人尖着嗓子又说了一声：小子，不要跟着我。

黑衣人转身就走，一下子就走得没了踪影。

六一望着黑衣人消逝的方向，心里说不出的失落，他还是没有弄明白，那只小小的盒子怎么会发出如此美妙的音乐。黑衣人离去后，六一发现走岔路了，鞋也不知落到哪里去了，在草丛里找了好半天也没有找到，就把手中的树枝插在路边做了个记号，第二天再来找鞋。第二天，六一没有找到他的鞋，连那根树枝也没有找到。

多年以后，六一终于知道，黑衣人吹的原来是口琴呀。

六一终于也有了自己的口琴，也会吹口琴了。六一觉得，那天晚上听到的口琴声，是他这一辈子听过的最迷人的音乐。

路过一片苇子林。大人们交代孩子，不要在苇子林逗留。苇子林里有什么呢？苇子林里什么都有。

　　这是一片恐怖的苇子林，就像噩梦一样，横在六一上学的路上。比黑森林还要恐怖。很多年后，那片苇子林变成了漠漠水田，但还有很多人记得那片苇子林。

　　六一经过苇子林，一直想进苇子林里去看看，想知道苇子林里是不是什么都有。

　　六一见过村里的大叔从苇子林里扛回过一头獾。大叔还扛回过一头野羊，野羊长着长长的角，头歪在大叔的肩上，死了的野羊还睁着美丽的眼，那么清亮。

　　六一见过那双野羊的眼睛后，很多天都忘不了。他做了个梦，梦里有双清亮的眼在看着他。那是双哀愁的眼。多年以后，六一见过一个女人，女人也有着这样一双眼。六一想起了那只野羊。后来，那个女人，成了六一媳妇。

　　大叔从苇子林里拎回的东西很多。野兔；长着红红的长尾巴的锦鸡；有着长长脚杆和脖子的白鹭；一种叫着江猪子的非鱼非兽的东西（多年以后，六一知道江猪子是有着水中大熊猫之称的白暨豚，那时白暨豚已灭绝了，他有了负罪感，为他儿时吃过白暨豚的肉）；一只全身金黄的黄莺。那是六一第一次看见黄莺，六一还从来没有听过黄莺唱歌。

　　六一捧着歪着脑袋的黄莺，说，黄莺，黄莺，你唱支歌。

　　黄莺的头一直歪着。

　　大叔说，你想听黄莺唱歌？改天大叔给你捉只活的。

　　六一还见过一只狐。有着火一样的皮毛。大叔将狐搭在肩上，一脸的笑，嘴都快合不拢了。六一看见一团火向村子里飘过来。一团火。那是六一见过的最美的火。六一记得，有一年冬天，很大的雪，黑夜被雪映得白亮。一只狐，来六一家，和六一一起烤火。父亲回来了，狐就走了。六一对父亲说，一只狐，坐在火塘边。父亲摸了摸六一的头，父亲总是这样的，没有太多的话。六一明白父亲的意思，父亲是在表扬他呢。

父亲从来不打猎。

苇子林里可真是什么都有啊。六一没有进过苇子林，每次走过苇子林，总觉得心里很紧，脚步拿得飞快。因为苇子林里有这些美丽的精灵，也有着据说是红眼睛绿眉毛的鬼魂。六一果然就看见，苇子林里，闪动着一团绿幽幽的火。六一知道，那是鬼火。老师说，不是鬼火，世上怎么会有鬼呢？老师说是磷火。磷的燃点低，在空气里自燃了。六一觉得还是鬼火。

苇子林深处传来吱吱的叫声。

叫声低低的、哀哀的，像小孩在哭。

六一从来没有听见过这样的叫声。这是什么在叫呢？六一吓得飞快地跑了过去，哀哀的叫声被抛到了身后，越来越遥远了。

六一想起了那只美丽的野羊，野羊那双美丽的大眼。

六一转回身，顺着声音找进苇子林里，终于找到了，是一只獐子，脚被大铁夹夹住了。獐子见了六一，没有再叫，眼里闪动着惊恐与慌乱。六一摸着獐子的头，獐将身子扭向了另一边。六一用尽力气，把铁夹子弄开，獐解脱了出来，哀叫着，一拐一蹦，消逝在苇子林的更深处。

第二天上学时，看见垂头丧气的大叔，大叔拎着空空荡荡的铁夹子往回走，六一得意地跑了起来，像飞奔的獐子。

六一觉得，他就是一只獐。

跑到离学校还有半里远，听到了上课铃。

完了，又要被老师罚站了。被罚站是件极不光彩的事情，站在黑板旁边展览一堂课的滋味，六一尝过一次，一辈子也忘不了。

站在教室门口喘着气喊了一声：报告。

老师居然点头对他说了一声进来。

六一低着头，钻到座位上。摸出语文课本，心还在怦怦乱跳，感觉肺里生疼，脸红红的。他不好意思地对同桌的林雪花吐了吐舌头。

林雪花板着脸没有理他。

林雪花好像很生气。

林雪花，你怎么啦？六一悄声问。

她没有理六一。

六一听见老师在说话。老师用黑板擦拍着桌子说，小时偷针，长大偷金。

六一用袖子抹了一把额头上的汗，莫名地感到不安。这种不安与教室里的氛围有关。现在应该是早读时间，同学们没有早读。老师站在讲台前训话。这不合常理。同学们把背坐得直直的，小手背在身后，没有一个人交头接耳，也没有人有一个小动作。不对劲，肯定出事了。于是停了和林雪花说话的念头，他本来是想告诉林雪花，昨天晚上，他救了一只獐子。他发现林雪花的眼里闪动着泪花，老师背着手，在黑板前转着圈子。六一听见同学们发出的粗重呼吸声。

出事了，一定是出大事了。

他还没有弄明白到底发生了什么事。有谁欺负了林雪花吗？老师一贯都是喜欢林雪花的，是呀，谁让她学习成绩好，长得好看，又听老师的话呢。是哪个不知天高地厚的家伙，居然惹了林雪花。这下有好戏看啦。六一心里有些暗暗欢欣。

老师说，哪个同学拿了林雪花同学的语文书，请自觉交出来。

哦。六一明白了，林雪花的语文书不见了。难怪林雪花的桌子上空空的。可是，谁会拿她的语文书呢？谁没有语文书呢？

没有人交出来吗？那好吧，老师会把这件事查到底。老师对林雪花说，林雪花同学，跟我到办公室，我给你找本旧语文书。

林雪花同学跟着老师离开了。老师的前脚刚出教室门，教室里轰的一声炸开了锅。有的同学故意大声尖叫起来，有的同学拍着桌子，学着老师的语调说，小时偷针，长大偷金。老师转身又进了教室，眼尖的同学马上坐得端正，背着手，大声地读起书。马三九和马远志那两个傻瓜，没有看见老师又转回教室，还在大声拍着桌子学老师说话。他们俩很快发现情况不妙，刚刚还在吵闹的同学们，都变得规规矩矩起来，背着手在大声读课文。他们明白得晚了，老师一只手揪住了马三九的耳朵，一只手揪住了马远志的耳朵，把他们两个拖到了黑板前，命令他们两人站好。

同学们看着这次老师是真的走远了，这才冲着捂着耳朵站在黑板前的马三九和马远志挤眉弄眼。

六一突然意识到，会不会是他把林雪花的书收进了书包里呢？这样一想，六一偷偷把书包翻了一遍。

天！书包里真的还有一本语文书。想都不用想，肯定是林雪花的语文书。六一背上刚刚收回去的汗，唰地又淌了下来，背后痱子在炸，脑子轰地一下就乱了。

林雪花拿着一本语文书，又回到教室。

六一想对林雪花说，原来是他拿了她的语文书。可是，话到嗓子眼，六一的嗓子眼像被什么东西堵住了，他的声音消逝得无影无踪。

六一使劲地咳了一声，终于咳出点声音，他再也没有勇气把话说出来。

这一天，六一不知是怎么过去的。坐在教室里，魂早就跑很远了。父亲教导他，做人要诚实，要做清清白白的孩子。那么，把书还给林雪花吧，这有什么呢，又不是故意的。

有谁能证明你不是偷的呢，你说不是偷就不是偷吗？不是偷的，林雪花的书怎么跑到你的书包里去的呢？

一节课过去了。两节课过去了。头痛得厉害，脸红扑扑的。他觉得身上的力气也不知跑到哪里去了。老师说，王六一你这是怎么啦，你是病了吗？病了就回家去休息。

六一对老师说他没有病。他是真的没有病。

还给她！不还。

还给她？不还！

最后一节课的铃声响了。同学们哗地一下都涌出了教室，像野马一样分散在各条通往村子的路上。六一还坐在教室里，他把那本语文书拿了出来，不知道该如何处理这本莫名其妙出现在他书包里的语文书。对于他来说，这是一个天大的问题，是比救一只獐要大得多的问题。

天快黑的时候，六一把那本语文书揣进书包，背上书包往回跑。跑到离苇子林不远的一条水沟边上时，六一把那本语文书掏出来，抠了一团泥，把语文书包在中间，噗地一声扔进了水沟。

六一蹲在沟边的草丛里哭了起来。哭累了，就倒在草窝里睡了过去。

六一醒来的时候，睡在母亲的怀里。六一又想起了那本语文书，想，呀，原来是个梦？

幸亏是个梦！

秋风辞

　　烟村的秋天总是在夜晚偷偷光临，先是突然间吹过一阵北风，北风像大扫帚，把夏天的暑热打扫得干干净净。清早起来，嗬！光着身子的农人，下意识地抱起了双臂，张大嘴，贪婪地深吸口气，仿佛要用这清凉的气息，把体内残留的暑热冲涤干净。

　　起来起来，还在睡懒觉！

　　父母亲们被酷暑折磨了一夏，本来极温和的脾气也在一天天见长，日日望着那耷拉着的树叶子发愁，用上了少见的言语，对老天说了许多难听的话。这老天，如果再坚持热上几天，人的嗓子眼里怕是要冒烟了。总是在突然间，在大家都快要撑不住时，秋天就到了。父母亲们的脾气一下子又回到了往日的温和，叫小伢们起床时，也有了一点装腔作势，声音依然是那么的大，却是软软的，含着情，带着爱，没有了前日的焦灼，没有了一丝半缕的咬牙切齿。孩子们是机灵的，从父母亲的声音里，听出了溺爱与宽容，赖在床上不起来。母亲就从扫把上抽出一根竹条。

说：起来起来，懒鬼，太阳晒到屁股啦。

说：再不起来，请你吃竹笋炒肉啦。

烟村人把用竹条打小孩子屁股称之为"竹笋炒肉"。孩子们见母亲嘴角噙着笑意，手中的竹条只是在空中挥舞，并没有太把竹条当回事，将身子往床里面蜷，把屁股蛋子留给了母亲。

父亲背着双手，开始在自己那几亩田里巡视，像将军在检阅着他的士兵。父亲这样背着手巡视时，脸上的神情，必定是欣然的。秋天到了，人的心情就好了。植物们被这秋风一吹，也精神了起来，直愣愣地竖在田野里。只是树们却日渐衰落，一阵风吹来，打个哆嗦，抖落一身的叶子。再一阵风吹来，又抖落一身叶子。每天早上，父亲起床的第一件事，就是拿了大竹扫把，嘶嘶啦啦地打扫门前的禾场。第二天，树叶又落满地。门前的树叶，堆积成了小山包。秋风不停地吹，吹了半个月，树梢上差不多光秃秃了。只有冬青，刺树，柑子树，杉树，依然墨绿，只是那绿更显得深沉，像是在绿墨水里兑上了蓝墨水，兑上了黑墨水，兑上了红墨水染出来的。秋天不像夏天那么浮躁，植物不那么浮躁了，人也不那么浮躁了，连动物们，也不那么浮躁了，鸡不再是这里刨个坑，那里刨个坑，然后卧在里面乱扇翅膀，鸡们也开始变得文静了起来。

秋天是个不坏的季节。

母亲们开始把衣服都拿出来晾晒，家家户户门前的竹篙上，篱笆上，树枝上，白的蓝的紫的，开始飘扬着五颜六色的旗。到了日头偏西，母亲就把夏衣收起来放在了衣柜的底层，把秋衣，把夹衣，把毛衣都放在面上，方便随时拿出来穿。禾场上铺开了两条大凉席，母亲坐在凉丝丝的秋光里上被子。可是母亲的针总是穿不进去，把针鼻对着亮光，把线头在嘴里咬一下，捻细，线好像也调皮了，故意和母亲作对，每次都从针鼻旁边穿过去。母亲叹口气，拿手背去揩眼，眼越揩越模糊。又把线在嘴里咬，捻细了再穿，还是穿不进去。母亲就把针线塞给孩子，说：孝儿，拿去让瞎婶娘帮我穿下针。

叫孝儿的孩子，就接过针线，连跑带跳去了隔壁瞎婶娘家。

瞎婶娘也在门口上被子。瞎婶娘的被子洗得很干净，洗过了，还用米汤水浆过。用米汤水浆过的被子挺括括的，新。

瞎婶娘真神奇哎，她那双耳朵比别人的眼睛还管用，老远的，来人并没有吱声，她就能听出是谁来了。她总是能准确地叫出来客的名字。

孝儿曾经问过瞎婶娘：您老的眼真是看不见么？

她笑。

孝儿又问：那您老怎么能分得出我是哪个。

瞎婶娘说：你们的脚步声不一样嘛，满伢子的脚步声又快又响，细妹子的脚步声像猫子一样轻，你的脚步嘛……

叫孝儿的孩子紧张了起来。

像只小猪……

瞎婶娘笑了。孝儿却嘟起了嘴，不满意瞎婶娘把他说成小猪。

瞎婶娘真的很神奇哎，她的眼看不见，却自如地在村子里走来走去，从来不像别的瞎子那样要拿棍，走路时，也不用把手伸出来探路。从她家到孝儿家，要下道坡，再上道坡，还要过竹林。没事时，瞎婶娘爱到孝儿家串门，她说来就来了，走在路上，你根本不会相信她是瞎子。哪个地方该抬高步，哪个地方该转弯，她的心里都有数。烟村人都说，别看她眼看不见，心里亮堂得很哩。

叫孝儿的孩子说：婶娘，我姆妈让您帮忙穿针呢。

瞎婶娘就笑，脸上的笑意比秋光还要好看：这倒是稀奇了，穿个针有这么难？亮眼的人倒求上我这瞎眼人了。

嘴上这样说，却高兴地接过了针线，不拿嘴咬线，只是用手指沾下嘴再去捻线的一端，把粗粗的索子捻细了，两只手在针上摸索着，线居然就穿进针里了。

婶娘，你怎么就穿进去了？

我的手上长了眼睛哩。

孝儿想，瞎婶娘手上真的是长了眼睛！

过雁儿了。瞎婶娘说。

果然，过了不久，天上飞过一队大雁。"安儿安儿"地叫。

瞎婶娘这时就会停下手中的活，静静地坐在那里，听着雁儿远远地飞来，又远远地飞走了。雁儿飞得都看不见了，她还端坐在那里。太阳就快下山了，风吹到身上凉丝丝的。金黄色的阳光涂在她脸上，像一幅油画。她就这么坐着。

雁儿雁，挑箩筐，挑到烟村把戏唱，唱个么子戏，么子蛮好七……

每次天上过雁儿，孩子们都很兴奋，都要冲着雁儿叫。

雁儿雁儿你歇歇脚，头上长了两只角。

为什么一下子扯到了头上长两只角呢？烟村的这些童谣，当真是没有道理的，简直就是信口打哇哇。然而孩子们相信，只要他们叫得诚心诚意，雁儿们就会落下来让他们看看的。

雁儿过，秋就深了。烟村的早晨，十天有八天起雾。天刚黑，湖面上远远地就起了烟，烟越堆越厚，越堆越厚，就成了雾。白雾茫茫，把远村近树都罩住了。还有霜。霜降了，天就冷了。早晨起来，手都装在袖筒里，呵口气都能看得见。

霜挂在狗尾草尖上，铺在谷草上。霜像刀子一样锋利。

秋收过后，烟村就闲了起来。男女劳力们要去做水利工，去修荆江大堤，或者去搭锚洲湿地围湖造田。瞎婶娘不能出水利工，村里就安排她铡草喂马。和她一起铡草的，是村里专门喂马的马夫。

她和马夫铡草的功夫，也是很让人称奇的。

马夫的铡刀高高抬起，刀锋白洼洼刺眼，瞅一眼凉气森森。拿根草往刀锋上吹，料草和刀锋轻轻一碰，嚓！断成两截。马夫脸上现出笑。他正在壮年，有着古铜样的脸，棱角分明，胳膊上的肌肉一团一团，随着铡刀柄的起落上蹿下跳，像是在皮肉里窝藏着几只小老鼠。铡刀的起起落落像欢快的曲子。

瞎婶娘的右腿下压着一捆草，两手抱草，抬腿，往铡刀口里喂，手和刀锋，不过一寸。

嚓！锋利的铡刀落下，带着凉森森的风，划过她手上的皮肤，刀锋几乎贴着她的手切下。握草料的手收回，紧跟着再把腿下的草往前送出一寸：嚓！嚓！嚓！凭这刀锋落下的凉意，她知道，草料铡得是多么的整齐。一寸长一段，像尺子量过。明眼人也做不到！

明眼人的眼里有刀锋。

有刀锋就有恐惧。

有恐惧，心就乱，心一乱，草料就放不齐。

真的是绝配！在烟村，他们远近闻名。

于是，他和她，马夫和瞎婶娘，就这样搭配了干活，他们很默契。

一刀一刀，干脆利索。草屑四散开来，濡湿的草心散发出淡淡的草香。这是烟村的味道。铡草房里，很快被这种特殊的香气弥漫。

他们铡草时，孩子们喜欢在周围打闹，孩子们唱着戏文，瞎婶娘也跟着哼。马夫说去去去，闹死人了。马夫说完，抬眼瞟瞟瞎婶娘，心里莫名地慌张。瞎婶娘不知道马夫在瞟她，可马夫心里就是莫名慌张。马夫觉得在瞎婶娘面前，他就是个玻璃人，肚子里的那些花花肠子都瞒不过她。

孩子们冲着马夫做鬼脸，然而还是四下里散了，在外面继续疯。铡草房里，除了有节奏的铡草声，倒显得格外安静。这安静里，有着些不同寻常的东西在滋长。瞎婶娘感觉到了，她笑。她其实是很好看的，笑起来尤其好看。马夫大了胆子，看着瞎婶娘，节奏就乱了。节奏在人的心里，心乱了，节奏就乱了。险些就出了大事，险些就铡着瞎婶娘的手了。马夫慌忙定了下神，不敢再看瞎婶娘。

再给我粉个白。瞎婶娘说。

粉白是烟村土话，就是讲故事的意思。瞎婶娘喜欢听故事。她的男人，名叫老国的，是个哑巴。老国长得很好，她知道，老国有着一身坚实的肌肉，老国还好脾气，是个忠厚人。她没有什么好遗憾的。她觉得自己很幸运，能找到老国，说明老天待她不薄。可是老国不能给他讲故事，不能同她说话。

马夫不一样。马夫没有读过书，却有一肚子的故事，东家长，西家短，谁家的母鸡突然从野外带回了一窝小鸡，谁家牛丢了，去问六婆掐时，六婆说直往北方找，果然在北方湿地的苇子里找到了，有些故事是真的，有些加上了他的杜撰。这些故事，瞎婶娘听过无数遍了，她百听不厌。马夫还会讲《罗成显魂》，说罗成七岁吹落檐前瓦，八岁学堂爱打人。瞎婶娘不喜欢罗成，她说罗成心太狠。讲《秦雪梅吊孝》，每讲一次，瞎婶娘都要流好多泪。讲《包公案》……这些故事，马夫都是在做水利工时听别人讲的，听别人讲了，就记在了心里，回到烟村，讲给瞎婶娘听。

你晓得啵，在天星洲，有户人家，马夫说。他手上的动作开

始恢复了原有的节奏。开始讲故事，他的心就不乱了。心不乱，
节奏也不乱。

我晓得天星洲。去年老国就去天星洲做过工。

天星洲有户人家，男的是个好吃佬，什么家伙都吃，天上飞
的不吃飞机，地下跑的不吃人，长腿的不吃板凳。

马夫看见瞎婶娘嘴角泛起了笑，知道那是对他说话风趣的奖
赏。马夫说，那男的不单是好吃，还蛮会做吃的，死猫烂狗子，
把皮剥了，先把肉在锅里煮熟，放点姜，放好多辣椒，还放花胡
椒，麻的，你看我，说着都流口水了。马夫大声吞着口水。

瞎婶娘就说，你呀，要找个媳妇子呢，有个媳妇子照顾着，
就不会这样馋了。

马夫手上的动作一点也没有闲着。嚓嚓嚓嚓，铡刀起起落
落，铡草房里像是扑腾着一群欢快的鸽子。在外面疯的孩子，也
挤了进来，听马夫讲故事。

那年冬天，马夫说，天星洲起鱼，起了好些鱼。余下乌龟甲
鱼没人要，那东西，黑不溜秋，哪个吃呀。那好吃的男人说，你
们晓得个鬼，这些东西才好吃。他捡了一脚盆乌龟甲鱼，剥了一
脸盆肉。男人叫上村里几个好吃佬，生火煮了一锅乌龟肉，又打
了两斤烧酒。几个人把乌龟肉吃完了。

后来呢？孩子们抻着脖子，咽着口水。

瞎婶娘却有些紧张了，她担心那些吃了乌龟肉的人。

那天晚上，马夫说，那个好吃佬，睡到半夜，突然在床上爬
起来，从床头爬到床尾，嘴里还吐着白泡泡，像只乌龟。边爬边

说，大乌龟小乌龟一锅子乌龟，大乌龟小乌龟一锅子乌龟。就这样爬了一夜，天亮的时候，死了。

马夫说完，手上的铡刀不动了，瞎婶娘也忘了往铡刀里喂草。

是乌龟精！马夫说。手上的铡刀又铡了下来。瞎婶娘又开始喂草。

孩子们说，后来呢？

马夫说，人都死了，还有么子后来。

孩子们说，是真的是假的？

马夫说，骗人是乌龟。

这天的故事，大抵在瞎婶娘心底里留下了阴影，她好久没说话，脸上再没了笑。只到快要收工的时候，瞎婶娘把地下的草都拢到一起，直了腰，拍打着身上的草屑，又拍打着头上的草屑。马夫笑着说，头上还有草呢。瞎婶娘就去摸头上的草。马夫说，还有，没弄干净。瞎婶娘又去摘。说，还有么？马夫说，还有。瞎婶娘说，你帮我摘掉吧。马夫帮瞎婶娘摘了头上的草。

瞎婶娘突然说：那个男人，他成家了么？

马夫一愣，回过神来，说，听说是成家了。

可怜，有伢们么？

马夫说，两个，一儿一女，儿子上小学三年级，丫头上小学一年级。

瞎婶娘说，可苦了她。

秋风也不知吹过了第几遍，烟村开始变得萧瑟起来。天地间，整天价灰蒙蒙的，风在树梢上跑，拉扯着树枝，树枝的叫声尖锐刺耳。男人老国还在搭锚洲围湖造田。多么冷的天！想到老国赤了脚在淤泥里围湖，瞎婶娘的心就锥得疼。夜晚，睡在屋里，听着屋外边的风在叫，听着村子里的狗子在叫，她念想着老国许多的好。有老国在，这个家，就有了靠山，有了顶梁柱，虽说老国有口不能言。瞎婶娘觉得，有口不能说话，是最痛苦的事，比她有眼不能看的痛苦要深重得多。又想，一个女人，要是没了男人，那日子怎么过？感谢老天菩萨，把老国给了我。瞎婶娘感到很温暖，可是有个女人总在她的心里晃，那男人吃乌龟死了，他女人现在怎么办？两个伢怎么办？瞎婶娘又想到了马夫。马夫快四十了，还没娶到媳妇子，光棍一个，这日子也是难过。瞎婶娘的心里哗地一亮，要是马夫和那女人组成一家该有多好。可是，那女人家在天星洲，离这里有三十里，还要过河。没有媒人，两个人怎么能到一起？

再给我讲讲，那个女人，她怎么样了？

马夫手中的铡刀利索地铡下。瞎婶娘有节奏地将草往铡刀口里放。

哪个女人？

就那个，男人吃乌龟死了的。

马夫笑了笑，说，你还记得？

瞎婶娘说，我一晚没睡好，老想着那个女人，男人没了，拉扯两个伢，怎么活。

马夫说，人总是有办活法的。

她，没有改嫁？

大概没有，说是，怕后爹对她的伢们不好。

她是好人。

好人命不长，坏人活世上。

你这老鸹嘴，别乱讲。

马夫就不讲。嚓嚓嚓嚓……可劲铡草，铡得草屑乱飞。

再说说，那个女人，你晓得的事。

你不让我讲。

我又让你讲了。

……男人吃乌龟死了后，她就信观音菩萨了，不吃肉，不杀生。其他的，我就不晓得了。

瞎婶娘不再言语。铡草房内，只有铡草声像音乐一样，响着舒缓的节奏：嚓——嚓——嚓……

这天收工时，瞎婶娘突然说，你要想法子成个家了。

马夫说，习惯了。

马夫这样说时，又拿眼去看瞎婶娘，呼吸就急促了起来。

马夫的心里有许多的话，可他不敢说，那些话是多么的肮脏，他为自己心里时常冒出那样的想法而自责，觉得自己简直不是人，猪狗不如，可他止不住那么想。他想说，他习惯了，也不想娶了，能和她在一起铡草，他就知足了。

瞎婶娘突然问他，你今年四十了吧。

嗯哪，冬月十七满四十。

瞎婶娘觉得，这事不能再拖下去了，过了这个村，就没这个店了。次日清晨，烟村还浸在雾中，瞎婶娘背了个包袱，包袱里装了两瓶罐头，一斤红糖，她拿了根细竹棍，和隔壁孝儿的母亲打了招呼，说是回娘家去有点事。瞎婶娘就离开了烟村，去找那可怜的女人了。

要过江，她从来没有去过江对岸。她打听到了，顺着那高高的长江干堤，一路往西走，二十里路程，就是调弦渡，在调弦渡过江，就是天星洲。她走得有些急，这条路，她从来没有走过，在烟村，她用不着竹棍，出远门，她要用手中的竹棍开路。

一条大船顺江而下，呜——拉出响亮的汽笛。

天越走越亮，雾散了，太阳出来了，太阳很温暖，她走出了一身汗，把手反伸到背后，揭开了汗湿后贴在背上的内衣，抖一抖，让风钻进去，把汗吹干。一路上，不停遇到熟人。

您这是到哪里去呢？

天星洲。

走亲戚么？

嗯哪。到调弦渡还有多远？

还远呢，也不让老国骑自行车驮你去？

瞎婶娘不说话了，她要继续赶路。打听好了，二十里路，一条干堤，顺着江流的曲折而曲折，没有岔路，不用担心走岔路。她的心里盘算着，见了那苦命的女人，该如何去说。那个女人，会同意嫁给他么？自己这样去访别人，一个从不相识的人，又是给另一个人说媒，她能相信么？没事的，马夫是好人，她跟了他，会过上好日子的。

为了伢们着想，也要再找个好人嫁了，我可以保证，他会对你好的。

瞎婶娘突然听见有人说话，吓了一跳，才灵醒过来，是自己说出声来了。她笑笑，便小了声，一个人模拟了两个人的对话。她相信，她是能说动那可怜女人的。

遇到人，她就打听，离渡口还有多远。还远呢，有十来里吧。还远呢，有六七里吧。还远呢，有三四里吧。不远了，就在前面，我送您去吧。

那，真是多谢你了，小哥。你是好人，好人有好报。

坐上了渡船，她就开始向人打听那女人的家。同船的，大多是天星洲人，可是并没有人听说过那么回事，因此回问瞎婶娘，那女人是天星洲哪个村的，姓甚名谁?

瞎婶娘说，男人吃乌龟吃死了，晚上在床上两头爬，嘴里念，大乌龟小乌龟，一锅子乌龟。

同船过渡的人都摇头，表示不知道有这样的人家。

你们没有听说过么? 那男人，就是这样死的，你们真没有听说过?

没有听说过，您找她搞么子事呢?

瞎婶娘笑笑，很神秘，好事。她说，找她有好事。

渡船到江心，江面上风大。一船人都不说话，她也不说话。这样一个可怜的女人，她男人又是这样的死法，怎么天星洲的人都不晓得呢? 她感觉到了，这次出门，可能不会顺利。

船撞到了什么东西，猛地打了个抖，她往前倒，幸亏身边人手快，拉住了她。一船的人都起了身，船就停稳当了。

到岸了！船老大在喊。

有人扶她上岸。

多谢，多谢。好人哪，这世上，还是好人多。

她要一个村，一个村地去访那女人。她走到最近的村庄时，太阳就落在了长江对岸。秋风吹过来的寒意渐浓。一天没吃饭，她并未觉出饿。终于听到有人声，鸡叫声、狗叫声、牛叫声。空气中飘荡着谷草燃烧的气味。哪家饭烧煳了。哪家在煮萝卜烧肉。

向您打听个人？

您说。

我也不晓得她叫么子，她男人死了，吃乌龟吃多了，被乌龟精缠到，晚上在床上爬，说大乌龟小乌龟一锅子乌龟，爬了一夜死了。

……没听说过……就是我们天星洲？不会吧，天星洲哪家死了个抱鸡母，一村人都会晓得的，哪里有这样的事。您听哪个讲的？

是真真儿的呢。那女人，她后来信菩萨了，不吃荤……她有两个伢，一个男伢，一个女伢……她没改嫁，说是怕苦了她的伢……

没有。肯定没有。您访她搞么事呢？

好事。

么好事？要不您再去隔壁问问。

好的，多谢您啦。瞎婶娘又去了另一户。一连问了好几户人家，天就黑了下来，她还没有访到那可怜的女人。得到的答复都是，天星洲肯定没有这样的事。您访她到底搞么子事呢？

这次，瞎婶娘把她的想法说了，她说，我有个哥哥，今年四十，人很好，实在，我想给他们俩做个媒。

这天也黑了，今晚你怎么办呢？要不，在我们家将就一晚？

那，真是太麻烦您了。

瞎婶娘在人家里住了一晚，一起用过晚餐。主人家专门打了两个鸡蛋，都夹给了她。她的筷子在碗中拨拉了一下，知道主人家专门为她打了荷包蛋，慌忙说，吃不了那么多。死活要把两个鸡蛋都夹给孩子们，主人家拗不过，好说歹说，她吃了一个荷包蛋。一起聊天，和人家讲了她的家，讲了老实忠厚的老国，讲了实在勤快的马夫。夜就有了些寒意。

晚上，她睡不着。怎么会没有呢？马夫讲得清清楚楚，就是在天星洲。第二天，天刚亮，她从包里摸出了一瓶罐头，想想，把另外一瓶也摸出来，放在床头抽屉上，悄悄离开了这户好心人家，又去继续打听那可怜的女人。一个村子差不多打听完了，都说没这回事，又去访另外一个村子。三天下来，她把天星洲的四个村子访遍了，终于有个上了岁数的人，说是听说过有这么回事，有个男人被乌龟精缠死了。不过，那上了岁数的人说：那事可不是出在天星洲，是出在江那边的烟村，说是烟村有这么回事，前年冬天，烟村有人来这里修堤，我听烟村一个马夫讲起过……

秋风一阵紧过一阵。天上又过雁儿了，瞎婶娘拄着竹棍，听了一会儿雁儿叫。她听见天星洲的孩子们在唱：

雁儿雁，挑箩筐，挑到天星洲把戏唱，唱个么子戏，么子蛮好七……

瞎婶娘笑了，她突然发觉，这次出门很是可笑，简直有些莫名其妙。离家几天了，她从来没有离开家这么久，她很想家。她只想回家，快点回家。

水中央

　　水中央，有个小岛。一年三百六十五天，一半的时候，小岛都被轻烟与雾霭遮掩，缥缥缈缈，虚虚实实，风来，小岛露出了本来的面目，云起，小岛又化成虚无的影。也有风和日丽的时候，或是骤雨初晴，岛就近了，那么近，仿佛在岸边喊一声，岛上人就能听见，仿佛一个猛子扎进水中，就能游到岛上。

　　没有人对着那岛喊，也没有人扎个猛子游到岛上。

　　这湖中的岛，是烟村神秘的所在。烟村与岛，是两个世界，两个隔绝的世界。这岛从前一直荒芜着。有打鱼人偶尔去到岛上，也不知经历了什么，回来就天马行空编撰出许多虚虚实实的故事，这些故事，再代代相传，就成了动人的传说。传说大抵与妖精或者土匪有关。从来没有人想过到那岛上去生活。岛太小，估计也就十来亩方圆。岛离岸太远，在那里生活，寂寞可以把人心磨出茧子。某年某月某一天，从州里来了一拨人，他们驻进了那荒岛。再后来，那岛上，建起几间红砖碧瓦房。再后来，岛上就住进了一群麻风病人。于是，那岛有了个新名字：麻风岛。

关于麻风岛上的一切，那里的人怎样生活，怎样治病，烟村人并不真正了解，只是觉得神秘。麻风病给烟村人带来过一阵恐慌，他们害怕那恐怖的疾病通过水传播过来，很长一段时间，烟村的人都不敢吃湖里的鱼。渐渐地，并没有更坏的消息从岛上传来。天长日久，人们对于岛上的一切，就不那么恐惧，不那么好奇了。以至于不清楚那岛上，何年何月起，没有了医生，那里的麻风病人，有治愈了的，早就离开了，也有一些，习惯了岛上孤寂而平静的世界，就留在那里，他们学会了结网捕鱼，把岛上少有的一点土地用来种上了庄稼，他们在岛上艰难而平静地生活。老了，死了，就埋在岛上。渐渐地，据说，那岛上早绝了人烟。烟村也没人去考证，怕惹上麻风。

然而麻子决定离开烟村，去岛上生活。

麻子是个特务。他有自己的代号，代号是老莫给他的。老莫告诉他，到了晚上收听电台，能接到来自那边的指示。老莫那时在组建一个名叫湖广司令部的特务组织，老莫是司令。老莫看麻子识文断字，封了他参谋长。那是公元一九六〇年，麻子三十岁，结了婚，育有一双儿女。儿叫狗子，女叫荷花。麻子瘦，老婆比麻子还瘦，狗子荷花更瘦，像小猫。麻子当了特务，莫司令交给麻子一项任务,去烟村民兵排长家偷枪。偷枪时被抓,没怎么审问,麻子就把老莫给供了出来。老莫被抓,湖广司令部的特务被一网打尽。司令老莫被绑到江边一个叫八十丈的地方崩了。麻子判二十年。

谁也想不到,麻子居然是潜伏在烟村的特务。

嗨!原来特务就是这个样子呀!从那以后,烟村的孩子们玩游戏,抓特务不叫抓特务了,叫抓麻子。

一九八〇年,麻子刑满释放,离开劳改农场。二十年过去了,外面的世界,早就日新月异。用句古诗来说:"沉舟侧畔千帆过,病树前头万木春。"就是这个意思。当年那些玩抓特务的孩子们,现在都成人了,有了自己的孩子,他们的孩子也会玩游戏了。麻子坐牢后,女人金芝招了个男人进门,又生了一双儿女。麻子的女儿嫁人了,麻子的儿子结婚了,都有了自己的家。麻子不可能再同金芝一起生活了。儿女对他并没什么感情,不愿意接受他。再说了,谁愿意和特务扯上关系?躲还来不及呢!

队里的地都分到各家各户了。麻子去队里想要点地。队长说,地是没有了,你自己去开荒吧,开出来算你的。麻子搬到了烟村的窑场里住下来。窑场里住着一些叫花子,叫花子是有帮派的,有自己的辈分,有帮主。麻子要想和他们一起生活,得跟个师傅,没有师傅入不了帮,没有叫花子愿意收他这个特务当徒弟。没加入花子帮,是不能随便出去要饭的,更不能去"赶酒"。麻子在这烟村,过得很孤独,居然有些怀念在劳改农场的日子。在农场里,生活是极有规律的,几点起床,几点睡觉,每天干什么活都有人分配。就是病了，上农场医院里去看病也不用花钱。只是没有自由，还有就是累，干不完的活。

麻子无聊，无聊极了的时候，就坐在山包上，望着远处的湖。

水是那么辽阔，望不到边。据说这水连着八百里洞庭。

水是那么深邃，测不见底。据说这水抵到东海老龙宫。

回来许久了，人们还把他看成特务，处处提防他。他走到人家屋前，伢们吓得鬼哭狼嚎，躲进家里，把门关得紧紧的。孩子夜里哭，大人吓孩子，别哭了，再哭让麻子把你捉去。麻子的孙子也怕他，许是儿子交代过了，离这个老特务远点？孩子们看见麻子，像见了鬼。金芝也从来不同他说话，见了他，远远地躲着走。

麻子有些悲怆，有些愤怒，可悲怆也好，愤怒也罢，日子就这样过去了。什么恩呀怨呀爱呀恨呀，在时间面前，都是那么平淡无奇，那么公平无欺。麻子的心渐渐平复，也理解他们，宽容他们了。谁叫自己是个特务呢。谁愿意去沾染特务呢。二十年的牢狱生活，麻子的心，早就磨成了茧。做特务，也不是为了那参谋长，只不过，老莫许诺可以每个月发一袋大米，一袋大米啊。在牢里时，他就只有一个心愿，巴望着儿女们好。现在儿女们生活得都很好，他麻子也是儿孙满堂了，这就够了。麻子知足。

麻子爱远远地看着他的孙子，有时，他会神秘地朝他们招手。他的手里，或是握着几个野果子，或是两个鼓眼睛的莲蓬，或是一只小鸟。他用这些东西诱惑着孙子。小孙子不上当，远远地冲他吐口水，喊他特务。终是禁不住那小鸟的诱惑，怯怯地走到他面前，做好了抢过小鸟转身就跑的准备。麻子咧开嘴，呵呵地笑，蹲在地上，冲孙子招着手，说，过来呀，过来这小鸟就是你的。小孙子走到离他一米远的地方，停住了。不敢再往前。麻子拿根草，把小鸟的脚系了，放在地上，然后他往后退。小孙子抓住小鸟转身跑，跑了几步，见麻子并未追他，也不怕他了，居然和他说起话来。麻子正高兴呢，他儿媳远远地瞧见了，风样旋过来，扬手给了小孙子一耳光，把那鸟也扔了，骂：小心特务把你拐走。小孙子哇地哭了。巴掌打在孙子脸上，痛在麻子心里，也坚定了麻子去岛上的决心。

麻子没有想到，岛上居然还有人家。有狗。有鸡。狗望着他，并不叫。这狗，大抵从出生就没有见过生人，并不懂得叫，只是惊恐地哼了一声，见了麻子直往后退。鸡在树荫下，乒开翅膀，在灰窝里刨，不停地抖动着翅膀，抖起一团灰。

麻子大声喊，有人吗？

喊了好几声，并没有人应他。人家门口，晾着几件衣裳。岛上有人居住，这让麻子感到失望。麻子来到岛上，只是想离开人群安静地生活。现在岛上有了人家，是否会欢迎他这个外来者呢？

麻子在人家的房前屋后转了一圈，屋前屋后都是竹林，是树木，一条细细的小径，隐藏在齐膝的草中。麻子顺着小径走，走不多远，眼前一亮，他看见了水田，水田里长着绿油油的秧苗。穿过那片水田，转过小土包，终于见到了人。

　　两个人，正在山坡边挖地。见了麻子，倒并不害怕。麻子同他们打招呼。他们很高兴，也同麻子打着招呼。麻子走过去，吓了一跳。麻子从未见过这么丑的人，两个人，一个鼻子掉了，嘴也豁了，另一个，怎么看都是怪怪的，麻子愣了半晌，才发现，那人没耳朵。麻子很快镇定了下来。麻子知道，这两个人，都是麻风病人。麻子并不害怕他们。麻子终于看清了，是两个女人。

　　女人问麻子怎么到这岛子上来了。麻子说他是特务，坐了二十年牢。麻子说，是不是吓着你们了。

　　两个女人笑了，两个女人笑起来样子更古怪。说，是我们吓着你了吧。

　　麻子说，一开始还真有点吓到，不过现在不怕了。

　　女人说，你不晓得这是麻风岛？

　　麻子说晓得。

　　你不怕麻风病？

　　麻子说有什么好怕的。

　　其实，我们的病早就治好了，不会传染。女人说。

　　见麻子不说话，说，你不信？

　　麻子说，信，怎么不信。

　　一个女人就拿过地头的茶壶，筛了壶茶，递给麻子。麻子接过茶，没有犹豫咕嘟咕嘟喝下去了。女人脸上的表情，这次是真的舒展了。麻子觉得，这两个女人并不丑，起码心地都是善良的。

　　你真的不怕麻风？女人说。

　　麻子笑。我看你俩都是好人。

女人说她们病是治好了，可回到村里，男人不认她们，孩子们也不认她们了。连她坐过的椅子，家里人也要烧掉。她摸过的东西，没有人敢要。女人说前些年，岛上的人要多些，有六个。这两年，他们都走了。

麻子说，走哪里去了？

女人指着地头的那排坟堆，说，走到阎五爹爹那里报到去了。我们也快去了。

麻子说，哪里话，你们还年轻。

麻子又说，我想留在岛上。

两个女人你看看我，我看看你，没有答复他。

麻子说，我不是坏人，我能干活，我是特务，可我没有做伤天害理的事。

女人说，我们不把你当坏人。

岛上多的是房子，两个女人麻利地收拾出一间屋子，只是屋子年久失修，有些漏雨。麻子说不碍事，慢慢修补。

麻子留在了岛上。岛子上有了男人，这日子，开始过得有些起色了。麻子就和两个女人搭伙吃饭，一起干活，像一家人。麻子来了，岛上的生活有了不小的变化，有时缺点油呀布呀什么的，对于两个麻风女人来说，是很伤脑筋的事。现在麻子来了，麻子划了船，去到镇上，卖了鸡鸭，卖了蛋，卖了捕来的鱼，换成钱，买生活必需品。漏雨的屋顶也补好了。

天晴的时候，麻子坐在岛上，望着岸上的村庄，那里有他的亲人。他知道他们过得好，并不怎么思念他们。他对两个女人讲他坐牢的事，两个女人也对他讲她们这些年的生活。

岛上的生活，是枯燥孤寂的，也没有多少的农活要做。菜园里，种了黄瓜、冬瓜、南瓜、丝瓜、辣椒、长角、眉豆、四季豆、茄子、芥菜……菜多得吃不完。鸡就放养在岛上，不怕黄鼠狼，岛上没有黄鼠狼。也不用垒鸡窝，鸡就在树下放蛋，在树上睡觉。没事的时候，他们三人就在岛上晒太阳。有时候，三人有说有笑，有时候呢，三个人一天都没得一句话。只有自由的风吹来吹去，把春吹到了夏，又把夏吹到了冬。

两个女人，性情有些不同。缺鼻子缺嘴的那个，叫大秀，少了耳朵的那个，叫冬梅。大秀话少，说话也听不太清楚，有些闷，心事重。大秀生病前，是有两个孩子的。她时常想着孩子，可是等她病好，回去找孩子时，孩子们都怕她，男人也不认她了，嫌她丑，说她像个怪物。她哭了一场，又回到了岛上，从此再也没有离开过这岛。冬梅没有牵挂，冬梅还没有结婚就得了病，冬梅的父母，也都不在人世了。了无牵挂，她倒是羡慕大秀，发呆的时候，可以想想儿女，她什么都没得想。冬梅话多，当初，麻子来到岛上时，和他对话的，十句有九句是冬梅回答。首先答应留下麻子的，也是冬梅。

麻子划船离开小岛，去镇上采购生活用品。一去就是一天，两头摸黑。两个女人，就有了新的牵挂。麻子走的时候，两个女人送他到岸边，回来时，天黑了，月亮光光，清清白白，湖格外深不可测，像这世人的心，没有底。麻子老远看到两个女人守在岸边，在等着他回来。麻子回来了，大秀去摆饭，冬梅就问麻子在镇上有什么新的见闻。麻子边喝酒边说。麻子说，下次，带你们一起去镇上。

大秀说，这样子，去了吓死人，不去。

冬梅也说不去。

麻子吱溜地喝干杯中的酒，说，管那么多干吗呢？

下次，下次是两个月以后了，麻子再次离开了岛。冬梅就跟着麻子去了，冬梅的脸上没有留下病后的伤痕，只是耳朵没了，拿草帽遮着，别人也看不出来。冬梅许久没离开岛了，看着镇上的一切都是那么新鲜。采购完东西，麻子早早地要回岛上。

冬梅说，再看看。

麻子说，回去迟了大秀会担心。

两人回到岛上时，太阳刚刚落到西边。湖面上跳跃着破碎的金光。鹭鸟在树上盘旋。远远地，麻子没有看见大秀。到岛上，唤了半天，大秀才从屋里出来，晚饭也没做。麻子拿出给大秀买的衣服，大秀并不高兴。麻子说，这是怎么了？是我惹你不高兴了？大秀不说话。冬梅说，是我惹她不高兴！

平静的生活，渐渐被打破了。麻子发现了问题，从前，两个女人在一起，亲密得像一个人，现在，两个人在一起时，不怎么说话。当着麻子的面说起话来，又总是话中有话，这让麻子很是为难。这是麻子不愿见到的，可事情就这样发生了，并非一朝一夕，而是慢慢地，两人之间的裂痕越来越大。麻子很是烦恼，原以为，终于是找到了平静的地方，把这后半生交待过去，谁承想，到了这孤岛上，依旧是有是非。人的心，怎是这样的古怪，这样的让人捉摸不透。麻子未来前，两个女人相依为命，生怕另一个出了事，真有个三长两短，自己以后日子怎么过下去？麻子来了，她们的生活一日比一日过得好了，可是两人的心却越来越远，甚至都在盼着另一个人早点离开。

麻子说，下次去镇上，带大秀去。大秀死活不肯，说她这辈子就死在这岛上了。说这个鬼样子还到镇上去招摇干什么，去吓人么！

大秀话里有话。冬梅听了不干了，回：哪个去招摇了？哪个去招摇了？

大秀说，哪个去招摇哪个心里有数。

冬梅说，你把话说清楚。

大秀不说话，低着头干活。

日子还是这样过下去了，但总是难免有些磕碰。第二年年三十，吃过团年饭，大秀突然说要分家，单独过日子。

麻子说，这又何必呢。

冬梅说，单过就单过。

麻子说了许多三个人在一起过日子的好处，说，我们能住在一起，是前世修来的缘分。再说了，很多事情，分开了都做不来的，人多力量大嘛。麻子说我们现在就是一家人，哪个也离不开哪个。

大秀说，你离不开她，她离不开你，你们俩一起过，总之我是单过。

麻子没办法，只好同意了分家。但麻子总不能跟了冬梅去过，也不能跟了大秀去过。这样，家就一分为三了。鸡分成三份，鸭分成三份，田分成三份，菜园也分成了三份。鸡还是跑在一起觅食，鸭还是混在一起游水。麻子说，人倒不如了这鸡鸭。

麻子去镇上，买了两口锅，垒了两个灶。大家就分开过了。

分了家，麻烦又来了。农田里的活出来了，麻子看大秀累，去帮一天忙，冬梅有意见了，说起话来夹枪带棒。他去帮冬梅干一天活，大秀说的话里，又藏针带刺。两个女人，倒是争着帮麻子干活。大秀和冬梅两个不再说话了，像仇人。大秀在麻子面前，就编派冬梅的不是，冬梅在麻子面前，又编派大秀的不是。麻子心里很难过。两边劝，没有用。麻子说，都怪我，本来你们过得好好的，现在这日子过不下去了，我还是走吧。麻子要走，两个女人都留，说你要走，那我就跳湖。

麻子走也不是，留也不是。麻子本来平静的心境被打破了。麻子有了心事，再也快乐不起来了，干什么事都提不起劲。他爱坐在岛上发呆，一坐就是大半天。什么都想，又什么都没有想。大秀来同他说话，他不说。冬梅来同他说话，他也不想说。这个岛，更加的孤寂了。只有鸡们鸭们和鸟们在一起和谐共处，其乐融融。

麻子病了，病得不轻，发高烧。两个女人都劝他去镇上看病。麻子不肯，麻子抱定了病死的心。麻子对两个女人说，我要走了，我走了，你们两个还是合成一家过。

麻子死了。

两个女人把麻子埋到这岛子上。

开始的时候，两个女人还是分开过日子，还是谁也不理谁。这样过了不到半个月，冬梅终于还是先开口喊大秀了。于是，两个女人又合成了一家，住在了一起。这样又生活了几年，一个女人死了，另一个女人把她埋了。过了几个月，另一个女人也死了，没有人埋她。

小岛依旧静静立在水中央，一天又一天，一年又一年。

汛

入梅后，马广地老人住进了防汛哨棚，并在哨棚后面架起了扳鱼罾。未来的两个月，老人将在这哨棚里度过。

守哨棚的日子是孤寂的，有了这架罾，日子就好打发多了，运气好，遇上鱼汛，还能有不错的收获。几十年来，每年的夏天，老人都是在这堤岸上度过的。虽说是防汛大于天，可自打一九五四年淹过大水以后，每年夏天，大抵只是有惊无险。然而这次，马广地老人觉出了些不寻常，具体怎样不寻常，老人也说不清，坐在江边，守望着那一江汤汤黄水，老人的心里隐隐就是觉得不对劲。

在这江边生活了七十年，守了四十几年哨棚，一把青丝守成了白发，早摸透了这条大江的脾气。闭着眼，听着那江水的缓急，也能知道这江水今年会发多大的脾气。江水也像个孩子，有时来势汹汹，闹腾得厉害，吓得家家户户都把东西往高处搬，可马广地老人知道，这江水不过是虚张声势。

别人说，广地老倌，你还不搬家，到时发大水淹死你这老鬼。

广地老人呵呵一笑，淹死了去喂鱼。

没几日，江水果然温顺，老老实实东流去。

广地老人一辈子做事稳稳当当，从没见他急过。用烟村人的话说——马广地呀，火烧屁股了也不会加急走两步！因此获得了一个外号：稳当。天长日久，老伴也随了他的性子，不急。两个儿子，也随了他的性子，不急。一家人都是这样的肉性子。前两年，儿子媳妇们都出去打工了，留下几个孙儿孙女在家里，随着老两口过日子。衣食无忧，日子过得有滋有味。老人觉得，他这辈子，算是赶上了好时候。

然而这次，马广地老人却稳当不起来了。也是，搞防汛是和打仗一样的，违了军令当逃兵得就地正法。广地老人的任务其实并不难，就是守着防汛哨棚里的一堆防汛物资，在还未上劳力之前查查堤防。

老人搬进哨棚后，村里从各家各户陆续收上来一些防汛物资，无非是蛇皮袋、草袋、木桩什么的。蛇皮袋都是些破旧的，烂得不成形，草袋也编得稀稀拉拉。马广地老人瞅着直摇头，说，这日子是过好了，人心都坏了。随手抽起了一根细溜溜的木棍，对来送防汛物资的村组长说，这也叫木桩？做打狗棍都嫌细。

组长说，能收上来这些就不错了。做个样子吧。年年搞防汛，年年不都平安无事么？

马广地老人白了组长一眼。那意思，你这后生小伙子，晓得个鬼。

五四年的大水，你晓得啵？老人慢慢吞吞吐出这么几个字。

老人守的不是荆江大堤，是烟村人五十年前肩挑背驮在江边的洲子上围起来的一道子堤。这条堤再往南十里，才是荆江大堤。子堤和荆江大堤间的一片长方形湿地，如今改造成了良田，种花生、种棉花、种芝麻，也种大豆高粱。这些作物对于祖辈种水田的烟村人来说，都是稀罕物。长堤的两个拐角处，各设一个哨棚。马广地老人守东边的哨棚。

住进哨棚后，天就没怎么晴过。雨没完没了地下，水就一日日地涨了起来，眼看就到了第三线的警戒水位了。水漫过三线警戒，村里就要派劳力上堤来，日子就会热闹许多。老人把对大水的担忧暂时丢在了脑后，坐在罾前扳鱼。这些天的收获不错，一罾扳起来，总能收获一尾两尾，不过都是一些小刀子鱼、黄骨丁。

涨水的鱼，落水的虾。收获鱼，是水还要涨。

果然涨水了，江面无限宽阔，对岸的天星洲已远成一点青螺。水流得很急，夹杂着从上游带来的腐物，在江中打着漩涡。远远地，老人见着了个黑点，往上冒一下，又沉下去。老人心里一喜——是江猪！

早在十几年前，江猪是十分常见的，晴朗无风的日子，坐在江边，时不时就能看见一群江猪，排成了队，在水里上下起伏。烟村人把这叫作"江猪拜风"。这些年，江猪日渐少了，难得一见了。烟村的孩子们，大抵只是听说过江猪，并未见过江猪为何物。

广地老人看见了一头江猪迅速地冒出水面，又钻进水里。接下来老人看见了他这十多年来未曾见过的奇景，几十个黑点同时冒了出来，又同时钻进水里。江猪欢快地上下钻动着，惊得广地老人张大了嘴，半天都不敢吱声，握着扳罾绳索的手心都出了汗。江猪越来越近，离老人不足二百米了，它们动作整齐划一，从水中钻出来，身子朝前跃，在水面上划出一道好看的弧线，跃入水中……江猪游到离老人不远处，大约是发现了岸边有人，一齐钻入水里，再也不见踪影。

江猪拜风。有经验的渔民都知道，大风要来了。

中午的时候，孙儿跑来哨棚玩耍，老人说，你要是早点来，可以看到江猪拜风了。几十上百只江猪。

孙儿兴奋了起来。盯着江面，希望也能看到这样的奇观。

老人说，不算多的，五四年，几百上千只江猪一起拜风呢。

老人希望那群江猪再出现一次，好让他的孙儿也看看。长江边长大的孩子，连江猪都没见过，连江猪拜风都没有见过，那真是太大的遗憾了。可是那群江猪再没有出现。老人对孙儿讲，晚上要起大风，还会下大雨，这江水会涨起来。搞不好，会倒堤的。

听说倒堤，孙儿兴奋了起来。孙儿听说过，倒堤后，水是要进到家里的，在堂屋里都能摸到鱼。

要是倒堤就好了。孙儿说。

广地老人摸着孙儿的头，没有说话。老人是想到了那遥远的过去，仿佛听到了从一九五四年传来的风声雨声，决堤声，男女老少的哭喊声。滔滔洪水冲破了荆江大堤，像亿万匹野马，洪水的声势吓人，转眼之间，许多的人，许多的牛马，许多的房屋，都没了踪影……就是在那一年，老人成了孤儿。

> 烟村四大洲，
> 十年九不收。
> 如果一年收，
> 狗都不吃粥。

老人想起他儿时唱的歌谣。说与孙儿听。爷孙俩絮絮叨叨间，天渐渐地阴沉了下来。一阵风，从江的深远处吹来，层层波浪拍打着堤岸。

要下雨了，你快回吧，莫在路上耍，也莫再跑到这堤上来了，今年有些不对劲，十多年不见这么多的江猪拜风了。

孙儿走了，江堤上，又安静了下来。老人呆坐在江边，仿佛一段木头。

江风渐渐凉爽了起来，带着浓浓的水汽。有巨轮自下游缓缓而上，远远拉出一声长笛，仿佛在同岸边的老人打招呼。老人目光落在那巨轮上。那巨轮，据说是从遥远的上海开过来的。烟村人知道上海，知道那是个无限华美的大城市。过去，在烟村，去过上海的人是不得了的，回来后，几个月都能成为村子里的新闻。现如今，村子里有好几个孩子去了大上海念书，有好多的人去了上海打工。上海对于烟村已不再遥不可及。可是对于广地老人来说，上海依旧是遥远的。广地老人的脚步，最远只去过下游的岳阳和上游的荆州。这一江水从何而来，为何总也流不干？这一江水日夜不息流入大海，为何大海总也注不满？这样的问题，看起来是有些孩子气的，可是对于广地老人来说，却是实实在在的问题。老人有时也梦想着，坐在那江中的巨轮上，逆江而上，顺流而下，好好看看这条大江。一条大河波浪宽，风吹稻花香两岸。老人想起从前村子里高音喇叭里唱过的歌，无端地觉出美，觉出那歌就是唱他眼前的这条大河的。

巨轮在老人的思绪飘飞之间，已到了上游很远的地方，后面犁开的波浪成八字张开，层层叠叠击打着弱小的堤岸，拍打出有节奏的声响。巨轮的身影渐渐模糊，天就渐次暗了下来。江中心的航标灯，不知何时也已亮起。

天地间漆黑一片。除了水声，还是水声。

老人拿着手电筒，背把铁锹，开始顺着堤脚，做这一天最后的巡查。这道堤已多年未修过了，差不多隔上三二十米就会有一处渗水的地方。老人要仔细观察渗水口的水情。渗出的是清水就无碍，只要用铁锹把渗水口挖开一道小沟，把水引走，别让水堵在堤里就好。若渗出的是浑水，说明堤内的泥土在流失，那可就大事不妙了。

堤岸上长满了一种被烟村人称之为"蚂蟥根"的草，这种草生命力极强，再恶劣的环境都能生长，且一旦成势极难铲除。这些草根深深地扎进了泥土里。它们为烟村的牛马提供丰足的草料，也为这条大堤披上了一件防身的盔甲。草丛中，不时跳出一只青蛙，挪动着一头蟾蜍。

老人仔细查看着，不放过草根底下任何一处渗水的地方。顺着这条路，走上三公里，老人遇到了从对面哨棚查堤过来的何老倌。两个老倌子打过招呼，递了烟，坐在堤岸上说话。说明天可能要过警戒水位了，要上劳力了；说今年的水情看来有些不同往年，水位公报说第一轮的洪峰就要下来了；又说到五四年的大水；广地老人还说了今天看到的江猪拜风；又说了年景收成，说了身体，说了村里新近逝去的老伙计。到最后，两位老人都不说话了，把第三根烟的最后一口吸了。风就是在这时涌来的。一阵强烈的风，说来就来了，差点把两位老人推进江水里。广地老人要说话，嘴一张开，就吃了一肚子风。这阵风来得急，去得也急，呼呼几下就过去了。两位老人的手电筒追到了风的踪迹。风已卷到了江心，在江心绞起了一条水柱。水柱在迅速地往北而去。天上一条黑惨惨的云状物体，连接着绞起的水柱，仿佛有一条巨龙从天上吊下了半截身子在兴风作浪。

黑龙绞水！何老倌说。

广地老人背上的汗毛嗖地全竖了起来。

天地间突然白亮白亮，闪过一条白龙，接着一声巨响。狂风暴雨就在瞬间从恢复了黑暗的九天倾泻而下。广地老人跑回哨棚时，浑身已淋得透湿。

关紧门窗，换干衣裳。听着窗外的风声雨声，老人仿佛看到了江水在迅速上涨，一下子就漫过了警戒线。老人坐不住了，披上雨衣，打着灯，去看哨棚后面的水位标牌，风雨像几条粗暴的大汉推搡着老人。老人小心翼翼地顺着堤边的水泥台阶往下去，终于看到了水位牌，水还在三线水位下半尺。老人松了一口气，回到了哨棚。

这晚老人差不多没有合眼，隔上一个时辰就会去水位标牌看一次。天亮的时候，水位升到了二线以上，快要接近一线了。

整夜的雨，堤内堤外都成了泽国。广地老人站在两片泽国中那弱细的长堤上，他那著名的稳当劲再也稳当不起来了。大堤在洪水不停地冲刷下，有些摇摇欲坠的意思。站在堤坝上，仿佛能感觉到那长堤在颤抖、在呻吟。老人没了心情做早饭。寻思去通知村长，可他的任务是守着这防汛哨棚，离开哨棚，出了事，那是要负责任的。

在烟村，老老少少差不多都晓得一句话：防汛大如天！

这句话，就用白石灰刷在哨棚的墙上。

可，还是不重视啊，这样的哨棚里，为什么都不装部电话呢？

可，不去通知村长，老人又害怕村长不晓得这里的水位已逼近一线，江水说话间，就要没过江堤了。

老人又巴望着老伴来看他，这样可以让老伴把信带回去。可是等到中午，也没见老伴的影子。或者有个放牛娃、打鱼佬也好。这堤内虽没住人家，可这万亩良田，关系了几村人的生计。老人觉得脚下的堤颤抖得越来越厉害了。忧郁像积满雨水的云，笼罩在广地老人头顶。水位要是继续上涨，村里就算是派劳力，又能派上怎样的劳力来呢？这些年，村里的后生都出去打工了，留守家园的，不过都是些老弱病残。

老人忧心无用，也没有心情去转移扳罾，涨了一夜的水，罾差不多都没在水里了。老人打开收音机，收音机里有水位公报，有天气预报。天气预报说，未来三天都是大雨，局部地区有雷雨大风。水位公报从宜昌一路下来都是涨，沙市涨，监利涨，城陵矶涨，芜湖涨……到处都在涨水。老人背了铁锹去查堤，他渴望遇见西边哨棚里的何老倌。可何老倌并没有出现。一天时间就在老人的盼望中过去了，天再次黑下来的时候，水位已涨过二线，离一线已经不远了。一线水位，离堤顶就只差一米，再涨一涨，水就要漫过长堤了。

这一夜，老人终于是睡着了。毕竟是七十岁的人，一天一夜没合眼，哪里受得了？可是老人睡得并不踏实，不停地从梦中惊醒。醒一次，就要起床去看一次水位。看到水位即将压近一线水位时，老人一屁股跌坐在堤上，半天都没有力气站起来。

村里出了什么事呢？下这么大的雨，村长不晓得要安排上劳力么？防汛大于天，村长不晓得么？不派劳力来，到时出了事，可是要法办的。

老人只是干着急，可是着急有什么用？那死老太婆，老人开始咒骂他的老伴，死老太婆，没事时一天往堤上扭三趟，现在要出事了，怎么连鬼影子都见不着。还有孙儿。想到孙儿老人就捏把汗，他害怕孙儿这时跑到堤上来，这堤可不晓得什么时候说倒就倒了的。

广地老人做了无数种设想，可是老人如何想得到，这年的汛情已接近了一九五四年，所有劳力都到了荆江大堤上。荆江大堤可是关系到整个江汉平原和江南公安，石首，华容数县人的生命，关系到下游大武汉的安危。烟村的劳力，只要能背能驮的，都到荆江大堤上去了。从远道援助荆江大堤的，还有好多部队。老人的老伴也上了前线，给护堤的劳力做饭。而这条村级子堤，是决定了要放弃的。紧要关头，就算不倒堤，也是要炸堤分洪的。组长接到了命令就带劳力上了一线，把这孤堤上守着的老倌子忘了。广地老人哪里晓得这一层？他只晓得，他的责任是守着这哨棚，没有接到通知，天大的事也不能离开。

连下了三天暴雨，水漫过了一线水位。站在堤顶上，一个浪打来，江水就打到了脚杆上。盼了几天也不见来个人，老人渐渐从开始的不安中平静了下来，又恢复了他那著名的稳当劲。这天，老人从收音机里听到总理到了烟村矶头的消息。总理就站在离老人家不远的地方指挥防汛呢。老人想撤离哨棚，又不敢自作主张，更不敢有半点懈怠。老人常说，做人要守本分。而现在，他的本分，就是守着这哨棚。

抱定了这样的决心，再面对这一江大水时，老人不再害怕和紧张了。有什么呢？大不了一死！生在江边，喝长江水长大，能死在这江里，也是荣耀。

老人淡定了下来。他依旧扛着铁锹去查堤。堤上到处渗水，不能叫渗水，到处漏水，到处冒水。隔上三五米，就有一处要挖沟排水。老人忙碌了起来。老人心里明镜一样，他晓得这堤十成保不住了，他这是在做无用的努力，可是老人依旧守着自己的本分。心淡定了，看一切，倒有了另外的景致。老人第一次发现，这条大江发起怒来一样好看。老人坐在干堤顶上，脚就泡在了水里。江水还在不停地上涨，离堤顶也就半尺了。如果还这样涨下去，这条长堤肯定过不了今晚。

远远的江面上，有个黑点往上冒了一下，又沉了下去。老人希望是江猪。黑点朝他游了过来。老人看清了，是白江猪。这可真是个稀罕宝物，老人有好多年没有见过白江猪了。白江猪似乎知道老人在看着它，开始一上一下欢快地游动，似乎要逗老人开心。老人被这美丽的精灵给迷住了。白江猪突然没入水中，没了踪影。老人这才发觉长堤在晃动。老人想这堤是要倒了。他往哨棚跑。哨棚修在拐角上，下面是坚硬的花岗石打的底子，是这长堤最坚固的地方。老人刚跑到长堤，就听见了震耳欲聋的巨响，接着看见江水飞快地朝那声响处奔涌而去，形成一个巨大的漏斗。老人抱着屋前的柳树，脚下的大堤在抖，像地震一样。而那巨响处，大堤被迅速撕开了数百米的口子，江水狂泻而下，像亿万匹野马冲向了良田，冲向了防护林。天空中水雾冲上了天。决口还在不停地朝两边溃大。又是一声巨响，在下游半里处，堤又被撕开了一道口子。两边的口子不停向中间崩溃，合拢。老人知道这次是在劫难逃了。他松开了抱着大树的手。他的耳朵里，响起了来自遥远的一九五四年的哭喊声。老人想，是到了和父母团聚的时候了。他闭上眼，等着这一刻的到来。他等了许久，那震耳的水声竟平息了下来，大堤也不再颤抖了。他这才睁开眼，发现自己还活着，江水已将堤内灌满。两边向拐角处崩溃的大堤，崩到离哨棚百十米时，就停住了。而他，陷在了一座小小的孤岛上。

老人呆坐了一会儿，知道这岛现在是安全的，就去看米缸里的米，米还够吃两天。现在，他与村子隔绝了，也不知何时会有人来救他。如果没有人来，他就要在这岛上住到洪水退去，那少说也要一个月。老人看看他的罾，罾没在水中，居然完好无损。老人就放心了，这条肥美的大江里有的是鱼。他饿不死。他重新把罾架好，做好在这岛上坚持下去的准备。只是，老人牵挂着家里，不知家里人怎么样了，老伴安全不，孙儿们安全不，也不知道，荆江大堤有没有保住。他打开收音机，刺刺啦啦刺全是杂音，一会儿，杂音也没了，打开收音机壳，电磁被水泡软了。老人就坐下来，看见罾中有个水花，有鱼。他将罾扳了起来。

落　英

　　落英老师正在上课，看见建华老师在教室门口冲她招手，便安排了学生们自己读书，走出来同建华老师说话。

　　上中下，人口手，大小多少，山石田土……

　　孩子们背着手，坐得笔溜直，嘴张得老大，用脆生生的童音喊着课文，声音传得很远，二里外都能听见。

　　其时正是春天，烟村一年四季中最美的季节，花都开了，紫云英，油菜花，十姐妹……花开得艳，也香。这是春天的味道。花香里，还夹杂着泥土、水草的味道。湖水一日日地碧绿，没几天，就碧成了一块毛玻璃。三叶草，猪耳朵，水葫芦……高高低低，给湖镶上了一道翡翠样的边。也许是这方肥美的水土滋润的缘故，这里男人多秀气内敛，女子则出落得水润标致。

落英老师就是烟村最标致的女人。漂亮的女人皆爱花。落英老师亦爱花，她的窗口长年摆着一个透明的广口罐头瓶，瓶子里一年四季插着花：春季插金银花，金银花香；初夏，插栀子花，栀子花也香，是浓香，不像金银花那么淡雅；盛夏，落英老师的窗口开着荷花，还结着一个鼓眼睛的莲蓬；秋天又换成了菊花，是野菊花，烟村秋天多野菊花，秋天一到，其他的颜色就让位于黄金色，黄金色的稻子，黄金色的野菊，黄金色的树叶，看着心里亮堂；冬天到了，落英老师的窗口显得冷清了一些，她会在瓶子里插一枝腊蓼，红里泛着绿的叶子，白里透着紫的小碎花。烟村人没想到，这么不起眼的腊蓼，经她的手这么一折腾，插在瓶子里，就显出了别样的风情与美丽。不仅是窗口的透明瓶子里插着花，她还会在胸口不显眼的地方别上一朵金银花或者栀子花。她走到哪里，哪里就会飘浮着淡淡的花香。她的父母，既为这样的女儿高兴，又为她犯愁：这孩子，心性太高，不该生在农村。

落英老师爱花，自然因她爱美。那时，她留着两条很长的麻花辫子，她的辫子拖到了屁股后面，她的腰很细，好看地凹进去，又粗又黑的辫子，垂在那里，垂在少年的梦中。她是烟村辫子最长的女孩。她还极爱干净，她的口袋里总有方白手帕，到学生的家里去家访，她会掏出白手帕，轻轻铺在椅子上，然后欠着半边屁股坐下来。她说话的声音很好听，不是地道的烟村土话，似县城人说的话，却还又带了一点普通话。比如烟村人说"洗汗"，她说"洗澡"，烟村人说"打刨雀"，她说"游泳"，烟村人说"黑倒"，她说"晚上"。烟村人觉得，她说出来的话就是好听……孩子们都喜欢上她的课。一年级有两个班，她带一（1）班，她是班主任。孩子们都想分到一（1）班。一（1）班的孩子，总觉得自己比一（2）班的孩子们高一等。两个班的孩子们在一起斗嘴了，比来比去，（1）班的孩子们说，你们老师没我们老师好看。（2）班的孩子们就无话可说了。她还教全校的音乐课，孩子们的歌，都是跟她学的。她不会识简谱，但只要喇叭里唱过一遍的歌，或者听建华老师吹过两遍，她就会唱了。她从一九七〇年初中毕业后，就在小学教书，一直教一年级。她的性子很好，温和，和孩子们打交道，她从来没有脾气。烟村七〇年后出生的孩子，大多是她的学生。学生们对启蒙老师的印象最深刻，他们后来，无论是上了大学，成了学者，或者不成器，变成爱打打杀杀的角色，在落英老师的面前，都像个小学生一样，不会露出自己的锋芒和村相。

不单是孩子，烟村的大人，也以和落英老师说话为荣。

落英老师昨天到我们家来了，还喝了我们家的茶。

烟村的妇人，会这样自豪地对别人宣称。这自然是值得骄傲的事，落英老师能喝谁家的茶，说明谁的家里收拾得一定是精致而干净，茶具上自然是一尘不染的。她很讲究，她太讲究了。这样的人，像她父母亲说的，就不该生在农村，农村人哪里有那么多的讲究呢？有些有幸去过她闺房的人也这样说。

那时，能去她闺房的女孩，必是烟村出色的女孩，这出色，不单是要长得好看，还得是有文化的，会唱歌的，爱干净的，能和她谈心，谈未来的，是烟村的人尖子。悦灵就是这样的人尖子。那时，悦灵是她最要好的姐妹。悦灵是个裁缝，比落英老师少上了三年学，不过悦灵人聪明，长得也好看。悦灵带了许多的徒弟，她对服装有自己的心得，只有悦灵能有幸进入落英老师的闺房，和她一起探讨哪种样式的衣服好看之类的问题。当然，也会谈些私密的话题，比如谈谈建华老师和邱林老师。

不知是哪家的男人有福，能娶得了她。

那也未必是福，娶了她，那得当太太供起来。

当太后供起来也值得。

这烟村，怕是没有配得上她的人。

我看建华老师和邱林老师就不错。

建华老师？他那么小的个子，还没有落英老师高，长得也不好。

长得不好怕么事，建华老师有才，书教得好，一直教五年级。

还会拉二胡，吹口琴，还会写毛笔字，那一手字，在咱们烟村，不数一也是数二。

我看，还是邱林老师有希望些，邱林老师长得好，家里又有钱。

不说了，落英老师来了……

闲聊的人，脸上都堆着笑，争着同落英老师打招呼。

落英老师轻轻地停住了脚步，冲大家微微一笑。然后将辫子轻轻往后一甩，款款地离开，她的腰肢好看地扭动着，两条大辫子上像长了钩子，把男人们的眼珠子都勾跑。女人们，并不因此而忌恨她，女人们也觉得她好看，也喜欢看她。看了她，觉得这天公菩萨真的是不公平，同样是人生父母养的，为什么人家就生得那么好看。

落英老师知道烟村人爱谈论她，她习惯了被谈论。

在读初中的时候，她就是这样的出色，在烟村的五七中学，她就是人尖子。老师学生都喜欢她。她的歌唱得好，天生一副好嗓子。初中毕业了，她响应号召，回来建设新农村。可是她这样子，怎么可能去种田呢？别说是她的父母舍不得让她下田干活，烟村的人，也都会觉得不忍心。于是，她就在村小学教书，教一年级，整天和 a、o、e 打交道。

在学校里，落英老师却显得有些不太合群。她不是个好亲近的人，有些冷。有人就说她太清高。除了和邱林老师、建华老师好之外，她就和悦灵好。于是，到了黄昏的时候，烟村的人偶尔会看见，落英老师、悦灵、建华老师、邱林老师，他们四个人，沿着湖边的长堤，慢慢地走。他们的脚步声沙沙沙地响。他们要走很远。走到月亮出来了，建华老师开始吹口琴。建华老师爱吹《天涯歌女》："郎呀咱们俩是一条心……"建华老师吹口琴的时候，其他三人不说话，他们听。建华老师吹得深情，他们听得投入。

烟村的人都认为，他们四个人，是在谈对象。烟村人也觉得，他们四个，当真是天生的两对，地配的两双。于是就猜测，是建华老师和落英老师好呢，还是邱林老师和落英老师好。烟村人一直猜不透。别说烟村人猜不透，连他们四个人自己也猜不透。他们的感情，当真是蛮复杂的。建华老师和邱林老师都喜欢落英。因为都喜欢了，他们两人都不好意思说出来，一是不晓得落英老师的心思，怕说出来丢脸，二是怕这话一说出口，最好的朋友会变成情敌。落英老师也一直没有表过态，她不好表态，一个女孩子，她怎么能先开口呢。悦灵呢，跟他们在一起，基本上只是陪衬。可她知道，这两个男人，是烟村最优秀的男人，落英老师不可能嫁给两个男人，那么，总归有一个是属于她的。这样她就很知足了。

其时，是上世纪七十年代中后期了，学校的课本中，有"你办事，我放心"这样的课文。那时的年轻人，在处理感情的问题上，无论内心如何的火热，表面上，还是很含蓄很平静的，像他们四人这样，可以在烟村的月光下散步，就已经是最大胆最出格的了。他们隔三差五就会在堤上走一遍，建华老师吹口琴，吹笛子。他们三人听，也跟着唱。有时，他们四人就谈一些很远大的问题，比如遥远的二〇〇〇年的问题，据说到了遥远的二〇〇〇年，就要实现四个现代化了。于是他们会算一算，到了那一年，他们有多大了呢，这样一算，他们就吓了一跳。遥远的二年，他们都是四十出头的人了。楼上楼下，电灯电话，那是个什么样的社会呀。他们还会谈自己班里的孩子，谈哪个孩子的成绩好，哪个孩子调皮。他们那时，是多么的单纯呀。

落英老师从教室里走出来，见建华老师欲言又止的样子，知道不会是什么好事情。这天从早晨开始，落英老师的眼皮就一直跳个不停。烟村人的说法，眼皮跳是要出什么事的。

邱林他，建华老师说，邱林他出事了。

建华老师小心地选择字眼。事情来得太突然了，让人没有一点准备。建华老师听说这消息的时候，还以为传消息的人是在开玩笑。可是没有人会开这样的玩笑。他很快就把事情的原委弄清楚了。建华首先想到了落英老师，她要是听到了这样的消息，会坚持不住的。

出什么事了？落英老师问。

邱林他，杀人了。

汗珠一颗颗从建华老师的额上往下掉。落英老师的脸一下子变得惨白，没有了血色。她咬着嘴唇，听建华老师说。

没有杀死，听说，他砍了白腊梅十几刀。

……

邱林老师被捆了起来，打。

……落英老师的手攥出了汗。

他们都进了县医院，不晓得是死是活。

落英老师晃了一下身子，她伸手想去扶墙，却扶到了建华老师的肩上。她把手收了回来。她听见班上的学生们读书的声音稀稀落落的，还有孩子趴在窗口看她和建华老师说话。落英老师一言不发地回到了教室。孩子们读书的声音又响亮了起来：

上中下，人口手，大小多少，山石田土……

晚上放学的时候，建华老师害怕落英老师出事，想找她说说话。落英老师走在前面，建华老师跟在后面。建华老师说，邱林他不会有事的。

落英老师像没有听见一样。

建华老师又说，要不明天我调一天课，去县里看看他。

落英老师还是没有说话。这越发让建华老师不放心了。建华老师说，你没事吧？

落英老师好像是突然才看见跟着她的建华老师一样，说，哦，我，没事的。陪我走走好么？

建华老师陪着落英老师，走了很远，走的是他们四人经常走的那条路。然而这一次，不再是四个人，而是只有他们两人。他们走了很远。月亮起来了，露水在沙沙地下，夜很凉。

落英老师说，你带了口琴吗？

建华老师从衣袋里掏出口琴，轻轻地吹了起来。吹的还是他们在一起时经常吹的那首《天涯歌女》。

落英老师突然说，是我害了邱林老师。

邱林没有死，白腊梅也没有死。邱林砍了白腊梅十六刀，判了无期。

邱林去坐牢后，落英老师从来没有去看过他。邱林的父母，因此对落英有很大的意见，他们认为，这一切皆是因为落英而起，如果不是她，邱林会和白腊梅结婚，他们的儿子就不会去坐牢了。事情的原委，后来渐渐为烟村人熟知。白腊梅据说是县里某局长的侄女，当时，邱林的父母攀上这门亲，大约有些攀龙附

凤的意思。另外，白家也给了邱林父母一些许诺，包括通过关系
把邱林转到中学去当老师，把农村户口转成商品粮户口之类的。
于是，问题就摆在了邱林的面前，一边是他爱着的，长得标致动
人的落英老师，一边是长相普通，他并不喜欢，但可能因此改变
他的命运的白腊梅。在这个问题上，邱林陷入了艰难的选择。他
没有说不同意。在和白腊梅订了婚之后，邱林才发现，白腊梅比
起落英老师来差了太远，这种差太远，还不单指长相，白腊梅的
身上，也没有落英老师的那种娴静与温柔。大约因了这桩婚姻中
有着交易的成分，让白腊梅拥有了心理上的优越感，而邱林，在
她的面前，则有了一些处处巴结的意思。这时，邱林就后悔了。
他对落英老师说，订婚不是他自愿的，是他的父母包办的。那
天，邱林去找白腊梅谈，说他有对象，他不想和白腊梅结婚。这
对白腊梅的打击很大，后来，两人争吵了起来，白腊梅的几个兄
弟，听说邱林要甩他们的妹妹，就动手打了邱林，并拿言语羞辱
了他，后来，邱林就抓起了菜刀乱砍，砍了白腊梅十六刀……

　　邱林去坐牢后，邱林的父母恨死了落英老师。后来，烟村传
出了风言，说是落英老师和邱林有那个事，有人就亲眼看见他们
两人坐在堤坡边亲嘴。落英老师是个无情无义的人，邱林为了她
坐牢了，她连看都不去看一眼，连信都不给邱林写一封。于是，
落英老师的人品问题，就成了她最大的污点。

　　这年秋天的时候，建华老师问落英，要不要去沙阳农场看
邱林。

　　不去。落英老师回答得很干脆。

落英老师瘦了好多，她的话越来越少，面对风言，她从来懒得去辩解。她甚至懒得和烟村人说话，只有在面对孩子们的时候，她的话会多一些。窗口玻璃瓶里的花早已凋谢，她也没有重新去插上。

我要去看邱林了。建华老师说。

嗯。落英说。她看着那个空空的广口罐头瓶，然后摊开了学生的作业本，开始批改作业。

我和悦灵一起去。建华老师说。

落英老师的嘴角抽动了一下，但是很快，落英老师的脸上又恢复了平静。

什么时候吃你们的喜糖？

元旦节。有么话带给邱林？

……

元旦节，建华老师和悦灵结婚了。他们的婚事办得很热闹。落英老师也来了。落英老师是送亲的，她一直陪着悦灵。她那天打扮得很漂亮，把新娘子给比了下去。有人说她是故意这样做的，结婚之后，她的好姐妹悦灵，也和她渐渐地淡了来往。

新婚之夜，悦灵和建华老师谈起了落英。

落英老师怪可怜的。建华老师说。

她真的在等邱林？

大约吧。

那要等到什么时候？她不嫁人了？

不知道，也许吧，也许有了好的人家，说不准的事。

那个好的人家，一直也没有出现。第二年秋天，悦灵生了个女儿。学校的老师们都来建华老师家喝喜酒，落英老师也来了。她还是那样的爱干净，在落座之前，拿出一方手帕，垫在了屁股后面。她不再像从前那样爱穿花衣服，她的衣服开始变成了黑白两色，更显出了她的清高与寂寞。她坐在那里，不喝酒，也不说话，也没有吃什么东西。那么多的人，那么多的筷子，都在一只碗里夹来夹去，她吃不下。她只是象征性地坐了一会儿，便去房间里看坐月子的悦灵。当了母亲的悦灵，一脸喜悦。躺在床上，侧身看着睡在身边的孩子，说，看看，谁来看你啦，是你的落英阿姨。你呀，快快长大吧，长大了就读书，给落英老师当学生。从落英老师进房间开始，悦灵就一个劲地在说她的孩子，说她的幸福。

结婚，真的就这么幸福？

你没有结过婚，是不晓得的。

落英老师说，这房间里的气味真怪，我受不了，鼻子过敏，我先走了。

落英老师不觉得悦灵现在的生活有多么幸福。她想不通，这个平时花一样清爽爱干净的悦灵，怎么现在像是变了个人，在这怪味难忍的房间里生活，还活得笑容满面。既不梳妆，也不打扮了，整个变成了农家妇女。如果结婚了一定要过这样的生活，情愿不结婚。

　　落英老师走了。她走后，喝多了酒的老师们，就谈起了落英老师，说她真的是太讲究、太爱干净了，说她简直都有些古怪了。还有人说，她的身上有股寒气。建华老师说，邱林坐牢去了，她的心里不好受。

　　你们说，她当真和邱林老师那个了么？听说她为邱林刮过毛毛呢。

　　建华老师说，你们嘴上就积点德吧。

　　建华老师你别装正经，你说，你是不是也喜欢落英老师。

　　你没有和她亲热过？

　　亲过嘴没有？没亲过才怪。那么多人都看见了，你和她，两个人在夜里，在湖边一坐就是几个小时，你们没有亲过嘴？

　　你们……建华老师说，人家还是个姑娘，还要嫁人呢。

　　不是说她不嫁人吗？不是说她要为邱林守一辈子吗？

　　都二十岁了。再不嫁人，就不好嫁了。

　　那段时间，这样的议论是经常性的，这说明烟村人还是在关注着落英老师。渐渐地，这样的议论就少了。人们差不多不怎么去关心她的事了，只有落英老师的父母，是最急的人。不要眼光太高了，像个样子就行了。母亲这样劝女儿，母亲知道女儿的心比天高，但心比天高有什么用？你一个民办老师，还能飞到天上去？

　　落英老师说，民办怎么了，民办就不是人？

　　话是这么说，落英似乎找到了新的方向，她从邱林老师的阴影里走了出来，很少会去想邱林了。有什么好想的呢，又不是

三五年，他判的可是无期。听说，那个被他砍伤的白腊梅，伤好
了，在镇上的百货公司上班。落英老师有次去镇上，还专门从她
的柜台前经过，打量过白腊梅，她居然没有破相。邱林没砍她的
脸。从百货公司出来，落英老师想，我该想想自己的前程了。没
错，邱林是喜欢我的，可我没叫他去杀人呀。落英老师心里的
负罪感，渐渐地淡了，她把这思想包袱给放下来了，她觉得很轻
松。回到学校，她去湖边上采了一把野菊花，她的窗口，再次有
了缤纷的色彩。落英老师想，要好好自学，争取考上民转公。建
华老师就考上了民转公。转成公办教师后，建华老师调到了烟村
中学。他是中学老师了，吃国家粮，工资也比民办老师高得多。
在去年时，建华老师就对落英老师说，你也好好复习，去考公办
老师吧。落英老师有些不自信，建华是高中毕业，底子好，她才
读完初中。现在，落英老师想，不能再耽误时间了。

　　第二年，落英老师去考公办，没有考上。她是心气很高的
人，没有考上，这让她受不了，她不服这个气，不信自己考不
上。第三年，她又去考，还是没有考上。落英老师去了烟村中
学，找建华老师，希望得到建华老师的帮助。建华老师调到中学
之后，他们俩见面的机会就少了，这些年来，只见过有限的几
次，也都没能说上什么话。

　　落英老师去的时候，天就快黑了，到烟村中学时，已是晚
上。建华老师当时一个人住在学校里，悦灵在家里开裁缝铺子，
带了许多的徒弟。她忙得没有白天黑夜，一门心思要当万元户。

　　落英老师，你怎么来了？

不欢迎吗？落英老师笑着问。

欢迎欢迎，你是稀客。建华老师居然有些紧张了。其他的老师们，看见来了个漂亮的女人，在晚上进了建华老师的宿舍，都觉得这两人的关系不正常，不时地有老师借口来问建华老师借支笔，吸点红墨水什么的，眼睛看着建华老师，却用余光打量着落英老师，脸上带着古怪的笑容。

这是落英老师，我以前在小学里教书时的同事。

哦，落英？你就是落英！

来了一位数学老师，也是听别的老师说建华老师的宿舍里来了美人，找个借口来看看的。建华老师说，李老师您来得正好，这是我原来小学的同事落英老师，这是我们初三教数学的李老师。

于是落英老师就和李老师打招呼。

建华老师说，我对数学不太在行，李老师教数学很有经验，有他辅导，你就不怕了。

这样一来，落英老师经常来学校请教。李老师也很乐意做这样的事情。可是过了没多久，李老师就打了退堂鼓。建华老师说，我再去帮你找另外的老师。落英老师说，给你添麻烦了。

建华老师说，没什么。

落英老师说，不要去麻烦别人了，我相信你，你辅导我就行。

可是，建华老师说，我的数学实在是不行的。

落英老师见建华老师不自在的样子，笑了，说，你是怕我么？我的身上有刺！

……

那，我会吃人？

……

你是怕别人说闲话吧。

你知道的，悦灵很敏感。

身正不怕影子斜。

……那，我来给你讲讲函数吧。

落英老师说，算了，你讲了我也听不懂，陪我走走好吗？

建华老师有些为难。他是有家室的人了，孩子都上了小学。落英老师不时来学校求教，已经有风言风语了。

我也不为难你了。落英老师说，我回去了。

我送送你吧。

建华老师和落英老师，又一次走在月光下。他们走了很远。落英老师说，真快，一晃，十来年过去了。像是昨天。

是快。

那时，我们经常这样，走这么远的路，你吹口琴。你知道吗？其实那时，悦灵是喜欢邱林的。

建华老师的心里，有只蜂扎了一下。不过他很快释然了，那会儿，他不也是喜欢落英老师么。然而命运却将他和悦灵组合在了一起，生儿育女，过着幸福平和的日子。

还吹口琴吗？

不常吹了，带初三毕业班，教学任务重，家里又种了几亩地。

你那丫头子蛮聪明的，成绩很好。

你也要找个人家了。

帮我介绍一个呀。

你条件高。

我条件不高，像你这样，心地好，有才气，就行。

我……对了，邱林减刑了，二〇〇〇年可以出来。建华老师说。

二〇〇〇年？落英老师苦笑了一下，摇了摇头：那时我们四个，不是经常谈起二〇〇〇年吗？

是呀，我们说，到了那时，实现四个现代化。

楼上楼下，电灯电话。

建华老师说，还有十五年。

落英老师说，只有十五年。

这年民转公，落英老师又没有考上。差一分。上一次，她差两分。如果差得太多，落英老师也许就死了这份心，可是每次就差个一两分，就这样放弃，简直是太可惜了。就这样，落英老师和考公办较上了劲。年年考，年年差几分。这一考啊，就是好几年，这几年，什么事都不上心。

有人给她介绍对象，她也是去看，她看上了的，别人没看上她，别人看上她了，她又没有看上别人。悦灵也给落英老师介绍过，男方是她徒弟的表哥，小伙子人很精神，家境也好，住在江北。落英老师对小伙子倒是没有什么意见，只问，嫁到江北了，能去学校教书么？小伙子摇了摇头，说，说不准。落英老师说，我只能是教书，不教书我还能干吗呢？

那时，悦灵已没有在烟村带徒弟了，她在镇上租了间房子带徒弟。她成了烟村少有的万元户。连县城的报社记者都来采访她了，把她成为万元户的事写在了报纸上。她成为了烟村人的骄傲。现在，烟村人对她，就像当年对落英老师，以能和她说话为荣，以她到家里坐过为荣了。

悦灵对建华老师说，我看落英这样挑下去，瓜中选瓜，越选越差，再过几年，更不好找了。

建华老师劝落英老师，嫁到江北有什么不好呢。

落英老师说，算了，我不嫁人了，不考上公办绝不嫁人。

建华老师知道，落英是个好强的人，这些年，村小学先后考上过三个公办教师，她却一直考不上。

可是，现在，公办老师也不是什么了不起的工作了，你看悦灵，在镇上开铺子带徒弟，比我挣得多多了，又风光，还上了报纸，在烟村，比我有面子多了。

建华老师说的是实情，世事变迁，沧海桑田，转眼间，人们已不那么把吃公家饭当回事了。原先，多少农村人都向往着去城里生活呀，不读书了，想方设法也要去县城当工人。县城里有一家麻纺织厂，几乎是一个县的女孩子们梦想去的地方，可是又怎么样呢，转眼之间，麻纺厂都倒闭了，县里好多的工厂都倒闭了，那些吃国家粮的职工们都下岗了。而乡下人，也不再像从前那样，死守着两亩地过日子了。有门路的，就做生意，没门路的，出去打工。打工潮的兴起，对乡村的改变是巨大的，这种改变不仅仅是生活上变得富裕了这么简单，城乡之间，有了交往，有了纽带，烟村人进了城，学会了城里人的生活，也学到了他们看生活的眼光和角度。许多从前让人眼热的事情，现在也都看得淡了，很多从前让人不能容忍的事，现在也觉得无所谓了。不就是个公办教师吗？干吗要在一棵树上吊死！

可是落英老师说，明年再考一次。

可是明年，却取消民办教师考公办的资格了。从前是，一个高中毕业生都可以教初中，现在的中学老师，最差也得是中专毕业生，烟村中学的大学生都有好几个了，像建华老师这样的土八路，早就跟不上趟了。

落英老师听到这个消息时，差不多在家里呆了一天。

她呆呆地望着空荡荡的窗口，突然觉得，这些年，自己真是犯傻，为了一个公办老师的身份，一晃就耽搁了这么多年美好的时光。她站在衣柜的镜子前，看着自己的脸，她还是那么好看，只是，眼角已有了一些细细的鱼尾纹，有了一些沧桑的感觉。那两条乌黑的长辫子，把往事和将来，纠缠在胸前。她就这样呆呆地看着镜中的自己，想了许多。这些年的事，一晃就在她的脑子里过了一遍。

第二天，落英老师的窗口，又重新绽开了鲜花。透明的广口瓶，一枝红艳艳的桃花，桃花还打着骨朵，有两朵将开未开，一枝白里透着淡绿的梨花开得正盛。

落英老师的房间里，又有了春天的色彩，她的办公室里，也有了春天的色彩。

让落英老师感到遗憾的是，并没有人发现她办公室窗口的这一束花，没有人发现这小小的变化。窗口的花开花谢，是她这些年心境的晴雨表。或者，那些老师看见了，却忘记了，落英老师的窗口已经多年没有开放过鲜花了。

学校不像多年以前了，那时候，学生很多，好几百个，老师也很多。老师们都很年轻，都是刚刚读完初中或者高中的年轻人。现在的老师们都不再年轻了，现在的年轻人，不读书了也不会选择当老师，特别是小学老师。年轻人都跑出去打工了。学生也越来越少，学校变得冷冷清清。从前是，一年级要开两个班，每个班六七十人，现在，一年级一个班都坐不满，才十几个孩子，全校的学生加起来都不到一百人了。

落英老师在这天，呆呆想了许多。她突然有些悟道了，公办教师也好，民办教师也好，那不过是一个身份，是身外的东西，她现在，特别渴望有个家，她有了找个人结婚的冲动。这冲动一经产生，就像是星星之火，点燃了她干枯的心灵荒原。

这些年来，给她说媒的人，渐渐地少了。像她这样年纪还没有结婚的男人，不是家境特别的差，就是缺胳膊少腿，或者是差点心眼。偶尔有一两个媒人会对她的父母提起某某某，那也多是一些带着孩子的二婚男人。父母不敢对落英提这些，怕伤她的自尊。再说了，听说邱林又减了刑，不用等到二〇〇〇年了，也许三五年就可以出来了。等了十几年了，还在乎再等这三五年？那就再等等吧。

落英老师却不想再等了，她从来没有像现在这样想要有个家，有个男人的肩膀让她靠一靠。她渴望一个温暖的怀抱。然而，有这样的男人吗？落英老师只有苦笑，她听见了自己的笑声。她觉得，她有许多的话要对人说，然而，这些年来，她的朋友越来越少了，能和她说话的人，也越来越少了。这时，她想到了少女时期的密友悦灵。可是自从悦灵嫁给了建华老师，她们之间就很少来往了。

落英找到镇中学。这时，建华老师已不在烟村中学教书了，他调到了镇中学，他不再是语文老师，而是管起了后勤。悦灵也不再做缝纫了，现在没有什么人再穿做的衣服，她在镇上开了一家服装店，从省城进服装回来卖。她很能干，她挣得的钱比建华老师挣得的要多得多。她是镇上的名人了。她穿衣服很时尚，也很有眼光，店里的生意因此特别的好。差不多，她就是小镇流行的风向标。她一进货回来，就会拿起电话本，把该通知的人都通知到，说是又进了最新款的什么服装，于是，第二天，小镇上，就开始流行起了这一款服装。

悦灵的时装店，落英是知道的，她多次从店门口经过，但并没有进去看过，更没有光顾过她的店。

悦灵看见了落英老师，愣了一下，才想起来，她还有这样的一个朋友。她的心里痛了一下，脸上马上绽开了笑。悦灵说，是落英老师呀，你还是这么漂亮。

落英老师看着悦灵，她觉得自己有些寒酸，像一个没见过世面的村妇见到了打扮华丽的贵妇人，一时间，手脚都不知怎么放了。落英老师为自己的自卑而自卑。两个人的精气神，这一对比，就显出高低来了。

你坐，你坐。

悦灵很高兴。说不出的高兴。许多年前，她几乎是落英老师的影子，是落英老师的陪衬，她记得，她出嫁的那天，落英老师当伴娘，她就听人指指点点地说落英老师的美丽，人们把目光和赞美都慷慨地送给了落英老师，对她这个新娘视而不见。可是现在，她们俩调了个，现在，悦灵是那么的自信，她脸色红润，浑身洋溢着自信。她是两个孩子的妈妈，是镇上的时尚女人。无论发型、穿着，还是精气神，都走在时尚的前列。她说话声音很大，走路昂着头仰着脸。仰脸的婆娘低头的汉，她就是那种仰脸的婆娘。而落英老师呢，她的脸上寂寞、清冷，留着两根不合时宜的长辫子，穿着白底碎花的衬衣和烫出了印子的黑裤子，加上她那白得不正常的脸色，让人觉得她还生活在十几年前。

落英老师掏出了手帕，打算铺在椅子上，这些年来，她是越来越爱干净了，她容不得生活中有一点灰尘。可是现在，她掏出了手帕，又把手帕放了回去。她发现，悦灵店里的椅子红艳艳的，一尘不染，能照得见人影。她有些慌乱，没来由的。后来，她和悦灵说话，就有了些心不在焉，有一搭没一搭的，她觉得，她说话都跟不上悦灵的趟了。悦灵对她说起怎么去汉正街进货，说起她的经营之道。落英老师越发觉出了两人之间的差距。悦灵留落英老师吃饭，她说她打建华的传呼。落英老师说，不了，不了。她差不多是落荒而逃的。

多来走走啊，到镇上来了，就到我这里坐。走远了，悦灵还在大声地喊。

这天晚上，落英老师仔细琢磨着悦灵的这句话，越想越不是滋味。什么叫到镇上来了，就到我这里坐？这意思，好像她悦灵是镇上的人，而她落英，是乡下人了。落英老师对着镜子中的自己看，看自己的眼，自己的眉，最后，目光就落在了那两根大辫子上。她轻轻地抚弄着两根大辫子，仿佛在抚摸自己昔日的荣耀与尊严。然而，这荣耀与尊严，早就蒙上了灰尘。落英老师突然又有了争强好胜的心，有了让这荣耀重新焕发生机的冲动。

第二天，落英老师去烟村的理发店，把那两根又黑又长的辫子剪了。

理发的小姑娘是认得落英老师的，她还是落英老师的学生呢，她对这两根大辫子有着多少美妙的记忆与深厚的感情啊。那几乎是她少女时期的偶像和梦想。

落英老师，您真的要剪掉么，这么漂亮的头发。

剪掉。落英老师说得很坚决。

现在，有这样好看的辫子的人很少了。

太老气了。

不老气，您这样才有个性呢。我还记得，上小学的时候，我最喜欢的就是您的这两根长辫子了，每天羡慕得要死，想我什么时候也有这样的两根大辫子就好了。

落英老师呆了一呆，又抚摸了一下自己的长辫子，叹了口气，说，剪了罢。我老啦，再留这样的辫子，显得不伦不类的。

您一点也不老。您很好看，您的身上有一股独特的气质，这是大城市的女人才有的气质。

落英老师说，是吗？她笑了笑。她没有去过大城市，最远的，就是县城。可是小姑娘是去过大城市的，她在深圳打过工，回到家乡后，开了这间理发店。

看落英老师有些犹豫，小姑娘就没有下剪。这样的两根辫子，要她去剪掉，她于心不忍。

还愣着干吗呀，剪了吧。落英老师说着闭上了眼，她听见"咔嚓咔嚓"的两声响，感觉头上轻松了，心里也轻松了，那个美好的时代，就在这剪刀声中被抛到了尘埃中。

这两把辫子，您留着吧。

不留了，留着有什么用？

落英老师走出理发店的时候，头也没有回。她把自己的胸挺了起来，她看见，春天又一次来了。

落英老师把长辫子剪了，这样的事，要是搁在十几年前，那一定是轰动整个烟村的特大新闻，该有多少人会伤心，有多少人会惋惜。然而现在，落英老师回到学校，老师们先是看出了，落英老师突然像变了一个人，怎么看都觉得不对劲，然后就落在了她的发型上，说，咦，你把辫子剪了？

剪了。

留了二十多年吧？

嗯。

剪了好，剪了精神多了。

对话就是这样轻描淡写，没有惊异，没有轰动。落英老师也没有想要去制造什么轰动，这些年，她习惯了这种平淡的生活。只是，这样轻描淡写的对话，多少让她有些失落。

你把辫子剪了？

回到家里，母亲一眼就发现女儿的辫子没了。母亲是多么熟悉这两根长辫子啊，许多的下午，母亲都会帮女儿洗头发，梳辫子。这是母女俩心灵最靠近的时光，是一幅烟村人熟悉的图画。母亲给女儿梳着长长的发辫，母女俩的心事，皆像湖底的水草一样纠缠。时光就这样慢慢流走了，母亲老了，这些年来，为了这个老姑娘，早就愁白了头。她是多么迷恋给女儿梳头发的时光，又是多么的心痛这样的时光。许多的老人都感叹着，说母亲真是有福呢。是呀，女儿大了，和母亲就不那么亲了，哪里还有六十多岁的母亲给快四十岁的女儿梳头这样温馨的场景呢。然而，这辫子，落英居然给剪了。

妈，我把辫子剪了。落英说。

剪了好，剪了好，剪了显得精神。母亲说，现在，谁还留这样长的辫子呢。母亲见女儿的脸上，泛着少女的红光，心细的母亲知道，女儿的心思又活泛了起来。母亲想，女儿怕是谈对象了。

剪了辫子烫了发，落英老师又去了一次镇上。

你的辫子呢？

悦灵一眼就发现了落英老师的辫子没了。悦灵还发现，没有了长发的落英老师，一下子就洋气了许多。落英老师身上的那种气质，发生了天翻地覆的变化。悦灵的心里就有些悲哀地想，她真的是天生丽质，自己是没有办法和她比的。

落英老师还在悦灵的时装店里挑了几件衣服。什么样的衣服，穿在她身上，都是那么的得体。

落英老师走在烟村，又开始吸引人们的目光了。不过这一次，人们不再只是把目光停留在她的头发上，不再把她看成是个嫁不出去的老姑娘。他们惊讶地发现，落英老师居然没有老，这么多年过去了，她还是那么的年轻。身材还是那样好，说话还是那样温和，走路的样子还是那样迷人。

有人给你介绍对象了。母亲笑眯眯地对落英说。

落英老师说，那就见见吧。

可是，半年来，她先后相过了三次亲，都没有相中。第一个，对方是镇上的，家境不错，还是城镇户口，就是一条腿不太好。母亲也觉得，那男人是配不上自己女儿的。第二个，男方是湖对面吴家圦的，这些年在外面打工，挣了些钱，家境殷实，说是只要落英肯嫁过去，一结婚就盖新楼房。母亲觉得这人不错，还年轻，比落英小四岁。让落英感到遗憾的是，男人没有文化，别说吹笛子、口琴，连大字也识不了一箩筐，而且，说话还是个大舌头，一张嘴就结巴，一个字要重复七八遍，听得人心都提到了嗓子眼，他这一口气还转不过来，好容易顺过气来，顺溜地说上两句，又结巴了起来。男人倒是很热心，见了落英老师，光笑，说话更结巴了，我我我我地我了半天，愣是一句话也没有说出来，脸涨得通红，不停地擦汗。男人的母亲说，平时不这样的，这是太紧张了。

烟村已很是有些冷，田野里到处盛开着野菊花，空气中弥漫着野菊花的香味。落英老师的母亲，一眼就看中了结巴，悄悄地对落英老师使眼色，这样的人忠厚，顾家，嫁给他，有享不完的福。落英老师笑笑，没有说同意，也没有说不同意。

第三个男人，人倒是不错的，还读过高中，长得瘦瘦的，身上有些书生气，原来也在小学里教过书。这倒是让落英老师有些心动，可是，他有两个孩子了，一儿一女。落英老师问他，妻子去世了多久？男人说，快一年了。

哦，那她是尸骨未寒了。落英老师说。

男人的脸就紫了，说，要不是为了孩子，也不想这么早……

落英老师悲哀地想，如果我跟了他，我死了，他是否会很快再找呢？

连续三次相亲失败。母亲说，你呀你……不知你要挑个什么样的人。你以为自己是什么人？你以为你还年轻啊！

母亲从来没有这样重的说过女儿。说完了，独自抹眼泪。

落英老师在田野里走了很远，沿着长堤走到了湖边。这些年，湖瘦了许多，原先她经常和邱林、建华一起聊天的地方，现在已成了稻田。落英老师采了一捧野菊花，她喜欢这野菊花沁入心肺的香味。

是呀，你不是小姑娘了，你还有什么资格挑三拣四？落英老师问自己。

她想起了邱林。再过几年，邱林就要出来了。邱林，他现在，过得怎么样了呢？

　　她还想起了建华老师。想起了悦灵。她真的有些羡慕，不，是妒忌悦灵。在当时，只要她想，建华老师就是她的了。那天，悦灵在她面前那一副得意的样子，她当时真的动了那心思，想，你得意什么呢。她想，要是她愿意嫁给建华，建华老师会不会和悦灵离婚呢？当然，这只是她一瞬间的想法，她很快就为自己有这样的想法而脸红了。

　　落英老师往回走的时候，遇见了邱林的父亲。邱林的父亲老了很多。多少年了，只要见了面，他们都扭过头，谁也不理谁。邱林的母亲，还经常指桑骂槐地诅咒着落英和她的家人。这一次，落英老师却先打招呼了，她叫了一声邱伯伯。

　　邱林的父亲，以为自己听错了。他的耳朵不太灵了，他转过身，盯着落英老师。

　　你是叫我？

　　嗯。

　　老人看了落英老师好半天，没有再说什么，转身走了。老人也听说了，落英在等他的儿子出来呢。不管是真是假，儿子喜欢这个女人，那是真的。儿子就要出来了，儿子已四十出头，又坐过牢，出来以后，去哪里讨老婆呢？落英老师同他打招呼，老人马上就想到，这个女人，将来可能是自己的儿媳妇呢。老人的脸上，就慢慢泛出了一些笑。

　　邱林快出来了吧？落英老师说。

　　快了。

两人就这样打了个招呼。别小看了这个招呼，却是解开了两家人心中的死结。

落英老师想，也许，该去沙洋农场看看邱林。又觉得，这样去，不太好，倒显出自己有什么意图了。要是建华老师去看邱林，她跟着一块儿去还差不多。

落英老师又去了镇上，那天悦灵去汉正街进货了。建华老师就请她在镇上的小餐馆里吃饭。落英老师还在寻思着怎么对建华老师提议去看看邱林，建华老师却告诉了她一个好消息。建华老师说，你知道不，邱林又减了一年半的刑，后年五月，就要出来了。

落英老师说，是吗？那，真是太好了。

建华老师说，这么多年，你，终于快熬出头了。

……

落英老师没有说话，落英老师想，这些年来，我是在等着他吗？也许是吧。

不知道，邱林现在，怎么样了。十几年没见了，见了肯定不认得了。

听说，还好。建华老师说。

这些年，建华老师也没有去看过邱林。关于邱林的消息，他都是听邱林的父母说起的。

真该去看看他，建华老师说，可是我这，太忙了。忙了学校还要忙家里。

落英老师说，那也是，我想，邱林不会怪你的。

　　落英老师的这话，让建华老师听起来有些怪，好像是，她和邱林是一家人的意思了。建华老师明白落英老师的意思。建华老师说，你倒是该去看看他。

　　落英老师终究是没有去看邱林。转眼又是一年了，春种夏长，秋收冬藏。这一年啊，落英老师也说过几次对象，但都没有说成。吴家岖的那个结巴，逢年过节，还会到落英老师的家里来。他都说出这样的话来了，说是，这辈子，要是能娶上落英老师，死了也值得了。落英老师说，那，你就等吧。

　　终于盼到冬天了，冬天来了，春天还会远吗？这个冬天，漫长而又短暂。因了期盼而漫长，因了期盼而短暂。然而，在第二年的正月，一个不好的消息，却让落英老师的心，一下子掉进了冰窟窿里。邱林的父母，已开始张罗着为邱林说对象。这让落英感到紧张。紧张一阵之后，她就释然了。她相信，这不过是邱林父母的意思，在她和别的女人之间，邱林会做出正确的选择的。何况，落英老师听说了，给邱林老师介绍的对象，是邻村的寡妇，长相是比不过她的，何况，那女人还带着个六岁的孩子。

　　春天又到了。这是一九九八年的春天。

　　烟村小学的学生，越来越少了。周边的几所学校进行了合并，烟村小学就只有一到三年级了，四年级的学生，统一集中到了原来的中学，原来的中学生都集中去了镇中学读书。落英老师一个人带了三个班的语文，整个学校，总共才有四名老师。

　　上中下，人口手，大小多少，山石田土……

　　孩子们都背着手在背书。落英老师站在教室门口，望着眼前那一望无际的紫云英和油菜花，望着在春光里闪闪发光的湖，望着电线杆上落着的成串的燕子。落英老师想，再过两个月，邱林就出来了。

落英老师心情很复杂，有时她很自信，有时她又很自卑。

邱林是在端午节之前出来的。邱林出来之后，他们家里热闹了好多天，亲朋好友都来了，建华老师也来了。建华老师约落英一起去看邱林，落英老师却说，学校里的事太多，抽不出时间。

建华老师说，那，我找时间和邱林来学校看你吧。

一直到过完端午节，邱林的家里才安静下来。落英老师没有来看他，这多少让邱林觉出了失落。他听建华说过了，落英老师这些年来一直在等着他，没有嫁人。邱林觉得，是他害了落英老师。他有些不敢面对落英老师了。

媒人把那个女人带到了邱林家。那女人对邱林没有意见，现在就看邱林的态度了。邱林说，不用着急，过段时间再说吧，我现在很累，只想休息。

邱林的母亲说，我知道你的心思，你是想着落英吧，我跟你说，这个无情无义的女人，你为了她坐牢这么多年，她看都没有去看过你一次。

邱林的父亲说，话也不能这么说。

邱林说，我坐牢是我犯了罪，与她有什么关系？

那，你出来了，她也不来看你？

邱林说，她很忙吧。

话是这么说，邱林也觉得，落英老师没来看他，是不能用一个忙字说过去的。这么多年了，落英老师，你过得怎么样了，你还好吗？你变成什么样子了呢。你这么多年一直不嫁，是在等我吗？他多想马上去看落英老师，可是，他又没有了去看她的勇气。

终于，建华老师遵守了自己的诺言，他约邱林到他家做客，也约了落英老师。悦灵太忙了，忙得没有时间下厨，就在镇上的酒楼里订了一桌。邱林、建华、悦灵都早早地到了。落英是最后一个到的。

落英老师走进酒楼的包房，就看见了邱林。邱林变了很多，黑了，老了，如果走在大街上，落英老师肯定是认不出来他了。落英老师的记忆里，邱林还是十八岁时的模样。

邱林首先注意的却是落英的头发。落英老师的两根长辫子没有了。在监狱里的许多个夜晚，他是想着落英老师的长辫子入睡的。没有了长辫子的落英老师，一下子，就和他心中的爱人拉出了长长的距离。这个距离是时间，是空间，是心灵的距离。

大家坐在一起寒暄了几句，建华老师朝悦灵使个眼色，两人借口点菜，就出了包房。悦灵出门时，还把包房的门关上了。房间里的空气就凝重了起来。

你的辫子……

邱林不知道该说些什么。这些年来，他一直生活在监狱里，他的思维，还停留在他进去的那个时代，他的审美也停留在那个时代。没有了两根长辫子的落英，让他觉出了陌生。

剪了。太长了，洗起来麻烦。落英老师说，这些年，你受苦了。

你呢，过得怎么样？听建华说，你，一直，没结婚。

落英老师说，找不到合适的人。你呢，听说，你一回来，就有人给你介绍对象了。

嗯。

人怎么样？

不错。结过婚的，男人死了，带个六岁的小孩。

长得好看么？

还行。

还行就结婚吧，别东挑西拣的。

你也是，该找个人了，也不要太挑。

……

这样的对话，是邱林和落英老师始料未及的。

前一天，建华老师说要约他们俩一块儿聚聚。这晚两人都没有睡好，都在想着对方的样子，想着见面以后说的话，想象着，那会是怎么样激动。没有想到，见了面，说出的话，却是这样的冷淡平静。

吃饭的时候，建华和悦灵发现了气氛有些不对，就说起了许多当年的往事。说起了他们一起在月光下散步，说起了建华老师的口琴声，说起了那时对于二〇〇〇年的向往。

好多年不吹口琴了，建华老师说，我们都老了。

这天，邱林喝了许多的酒，醉了，就在建华家里睡下了。落英老师独自回了烟村。邱林没有再去找过落英老师，落英老师也没有去找过邱林。

这年的国庆节，邱林结婚了，和那带小孩的女人。他们结婚后，就一起去广东打工了。

真是太出乎烟村人的意料了，邱林一回来，大家就认定了，他会和落英老师结婚的。人们在一起闲聊的时候都说，落英老师这么多年，终于是熬过来了。落英老师的父母，脸上也有了些喜色。甚至有人开始打听，落英和邱林什么时候办喜事。落英老师的父母说，我们老啦，不管这些事了，儿女们的事，儿女们自作主张就是了。然而两位老人的心，也终于是放下来了。邱林虽说坐过牢，可两位老人觉得，他终究还是个不错的人。他的本质并不坏。母亲也觉得，邱林是比那个结巴要强多了。

然而，邱林居然和别的女人结婚了。

邱林结婚的那天，落英老师在湖边上，坐了一下午。

又是一个秋天了，菊花又开了，到处是菊花。落英老师听着远处传来的鞭炮声，天就渐渐黑了下来。夜也有了凉意。这晚的月光很好。秋虫在草窝里鸣唱。落英老师也没有悲伤，也没有落泪。她只是觉得，她才活过来的心，终于是死了，已经水波不兴了。

她没有想到，建华老师出现在了她的身后。建华老师来吃邱林的喜酒，可是他没有看见落英老师，去学校里找，也没有找到。他有些不放心，他不明白，这两人中间出了什么问题，他知道，落英的心里肯定是难受的。他就找到了湖边，果然看见了落英老师。他害怕落英老师想不开，在落英老师的背后站了许久，他听见落英老师居然轻轻地唱起了歌：天涯呀，海角，觅呀觅知音。小妹妹唱歌郎奏琴，郎呀咱们俩是一条心……

建华老师的心里酸酸的，他仿佛又看到了遥远的过去。建华老师轻轻地咳了一声，歌声就停止了。建华老师说，是我，建华。

你怎么来了。

不放心。

是吗，怕我想不开去跳湖？

天凉了，回去吧。

不用你管。

怎会弄成这样？你和邱林……

我们别说他好吗？

……

真快，二十多年，一晃就过去了。像昨天。

……

那时，你喜欢吹口琴，喜欢吹《天涯歌女》。

嗯。

陪我坐一会儿，好吗？

嗯。

好冷。

快立冬了。

……建华，你，抱抱我，好吗？

建华老师就抱了一下她。

亲我一下。

　　建华老师就亲了她一下。

　　谢谢你。落英老师说，我们回去吧。

　　建华老师和落英老师往回走的时候，就遇上了悦灵。悦灵和建华老师一块儿来喝邱林的喜酒的，到了开席的时候，却不见了建华老师，她的心里就隐隐感到了一丝不安，这喜酒，也就喝得寡淡无味。匆匆吃完饭，有人张罗着打麻将，悦灵也推脱了。也许是女人的直觉，她居然就找了过来，就碰见了正往回走的建华和落英。

　　你怎么来了？

　　我怎么就不能来？是不是我来了，坏了你们的好事。

　　悦灵，你误会了。落英老师说。

　　我误会了，我误会什么了？

　　你，你这是无理取闹。建华老师说。

　　我无理取闹，你们说，孤男寡女、荒天野地，还说我无理取闹？

　　这年元旦节，落英老师也结婚了。她嫁给了吴家氹的那个结巴。结巴对落英老师很好，什么话都听她的。落英老师叫他往东，他不会往西。落英老师叫他赶狗，他不去撵鸡。落英老师什么家务事都不用做，家里家外的活结巴全包了。落英老师终于是当上了太太，当上皇太后了。

　　她还是那么爱干净。只是，过了生育年龄，不能生小孩了。她觉得这样也蛮好的。她还记得当年悦灵家的那股味道，她说她受不了那股味道。好事也是接二连三降临在了她的身上了。上面来了精神，取消民办教师，烟村小学一到三年级也撤销了，所有的学生都集中到原来的烟村中学。所有的民办教师，经过统一考试，考取了的转为公办教师，考不上的就解雇回家，国家按《劳动法》进行赔偿。落英老师因为教龄超过十五年，不用考，按政策，直接转公办教师了。落英老师还是教小学一年级，烟村几个村的小学生都集中在一起，学生又多了起来。她每天都很忙碌。学生们还是喜欢她。

落英老师的窗口，却再也没有摆过什么花了。

有时，她爱发呆，望着眼前的湖，就这么痴痴的一望就是好半天，这样的时候，她的脸上，就会泛起少女一样的笑。

父亲万岁

上篇：春雨惊春清谷天

一

半夜，德高老倌在睡梦中，隐隐听到半天云里一个炸雷，雷声像万千匹公牛，从天际深处放蹄狂奔而来，越来越近，越来越近，然后呢，蓦地炸开了花。雷声震得玻璃窗一阵咯唧唧颤抖。

德高老倌一骨碌起了身，坐在床上，雷声却已远去。黑暗中，德高老倌深凹的眼睛盯着窗外，窗外黑咕隆咚，只听得见柳树被风猛烈地推过来搡过去，枝叶"呼啦呼啦"乱响。终于动了春雷！德高老倌摸索着从床头的抽屉里摸到了烟，又去摸火柴。德高老倌的双手因激动而有些颤抖，火柴受了潮，划了几次没有划着，黑暗中星星点点的火花一闪，一闪。德高老倌将火柴放回抽屉里，躺在床上，等着第二声春雷。窗外蓦地一亮，一道闪电如张牙舞爪的金龙，在窗口一闪而过，白亮白亮，整个屋里都如同白昼。那一瞬，德高老倌看见房中有一只老鼠惊恐地蹿向了墙角，屋里顿时又黑暗了。老倌觉得两眼一抹黑，还未回过神来，仿佛就在房顶上，"咔嚓"一个炸雷，这一回，屋顶几乎都在发抖了。雷声轰隆隆隆如同火车远去，雨便哗地下来了，打得瓦片咚咚乱响。德高老倌披了件夹袄，探到窗口，小心地把窗子打开一条缝，呼地一阵冷风夹着雨点猛地直往老倌脖子脸上打过来。德高老倌贪婪地张着焦渴的嘴，雨点"吧嗒吧嗒"落到老倌的舌头上。雨点很大，很有劲，有点苦，带着一股土腥味儿。

　　一动春雷，水田里灌了水，便要开始闹春耕了。今年的春雨动得迟。正月初一，下雪打了雷，德高老倌知道，今年怕是要春旱。老话说得好：

> 正月雷打雪，
> 二月雨不歇。
> 三月干了田，
> 四月秧长节。

　　果然，正月几乎整天阴雨绵绵，一直下到惊蛰前，天放晴了，太阳白晃晃的，天日怪的暖，像五黄六月间。惊蛰也没有动雷，只说今年会春旱的，没承想，刚入清明，天便阴沉了下来，山雨欲来。果然，这雨就真来了。

真是一场及时的喜雨啊！

德高老倌关上窗，想，马上要闹春了。想到闹春，德高老倌的脸上突地又没了喜色，黑暗中长长地叹了口气，如同老牛的喘息。这些年来，农民越来越不像农民了，都把田扔了出去打工，偌大的一个村子，精壮的劳力都出去了，守在家里的都是些老弱病残。田有一半是荒了，长满了艾蒿、棒槌草。余下的一半，多是种了一季中稻。现在是不用双抢了，也不用春耕了。春忙不忙，零零星星几个老得不成形的老倌子在水田里有气无力地吆喝着耕牛。

哎！你说这农民不种地，还叫农民么？

德高老倌又深深地叹了口气，披着夹袄去了东屋，拉亮了电灯。三个孙儿挤在一张床上，横一个竖一个睡得正香。孙儿们大的十三岁，小学快毕业了；小的只有七岁，上一年级。德高老倌轻手轻脚地走到床边，给孙儿们把蹬开的被子压好，坐在床边，看孙儿们小嘴一呼一吸，德高老倌仿佛又回到了二十年前，眼前睡着的是自己的儿子们。德高老倌轻轻地在小孙儿的头上摸了一把，可能是手太糙，小孙儿在梦中叽叽咕咕翻了个身，锁着眉，一脸不耐烦的样子。德高老倌咧着嘴笑了，骂一声狗日的，心里说不清是啥滋味儿。

外面的雷声一阵一阵，时远时近，地下早就动流了。雨来得很猛，瓢泼一样，风倒是小了下去。德高老倌摸了电筒，出门，去猪圈、牛栏看了一遍。两头小猪挤在墙角，像小孩一样码在一起，不时地为抢里面干燥的地方而拱两嘴。牛卧在栏里静静地反刍，见了德高老倌，扇扇耳朵，算是打招呼了。德高老倌伸手拍了拍牛脸，说，老伙计，马上要闹春了，闲了一冬，憋坏了吧，老倌我可是憋坏了。同牛说了一会儿话，又顺着壁根回了屋。

二

德高老倌一点睡意都没有，他觉得浑身都来了劲儿，觉得，他又回到了年轻时的光景，那时候，全大队一块儿闹春，几十条耕牛在水田里一字排开，牛欢，人也欢，喝牛声此起彼伏，像一首雄浑的歌。好多年不见这场面了，现在的人越来越懒，有田不种要出去打工。就是在家种田的，两季稻也只种了一季，还是用机器呼呼隆隆一打了事，哪里还有种田的乐趣？德高老倌觉得，赤了脚踩在春天的泥巴里，感觉春天便顺着脚心渗入了五脏六腑，全身的血液都春光焕发了。德高老倌晓得他的这些想法，在现在的年轻人眼里很是可笑，也知道，这粮食不值钱，种一年赔了力气弄不好还要亏本。但他依然止不住这样想。但有什么用？田还是荒了，儿子们还是一个一个地跑了出去，家里也并没有因此而富起来，只是人都变懒了，也变得要钱不要脸了。你看过年时德贵的小丫头回来，戴了一手的金戒指，嘴抹得像喝了血，听说她在外面做娼呢，可你看她那得意劲儿，看他爹德贵那得意劲儿，看左邻右舍那个眼红心热的羡慕劲儿，这人心怎么就变得这么快呢？德高老倌坐在大门口，看着外面漫天漫地的大雨，东一阵西一阵地想。雷声时缓时急。德高老倌突然一拍脑袋，说，你看我，真是老糊涂了。便关门开灯，慌忙在门角里寻铁，寻到了一把没柄的烂锄头，德高老倌便拿着烂锄头往厢房里去了。开了灯，几只老鼠一哄而散，鸡窝里一只抱窝鸡咯咯咯咯地伸了头警觉地盯着德高老倌。德高老倌就说：我真是老糊涂了，鸡在抱窝哩，打这么大的雷，可不惊了小鸡。德高老倌将烂锄头往鸡窝的垫草里埋了下去，抱窝鸡凶狠地在德高老倌的手上啄了一口。德高老倌笑了，说，是只好鸡母，凶着哩！春来黄鼠狼多，抱窝鸡越凶越好。德高老倌一手抓住了鸡翅，把鸡放在地上，埋好铁锄，检查鸡蛋，见有两个鸡蛋已"啄嘴"了，蛋壳上已被啄开了钉子头大小的三角洞，里面露出了一点尖尖的小鸡嘴。德高老倌小心地将蛋放回窝里。鸡呀鸡，二十一。算来今天是出小鸡的日子，这是今年春天的第一窝小鸡，德高老倌打算抱个三四窝小鸡，至少要养百八十只鸡，房前屋后、桃园竹林，地方宽敞得很，鸡几乎都不用喂。阉鸡卖钱，母鸡下蛋，也够他一年的开销哩。儿子们如果回来了，也可以杀个一只两只的，德高老倌想要儿子们晓得，他一个老倌子在农村，只要肯做，比他们在外打工还要强。地下的抱窝鸡咯咯咯地往窝里跳，一脚踩在蛋上，鸡蛋一阵哗啦响，德高老倌一阵心痛，骂，死瘟鸡，踩到你的儿了哟！轻点，轻点。抱窝鸡爹开翅膀用嘴拢了拢蛋，安静了下来。

三

德高老倌没有了丝毫睡意，便回到房里摸出了剪刀和白纸。两张白纸是昨天叫孙儿从来家铺街上买回来的，纸很白、很薄，一毛钱一张。清明到了，抽个空，要给死去多年的堂客挂清明了。还有自己的父母，每年清明都是要祭奠的。荆南农村，对于清明的祭奠并不隆重，祭奠的日子也不在清明这一天，这里讲究不能挂正清明，也就是正清明这一天不能祭奠，清明前后几天都行。这个讲究怎么来的德高老倌也不清楚，自他小时就是这么个讲究。祭奠也很简单，不过用白纸剪了清明旗，雪白雪白的，剪出各种各样的花式，还可以扎出碗口大的花朵，用一根小棍子夹了插在坟头。芳草萋萋的坟头便飘动着雪白的哀思。有钱的，烧一炷香，放一挂鞭炮，烧一串纸钱。更多的是一种过场了。但每年的清明，德高老倌都格外重视，他是一定要亲手剪出清明旗的。白纸折成了细长条，剪成细如马尾的纸丝，一大蓬，如道士用的拂尘。德高老倌每年都将清明旗扎得格外大，仿佛唯有如此，才能消解他心中的忏悔与哀思。

堂客去了二十一年了。堂客去时儿子们还都未成人，德高老倌一直未续娶，他是心里有愧呀！堂客是喝农药自杀的，那时德高老倌脾气不好，爱骂人，有时还动手打堂客。那年腊月二十四，小年，家家都在忙着准备过年，德高老倌出去帮人打糍粑，晚上喝了些酒，回到家里，见到堂客在哭。堂客熬好了一锅猪油，放在桌子上，不小心被猪拱翻了，油泼了一地。十斤猪油哇！德高老倌的火气便蹿了上来，睨着眼伸手便是一记耳光，扇在了堂客脸上，还骂，没用的货，你去死吧。德高老倌骂了、打了，便倒在床上睡着了。堂客越想心里越气，都腊月腊事了，还死死死的，一时缓不过劲儿来，便找了一瓶甲胺磷，一口气喝下去大半瓶。德高老倌被儿子们的哭喊声弄醒时，堂客已落了气。二十多年来，德高老倌一直罪人似的，活在忏悔与痛苦中。脾气一下子变了，变得出奇的和蔼。这些年来，谁也没见过德高老倌骂过一句人，对谁动过一根小指头。人也勤快，整天东摸西摸的，一刻也闲不下来，德高老倌是在以这种方式赎罪么？

四

窗外，天已麻麻亮。

雨不知何时小了，淅淅沥沥，丝丝缕缕。

德高老倌拉开了窗，屋里顿时一阵清爽，空气中弥漫着青草和泥土的清香。放眼一望，水田里白漠漠一片，柳树的叶子翠绿欲滴。蛤蟆们在水田里咕呱咕呱地叫，一声高过一声，比赛似的。整个山村，因了这一场久违的春雨，顿时鲜活了起来。德高老倌大口大口地呼吸着这混着青草的空气，刚才的那股疲惫与颓废也一扫而空。

孙儿们还在睡，德高老倌今天没同往常一样去叫醒他们。他赤着脚，拎了个篮子去了屋门前的菜园子。赤脚踩在积洼的雨水里，冰冰的，像鱼在咬脚。德高老倌孩子似的兴奋起来，用赤脚踢着缀满了雨水的青草，踢出一串串的水珠。德高老倌仿佛年轻了几岁，脚上的劲儿上来了，步子也分外的矫健。德高老倌到菜园里麻利地砍下了几棵莴笋，边往回走边剥了莴笋的老叶，丢进了猪圈。两只小猪还挤在一起，肉叽叽的，听见动响，支棱着耳朵，见到丢进的菜叶，便欢快地摆动着尾巴跑了过来，贪婪地咬了一口菜叶，躲在墙角边吃边叉开后腿，拉出两串冒着热气的屎疙瘩。

德高老倌呢，就将莴笋放在大门口，寻了牛绳去了牛栏。牛已站了起来，老远地望着德高老倌，兴奋地点头。德高老倌笑吟吟地摸着牛脸，说，老伙计，熬不住了啵？马上要忙喽。解了牛，牵牛出栏，老牛兴奋地刨开了蹄子，一路小跑地奔向草场，带得德高老倌一个趔趄，差点摔倒。德高老倌并不恼，加快了步子，一路小跑着。这几年农村荒田多，牛又少，到处都是绿油油的草场，放牛倒是不愁。德高老倌将带来的绳与牛绳挽了个活结，将长长的牛绳寻个树桩拴牢，大声说，老伙计，老老实实吃你的草吧。

做完这些，天已着实亮了。山野绿得醉人，四处都闪动着碧绿的油光。德高老倌回去时又弯到了水田边，田里已蓄满了水，红花草、棒槌草都浸在水中。德高老倌将田口堵严实了。回家给孙儿们做早饭。

还没走到家门口，就远远听到楼上传来哭闹声，德高老倌的脸上便凝上了一层霜。不用问，肯定是几个孙儿又打架了。德高老倌顺手从路边折了一根细柳枝，刷拉掉了柳叶，虎着脸大步往回走，到了大门口，在水洼里洗了脚，快步上了楼。见老二的儿子福佳跳着脚，指着老大的儿子福鸿骂：我日你姆妈！我日你姆妈。福鸿上前一把抓住福佳的手指，说，狗日的再骂老子撕烂你的嘴。福鸿今年已十三岁，上小学六年级了，毕竟懂事一些，抓了福佳的手，并没有真的撕福佳的嘴。福佳今年才八岁，却分外赤糙，手被抓住，并不服输，又用脚往福鸿身上踹。福鸿被惹火了，一记拐子脚，福佳往后退了几步，一屁股坐在了地上，哭了起来，比先前骂得还凶。福佳十岁的姐姐豆花见弟弟受了欺负，很不高兴，便去扶坐在地上的弟弟，一边也骂，日你姆妈，大欺小，美国佬。看见豆花上了阵，福鸿的妹子枣花也加入了战团，和豆花手指手对骂了起来。枣花骂急了，便说，不要脸的，我不要你们住在我们屋里了。豆花尖着嗓子说，我就住！我就住！这是你的屋？这是我爷爷的屋。枣花捏着鼻子说，放屁放屁放狗屁！这是我爸爸回来盖的屋。豆花一时语塞，便哭了，拉着弟弟福佳的手说，走，我们就不住她的臭屋！老三的儿子福满和丫头兰花则站在一边看热闹。德高老倌虎着脸一声喝：吵么子鬼！听到吼声，看到赤着脚手执柳条横眉竖眼的爷爷，几个孙儿孙女一下子噤若寒蝉。福佳见到爷爷，倒像受了天大的委屈，一头扑到爷爷的腿上，说，爷，他要赶我们走。德高老倌摸着福佳的头说，这屋现在爷爷当家，爷爷说了算，哪个要赶你走哇？又轻轻地揪着福佳的耳朵，说，准是你又先惹哥哥吧？福鸿努着嘴说，他嘴臭，先骂人。豆花说，是你先说我爸爸妈妈坏话。德高老倌说，福鸿你是老大，你要懂事一点，你说你叔你婶什么坏话了？福鸿说，我就说二叔好久都没寄一分钱回来，福佳他们都用我爸的钱呢。德高老倌一怔，脸上闪过了一丝痛楚，叹了口气，说，大人的事小伢们不许掺和，你们的任务就是好好读书。福鸿你是老大，带头惹祸，今天罚你去放牛，你去草场上看一看，别让牛跑了。福鸿磨磨蹭蹭不想去，德高老倌举了举手中的柳条，福鸿伸手捂着头，夺门而出。福鸿一走，福佳和豆花就笑了。德高老倌说，福佳你太赤糙，也别想躲过去，今天早上该你烧火。豆花、枣花你们俩扫地。孙儿孙女们都听了话，各自做事去了。不一会儿，豆花、枣花便有说有笑了起来。兰花便用手指刮着脸说：不要脸。不要脸。

　　德高老倌呵呵地笑了，摇摇头，下到楼下的厨房，生火做饭。刚下了一场暴雨，柴火受了潮，火不好生。德高老倌划了半盒火柴，灶膛里依旧青烟滚滚。下雨天，烟都憋在灶膛里出不去，德高老倌歪着嘴对着吹火筒，腮帮子鼓得圆圆的，脸涨得通红，对着灶膛一下一下地吹火。一连气吹了十几下，噗的一声，压在底下的火苗终于蹿了上来，灶膛口忽地红彤彤一片，映得德高老倌的脸也紫红紫红的。一股青烟也随火势往外冒，呛了一脸，呛得德高老倌眼泪直流。德高老倌用手背死命地揉了几下，越揉眼前越浑，看东西都成了双影。刚才这一连气的猛吹，仿佛伤了元气。德高老倌伸直了腰，觉得眼前一黑，心里难受得不行，伸手扶住烟囱，才使自己稳定了下来，闭着眼，半天眼前才渐渐清晰起来。福佳说，爷，你怎么样啦？德高老倌说，爷有点头晕。福佳说，爷为什么头晕？德高老倌说，还不是让我这些不听话的孙子们给气的。福佳便抱住了德高老倌的腿，说，爷，你别生气，我下回再不气您了。德高老倌无力地一笑，怜爱地摸着福佳的头说，好孙儿，爷爷是老了。言语竟无限伤感。

五

吃早饭时，孙儿孙女们便都忘记了早上打架的事了，说说笑笑的。福佳早对福鸿说了爷爷差点晕倒的事，福鸿吃饭时便显得心事重重，突然说，爷，我不想读书了，我要回来帮您做事。

德高老倌吓了一跳，端了饭碗半天忘记了往口里送饭。孙儿的话让他心里一酸，两颗泪差点就下来了，用手抹了一把脸，故意绷着脸说，不准说这样的话，你们都给我好好读书，书读好了，爷爷就最高兴。屋里的事爷爷能做便做，爷爷就是不能做了，你们的爸爸妈妈还能不寄钱回来？德高老倌这么一说，孙儿们便都又埋头吃饭。吃过饭，每人披一块塑料布，背着书包上学去了。德高老倌交代，慢点，啊！下雨路上滑。又说，莫在路上玩水，牛脚板里都能淹死人呢。又交代福鸿带好弟弟妹妹们。孙儿们走远了，德高老倌还站在门口望，直到他们的身影在视线里消失，才折回屋，想着刚才孩子们说的事儿，这一开春，农药、化肥都要用钱，老二两口子已有三个月没往家寄钱了。老三上上个月还寄了二百。这个月老三媳妇来信说，老二不寄，他们也不寄，凭什么他们辛辛苦苦挣了钱寄回家给老二的伢们花。老大走时，也留了三百块钱在老倌这儿，两个小孩报名就花了两百多。德高老倌是一分钱掰成两半花，可总得要花呀！这手头就只剩二十来块钱了，昨天德高老倌去来家铺街上看了，一包碳铵要二十八块。问人家零卖不？商店的小伙子说，德高大伯，您三个儿子打工，还在乎多下两斤肥呀？德高老倌讷讷地说，地里的绿肥长得旺，少下一点不碍事。其实地里哪有多少绿肥，去年秋，写信说了几遍要儿子们寄钱没寄回来，只稀稀拉拉种了一点红花草，东一簇西一簇的，像癞子头。棒槌草倒是长了一膝盖深，可棒槌草吃肥却沤不出肥。

洗罢碗，又喂了猪、鸡，天有了一点要放晴的意思。德高老倌想着得赶早把这两亩田给犁出来，让绿肥早一点沤烂。清明泡种，谷雨下秧，稻种也要下水了。荆南农村，清明时节还是颇冷的，说不定会来一阵春潮，会冻死秧苗，最好是用薄膜育秧苗的，可是手上缺钱，只有乞求老天开眼莫来寒潮。

六

德高老倌寻思着该去犁田了。可从昨夜到现在，两条腿便转来转去没闲着，毕竟是奔七十的人了，觉得身体很乏。在屋里转了几圈，总觉得忘了什么事，可到底是什么事一时又想不起来。正在瞎转，隔壁的六婆拐着小脚，穿了个木脚，一丁一丁地过来了，拖腔拉板地在屋角喊：德高老倌，德高老倌。德高老倌出门答，六姐子，有事啵？六婆说，下雨了，没得事到我屋里打抠筋。抠筋是一种纸牌，细长细长的，上面写了"上大人，丘乙己，化三千，七十士"等字。打法像麻将，吃、碰、和。这是荆南农村老人闲时唯一的娱乐。也有赌注，一注两分五分，一天下来，有个三五毛的输赢。德高老倌平时很少同老人们打抠筋，偶尔他们差角了，也会补上去来两把，凑角。德高老倌小时读过两年书，年轻时当过生产队队长，认识字，在老人里面算得上个知识分子，打起抠筋来会划张，基本上是赢多输少。

德高老倌说，不行啊，这天下雨了，要搞春耕，我还想着去犁两圈田哩。六婆说，死老倌子，为儿子做了一辈子，现在又为孙子做，儿子们都在外头打工挣钱，输两个给我们有么事？德高老倌说，不去。六婆说，真不去？德高老倌说，真不去。六婆生气地说，不去算了，我去找别人。六婆说着一丁一丁地走了，在禾场里留下了一圈一圈木脚钉的洞。六婆儿子媳妇也在外面打工，不过人家儿子媳妇有本事，把孙子孙女都带过去读书了，每月的生活费也按时往回寄。可六婆说，她倒眼浅德高老倌呢，六个孙儿孙女，屋里整天热热闹闹的，不像她，屋里整天就她和她老倌子两个老鬼，好冷清哟。

德高老倌呢，还是决定犁田。犁是早早地就擦得锃亮了，竖在屋角，就等下田使唤。德高老倌将鞭杆棍、绳索套子挽在一起，搭在犁把上。拖犁出门，往手心吐了口唾沫，搓了两把，又将一根麻绳往腰里的夹袄上系紧。一手握了犁把，一手扶了犁弓，双腿下蹲，下腰，嗬的一声，犁是起来了，可起到一尺多高，便上不去了，德高老倌脸憋得紫红，又叫了两声嗬，还是上不到肩上。德高老倌放下犁，歇了一口气，不信这邪，去年还能一家伙将犁放到肩上呢，这才过了一年，难不成连犁都背不动了？德高老倌不服老，这一回深深地吸了口气，双手紧握，胳膊上青筋根根凸起，从丹田里叫出一口气，嗬——哟！犁到了一胸高，硬是转不上肩。德高老倌一个趔趄，往前栽了两步，一腿跪在了地上，差点伤着了人。放下犁，德高老倌扶着犁把大口大口喘着粗气，额上的汗也细密密地下来了一层。德高老倌将牛绳索套子取了下来，再试了一次。这一次，犁根本都没能拿到膝盖以上便放下了，德高老倌觉得胳膊腿都发软，又头晕眼前发黑了。他长长地叹了口气，仿佛一下子泄尽了全身的精力，只好去草场将牛牵了回来。

牛吃了一晨的草，肚子向外夸张地凸起，皮毛青光发亮。见到德高老倌，友善地甩着尾巴。牵了牛回到家门口，将牛绳索套在牛身上，架好，吆喝一声"得起——"牛便拖着犁，毫不费力地往水田边走去，边走边用舌头卷几根脆嫩的青草在口里嚼着。

到了田边，德高老倌挽起裤管，把牛赶下水田，犁往下一斜插入泥里，两道绳子也吃上了劲儿，咯吱一声绷得笔直，德高老倌手中的鞭子划了一道优美的弧线，口里蹦出一声清脆的"驾"。这时，德高老倌呢，似乎，又找回了龙精虎猛的感觉。牛受了鞭杆的指使，头一低，拉了犁在水里"扑哧扑哧"往前走。乌黑的泥土顺着犁头往后翻转，一层一层将绿草盖在了底下。德高老倌看着翻过身的泥土，精气神儿就都上来了。牛在前面走得飞快，德高老倌扶稳犁把快步紧跟着，嘴里不停地指挥着牛的行动方向，"撇呀，捺呀，沟里起呀！"的声音在寂静的田野里显得格外清脆、孤单。一眼望去，这一弯上百亩的水田里，就只有德高老倌一个人和一头牛。一身青黑的牛，一身灰衣的德高老倌，绿亮的、白亮的田地，这春耕图，便显得格外的冷清。

毕竟是上了年纪，刚开始两圈，德高老倌劲头十足，牛也走得飞快。几圈下来，牛还没喘气，德高老倌的喘气声倒比牛还响亮了。德高老倌的吆喝声呢，也就稀落了下来，牛也放慢了脚步，悠然自得地迈着小步。德高老倌跟在牛后，腿有些颤悠，思想也有点走神儿了，一会儿想着，儿子们在广东过得肯定也不强，如果过得好，是不会舍不得寄点钱回来的，就算不为他这个做爹的想，也会为他们的儿女想啊。老二老三两年没回家了，还不是舍不得来回的那点路费。听说在南方打工，有的老板比过去的资本家、地主老财还刻薄呢。这样一想，德高老倌又觉得儿子们都挺不容易，也就原谅了儿子们，可不寄钱就不寄钱，写封信总还是应该的吧！德高老倌现在最期盼的便是儿子们的来信。儿子们刚出门时，还三两个月回一封信，现在，半年也难来一封。难道是天天加班，连写信的时间也没有？德高老倌想不通，外面到底有啥好？吸引着年轻人们一拨一拨往外跑，田地不要了，父母孩子也不管了。放眼一望，多好的农田！都长满了棒槌草和野蒿。说是打工为的是搞活农村经济，可这几年，咱烟村出去了这么多年轻人，村里的面貌哪有一点儿改观呢？倒是家家户户门前的草是越长越旺了。以前的伢儿们都还知道要读书，读书没指望了就指望当兵。现在可好，伢们初中没毕业，都急急火火地去了广东，难不成广东的大路上真的能捡到金子？！

德高老倌东一头西一头地胡思乱想着，人随着牛在齐腿肚深的水田里慢慢走着。半晌午过去了，一亩二分田尚未犁完四分之一，德高老倌却已觉得两腿麻木僵硬，提不上劲儿了。

德高，你还犁个么子田啰！

有人在打招呼。德高老倌从思想中回过神来，见田埂上站着一个人，背着双手，一身深色的中山装，穿着齐膝高的雨靴。德高老倌一时没认出来是谁，待牛走得近了才看清，原来是德贵。德高老倌的语气中便有了几许不屑，靠闺女卖×，有么子可以张扬的呢。德高老倌便说，是你呀，我还以为是乡里哪个大干部呢！

德贵没有听出德高老倌话里的讽刺，背在身后的手放了下来，一只胳膊伸开，一只手拉了拉袖口，说，毛料衣服呢，一百多！看你说的，只许他们城里人、乡里干部穿好的，就不兴咱们老农民也洋派洋派？！

德高老倌喝住了牛，说，也是，你咋不弄套西服穿穿，再在脖子里系根狗舌头。德贵说，我丫头子是给我买了一套呢，还是不好意思穿出门。德贵又说，德高，你都七老八十的人了，还在田里搞个么子哟？三个儿子在外头打工，一个儿子一个月给你寄一百块，你吃得完？还活得几年哟，死做活做的。德高老倌一听这话，便不高兴了，心想你丫头两腿一叉钱就来了，当然花得大手大脚，我儿子总不能在腿上挖个洞去卖吧。德高老倌心里这么想，嘴上便说，哪个比得上你德贵，养个花骨朵样的丫头子，以前都重男轻女呢，现在看来还是养丫头子好啊！你看我养了三个儿子，六七十了还要下田做事，要是养个丫头，保不准可以跟你一样享福。德贵听出了德高老倌话里的讥讽，脸上便挂不住了，说，我的丫头子在一家大公司做经理，是比你儿子们在工厂里出苦力强一些。德高说，你那丫头子初中都没读，就能当上经理，真的是有本事呢！德贵说，别人家养儿子的，也不是你这个样子，你看我们组哪个老倌子像你，快七十了还像年轻人一样死做活做的。不过话说回来，你的三个儿子混得是差了一点，不然你也不用下田了。两人说着都有点来气。德高老倌说，农民不种田那还叫农民？这么好的田都荒了，不怕天打雷劈哟！说着一挥鞭杆，骂牛，死东西，还不快点走！鞭杆上拖了一道泥浆，在德贵的新中山装上刷了一排鲜明的泥点子。德高老倌看似骂牛，实是骂人呢。牛挨了鞭，走得飞快，把德贵甩在了身后。德贵扯开嗓子骂，狗日的德高，难怪把堂客都气死了，真不是个东西。背着手气呼呼地走了。

德贵走了，德高老倌心里的气却没有消。德贵的后一句话，点到了他的伤心穴位，德高老倌想到了堂客，心里针扎了一样痛，便将牛停下，卸了犁，看看天，太阳不知什么时候冒了出来，又到了做午饭的时光了。

七

叽呀叽呀……小鸡的叫声，像还没睁开眼的婴儿的哭声，奶声奶气，柔柔的，软软的，如同一阵春风，轻轻地拂在了德高老倌的心尖儿上，又仿佛是谁用草尖儿在搔脚心儿，搔得德高老倌心里痒痒的。小鸡出壳了！虽然叫声很轻微，德高老倌还是清楚地听见了，疲乏的双腿顿时有了劲儿，身子和头都努力向前抻着，两条腿拿得飞快，恨不能一步就跨进门去。德高老倌撞开了厢房的门，果然见到鸡窝里黄茸茸的一堆小东西在母鸡的翅膀下挤来挤去，小嘴儿一张一张，叫声清脆悦耳，有两只从窝里掉到了地上，正围着窝盆乱转，叽叽叽的叫声一声紧似一声，母鸡也有点着急，看看地下的孩子，又看看翅膀下的孩子，一时间难做决定。德高老倌将抱窝鸡从窝里抱了出来，捡出里面的空蛋壳，数了数小鸡，一共出了十八只，有四只背上有褐色的花斑，其他都是黄的。还有七八个啄破壳的，两个没破壳的，可能是寡蛋。德高老倌将毛茸茸的小鸡捡到脚盆里，小鸡见不到妈妈，惊慌失措地张大嘴巴叽叽地叫着，德高老倌端来早就准备好的碎米，撒了几粒在脚盆里，小鸡听见响声，又看看脚下的小米粒，有几只好奇地用嘴去啄，啄起来又放下去，其他的小鸡也这样啄着玩。德高老倌看了一会儿小鸡啄米，眼里满含柔情，又找来一个小瓷盘，在里面倒了水，小鸡就可以沿着盘子边儿喝水了。

德高老倌将脚盆端出来，放在太阳底下，蹲在那儿看着小鸡啄米、饮水，脸上的皱纹因笑容而刀砍斧刻般纵横交错。德高老倌忍不住伸手捧了一只小鸡在手上，阳光在小鸡软软的绒毛上涂上了一层迷离的柔光，小鸡拼命地叽叽叫着，叫得娇气、可怜。德高老倌心一软，放下了小鸡，小鸡一眨眼就融入到小伙伴中间去了。

八

孙儿们从学校回来了，德高老倌也做好了饭。中午吃饭时，福鸿像有心事，几次欲言又止的样子。德高老倌知道大孙儿必是有话想说又不敢说，毕竟这么多孩子中他是老大，心里装得住事了。德高老倌说，福鸿你怎么啦？是不是有什么事？妹妹枣花嘴快，说，我哥今天上午没交钱，被老师罚站了。福鸿白了妹妹一眼。枣花说，就是嘛。

德高老倌一愣，放下了碗筷，说，什么钱？怎么没听你说。福鸿这才开口说了。原来几天前老师就下了通知：要每人交三十块钱的补课费。福鸿读六年级了，马上要升初中，这学期学习抓得很紧，星期六不放假要补一天课，每个学生交三十块钱是给补课老师的补课工资。福鸿知道爷爷没有钱，爸爸又没寄钱回家，所以一直不敢开口，拖了好几天，今天去上学，老师便让凡是没交钱的学生都站到教室外面。

德高老倌说，这伢儿，你跟爷说嘛，爷会想办法。

福鸿说，也不是我一个人没交，还有好几个同学也没交呢。

德高老倌就叹了口气，说，什么鸡巴学校，补个课还要交钱。就进了房，在枕头下摸出了钱，数了两遍，都是二十六块。德高老倌把枕头翻了个个儿，希望还能找到四块钱，听见福鸿说，爷，您别找了，我不要的。德高老倌一回头，见福鸿就站在身后，一时不知说什么是好。

爷，我不想读书了。福鸿说。

德高老倌虎着脸，把钱塞进了福鸿的口袋里，说，不准胡说，下午把钱交了，不够的对老师说过两天就补上。也许你爸他们寄的钱今天就到了呢。德高老倌摸摸福鸿的头说，好好读书，将来考个名牌大学，不要像你爸你叔一样没出息，只能靠打工出苦力。

九

学校离家有三四里，孙儿们吃了饭，又匆匆地去学校了。孩子们一走，德高老倌便又发起愁来，手上没有一分钱，这碳铵是买不成了。管它呢，如果到时儿子们的钱没寄回来，大不了自己这把老骨头再劳动劳动，去砍点青沤在田里。现在到处都是苦艾蒿草，长满了人家的房前屋后，村里好多家都是全家出门打工，房子的门口都快被野草封住了，青肥倒是不用发愁。明天捉一只母鸡去来家铺街上卖了交上学校的钱，只是就这么几只母鸡，又得少抱一窝小鸡了，又想，少一窝就少一窝罢。老倌心里刚刚升起的一丝惆怅便又释然了，想这一辈子什么样的坎没有过过？人生没有过不去的坎。心里居然还有了一丝因难题被解决的得意，直了嗓子唱了两句花鼓调《打铜锣》。老倌仿佛又回到了那会儿抢收抢割的热闹劲儿。说心里话，刚分田到户，德高老倌是干劲十足的。可这两年，农村冷清了，便无端地怀念起了大集体时的那种热火朝天的劳动场面。收拾了碗筷，又喂了猪，德高老倌一时不知该干啥是好，不是没啥事干，而是急需做的事太多了，反而不知该做哪桩是好。想继续去犁田，胳膊腿乏得提不起劲，浑身上下散了架一样的难受。德高老倌甚至赌气地想，这两亩地干脆不种它算了，儿子们还真能让老子饿死不成？可这毕竟是赌气的想法，这想法只是在德高老倌的心头闪了一下，便给咽下去了。农民么，活到老做到老，哪天两眼一闭两腿一抻，才是真真儿享福去了。

别磨磨蹭蹭，还是犁田去吧！德高老倌这样对自己说。还未动身，就听见东洼的吴老倌在尖汪鬼叫：德高老倌，到来家铺去。

德高老倌心里一动，想想是得去一趟来家铺，看看有没有儿子们的来信或汇款单。德高老倌已经到来家铺的村部看了不下十次了，每次都是失望而归，每去一次，德高老倌的失望，便加深一层。盼汇款单是一个方面，更希望的，是能收到儿子们的来信，哪怕只言片语也好。去的次数多了，德高老倌的脸上便有点挂不住了，看见别人收到儿女们寄来的信和汇款单时的那个高兴劲儿，德高老倌的心里酸酸涩涩的，不是个味儿。有好几次，他都走到了村部门口又折了回来，忍不住又走过去，假装不经意地路过村部门口，他多么希望里面出来一个人，喊他，德高老倌，来坐一会儿啵，他便好在不经意间把来信翻一遍，谈论一下谁家的儿女在外面混出息了。昨天，德高老倌还去了一趟来家铺，路过村部门口，也没人叫他进去坐一坐，他也没好意思进去。德高老倌问吴老倌：去来家铺有事？吴老倌说，听说有我儿子来的信，我去拿。吴老倌又说，说不定有你儿子们的信呢，你望信不是都快望瞎了眼么？德高老倌说，嗤！我望个鬼呀！他们都在厂里上班，日不晒雨不淋的，我还操么事心？德高老倌说着跋了双解放鞋，便同吴老倌一起去了来家铺。

十

来家铺是烟村的政治、经济、文化中心。这么说呢，是有点夸张，但也是实情。乡政府、村部都设在来家铺。来家铺也就是一条直街，东西走向，不过二百来米。可就在这条街上，商店、卫生所、理发店、茶馆、饭馆、公用电话应有尽有，种子、农药、化肥、人药、兽药也样样全。公用电话打到广东去，一分钟两元，接听电话一次一元。一家豆腐坊，是一对河南夫妇开的，豆腐做得细嫩白净，价钱也合理，每日不到晌午，两板豆腐就卖得精光。一间茶馆，喝茶的都是上了年纪的老头老太太，喝茶，讲古，打抠筋，东家长西家短的，倒也自在。茶馆老板是个六十多岁的老头儿，儿女都在镇上工作，要接老头儿过去，可老头舍不得离开来家铺，开了这个小茶馆，一个人收五毛的茶钱管半天，一桌牌抽一块钱彩头。有年轻一点儿的来打麻将，还能卖点烟、瓜子、点心。一天下来，除去本钱，也能赚个十块八块的，解决了自己的生活，又打发了难熬的时光。四家杂货铺，南货、五金、农具样样俱全，烟酒点心一看都是名牌，可全都是假货。一家铁匠铺，一年四季叮叮当当，镰刀铁锹锄头什么农具都打，但这几年生意是一日不如一日，田都荒了，谁还要农具？一家油坊，也卖油，也兑油，也可现场榨油，每逢榨芝麻油，满条街都弥漫着油香。一家小饭馆，专门做乡政府、村部的生意，赊账多，生意好做，债不好要。还有一间礼堂，以前是放电影的，后来改放录像，现在闲在了那里，年轻人都跑出去打工了，老头们谁去看这玩意儿！一家商店里有几本小人书、评书，算是"文化中心"的全部内容。最有时代感的当数那家发廊，门口有个条形的彩灯，不停地转呀转，转出一道一道的花纹。两个小姑娘，头发染得不红不黄，服务的内容倒赶上了时代的潮流，不怎么清白干净。

村部在街的东头。德高老倌和吴老倌是从西边进街，就横穿了整条街道。德高老倌看了，碳铵又涨了一块钱。商店里的老板对两个老倌子很热情地打招呼，问两位老伯想买点啥？吴老倌说，看一看。老板说，清明节了，不买点纸烛鞭炮？吴老馆说，鞭炮家里还有，掏钱买了一炷香。德高老倌的手不由自主地伸向裤袋，摸了一下，又拿了出来。吴老倌说，德高老倌，不给你堂客烧点纸钱？德高老倌打了个哈哈说，都死了二十多年，早脱生转世啰，还烧个么子钱哟！心里却漫上了一阵失落与难堪。

两人一路向东走去，路过茶馆门口时，有人喊：德高老倌，进来喝杯茶呀，你上次讲的那个"小五义"还没讲完呢。德高老倌的脸上就笑开了花，嘴咧到了耳根。他是这一拨老人里为数不多能识文断字的人，看过一些评书，会讲七侠，知道桃园三结义，三英战吕布，还知道现在的美国总统是谁，关心着国家的大事，所以在茶馆里颇受欢迎。刚才在商店里德高老倌心里多少有点窝气，这会儿听人说想听他的"小五义"，多少又给他找回了点面子。德高老倌说，不行啊，都春忙了。那位说，你还种个么事田啰？儿子们还能叫你饿着？德高老倌说，你们倒是闲，可我不种田不行哟！我不吃是小事，还有六个孙伢子要吃饭呢。再说了，当个农民不种田，花钱买粮食吃，那不丢老祖宗的脸？于是人们都摇头说德高老倌活得不值。三个儿子在外头挣钱，还怕没有钱用？

虽说这话不实，德高老倌听了心里还是暖烘烘的，觉得有三个儿子打工，还是一件颇为自豪的事情。吴老倌没有进茶馆的意思，德高老倌的心也不在这上头，两人便去了村部。

不过几十步路的工夫便到了。里面有不少人在说闲话。办公桌上一堆信，有几十封。德高老倌一眼就看见德贵也坐在里面，正和人说得眉飞色舞。德高老倌心里有点别扭。有人说吴老倌来得正好，有你儿子来的汇款单呢。吴老倌翻了信，果然有他儿子寄回的五百块钱汇款单。吴老倌拿着汇款单，并不兴奋，倒还有点失望的样子，说，狗日的，懒得要死，每回寄钱也不写封信。话里分明有一些得意的成分。旁边的人便附和，吴老倌好福气，养了个孝顺儿。

德高老倌呢，见没人说有他的信和汇款单，心里便凉了几分，想不去翻那一沓信，又终是不甘心，抱了最后的一线希望，说，看看，都有谁家的信，假装漫不经心的样子，将信一封封地看了一遍，越往后看，德高老倌的心越凉，手也越沉，觉得这一封封信是一块块大石头，压在他的心上。德高老倌感觉每个人的眼睛都在盯着他看，仿佛在笑他，养了三个儿子，儿子们把一堆孩子丢给他自己跑出去打工，却没有一个人寄钱给他。信终于是翻完了，德高老倌也彻底失望了。但他是个很要面子的人，脸面上装得极平静，说，我们村怕是有好几百人在外面打工呢。有人说，怕是上千人都有呢。

德高老倌见吴老倌与人聊得起劲，一时半会儿没有要走的意思，也不好说走，只好硬着头皮坐在那儿听人说话。无非是说谁的儿子在外面当主管，一个月一千几，谁的儿子在外面开了一间

厂，当老板了，过年回来，从岳阳租的轿车，车费都是几百块
钱。有人说，别说那么远的，德贵就有福气呢，丫头子过年回家
还给她妈买了金项链金耳环。德贵说，那些东西，又不能吃，还
不如折成钱给我呢。话虽这样说，脸上却分明是十二分的得意。
又说，这身衣服，也是丫头子买的，一百多块呢。德贵显摆着身
上的衣服，衣服上面一排干了的泥点子印仍清晰可见，但并没有
谁认为这有什么不和谐，农村人么，哪个身上不沾点泥的？倒是
德高老倌，穿夹袄，赤脚穿了双解放鞋，显得分外寒酸了。德
高老倌最见不得德贵那张狂劲儿，有心刺他两句，又想想，算
了，德贵丫头的事在座的哪个不知晓？但哪个人脸上又不满是羡
慕呢？德高老倌把到了嘴边的话又咽了回去。偏偏有个老堂客
问德高老倌，你不是有三个儿子打工么，看你这身打扮，还下
田干活？德高老倌再也憋不住了，说，不干活吃么事？去卖 ×
呀。说着也不管众人，只顾昂了头走出了村部。德高老倌越想越
气，脚步也迈得很快，一阵风似的回了家，推开屋门，一头倒在
床上，委屈，悲愤一股脑儿地涌上心头，老泪便止不住地滚滚而
下。躺了半晌，流了一会儿眼泪，心里才舒服了一点，想，妈的，
老子也不干了。起了身，拿了清明旗，去给堂客的坟上挂清明。

十一

堂客的坟埋得不远，就在前面的桃林边上，和德高老倌父母
的坟并排埋在一起。德高老倌先在父母的坟山上挂了几根白纸
条，又跪在坟头，恭恭敬敬地磕了三个头。拐到堂客的坟前，坟

山上的青草绿得发亮，苦艾肥肥嫩嫩，巴掌大的叶片在风里招摇，坟尖上的一株细柳，是德高老倌去年清明节插的枝，现在已有一人高了，细长的柳条随着风摇摇摆摆，像女人们的长头发。

德高老倌将清明旗端端正正地插在了坟头，对着坟山躬了三下腰，用脚踩平了几株艾蒿，盘腿坐在了堂客的坟前，望着坟尖上的柳枝，浑浊的眼里，滚下了两行老泪。

德高老倌喃喃地说，婆儿，我看你来了，本来是该给你烧炷香，燃点纸钱的，可我老了，挣不来钱，只好委屈你了。婆儿，你要是真的缺钱花了，就给我托个梦，或者托个梦给你的儿子们也行，让他们给你烧点钱过去。婆儿呀，我把你气死了，这些年我活得也不轻松哇！我拼命地死做活扒，把儿子们拉扯大了，他们都成了家，有了儿女，我们的义务也算尽到了。可我么样做，也赎不了我的罪呀！婆儿，我是应该早点去陪你的，可现在孙儿们还小，我舍不下他们，你莫怪我狠心，再耐心等我几年吧。你看，这清明旗是我亲手给你剪的，多大，多好看。我给我爹我娘的，才那么一点点，爹娘都会说我偏心了。婆儿，其实我现在也蛮好的，儿子们其实挺孝顺的，都怪我没能供他们多读点书，在外打工也只能做苦力，儿子们都难，挣钱也不容易，孙伢们大了，读书要用钱呢。孙伢们也都乖，福鸿懂事得很，福佳也会心疼人了，福满虽说还小，可也识字了，老师都说他聪明，是块读书的料呢！三个孙丫头，豆花、枣花、兰花也都懂事，说是我在屋里带孙伢，有时他们也会照顾我了。婆儿，你要在天有灵，就保佑你的孙伢们平平安安，将来都有出息……

　　德高老倌在堂客的坟前唠唠叨叨、自言自语，眼泪鼻涕一个劲儿往下淌，擤了一把又一把，顺手抹在旁边的野草上。德高老倌说了半晌，哭了一气，感觉心里堵着的一团东西被掏空了，心里好受了不少，便艰难地直起了腰，将堂客坟山沟里的艾蒿一株一株拔了，露出了一圈新鲜的黄土，德高老倌用脚将黄土一一踩实，搓了搓手上的泥土，看看坟堆，说，婆儿，房子我给你拾掇了一下，野草拔了，沟也清了，下雨天屋里不会进水了，你就安安心心等着我吧。

　　德高老倌勾着腰，尿了一泡尿，全尿到了解放鞋上。德高老倌自嘲地笑了，摇摇头，说，唉，真是老得不中用了。脚步沉沉地往回走，走远了又回过头看看，青绿的坟头上，雪白的清明旗在风中猎猎飘动，翠绿的柳枝也随风摇摆，像是堂客在对他挥手。德高老倌脸上露出满意的笑。天色也不早了，山林里鸟雀闹得热闹，黑山雀在天空中高飞低飞追着飞虫，几知鹧鸪不停地叫：雨哥哥咕——雨哥哥咕。德高老倌想，雨哥哥叫得欢，晚上还有雨下呢。山村格外的静谧，人家的屋顶上，已升起了袅袅炊烟。

　　亮灯时，孙儿孙女们还没有回来。德高老倌在屋里忙一阵儿，又到禾场里踮起脚朝放学的路上望一阵儿，心里急得如猫抓。以往孙伢们都是天还大亮就回来了，今天都到了掌灯时分咋还不见回来，德高老倌慌了，怕孙儿们出意外。做好了饭，慌慌张张地顺了去学校的路寻孙儿，大路如一条绳子，在夜色里越扯越远，远远的路上，连个人影也不见，只有路两边的杨柳在风中摇动着鬼样的黑影。一根电杆纹丝不动，一张纸被风吹了起来，像一只张开翅膀的猫头鹰在夜空中无声地滑翔。德高老倌的心一阵抽搐，脑子里一片空白。德高老倌顺着上学校的路，高一脚低一脚一路小跑，边跑边扯开嗓子凄凄惶惶地叫着：

福鸿哎，福佳，福满哎——

枣花，豆花哎，兰花——

德高老倌的声音呢，在寂静的傍晚传得很远，传到了对面的山上，又折了回来，在四野里回荡，仿佛是有千百个德高老倌在叫唤，谁家的狗被惊动了，跟着汪汪汪地叫了起来，一村的狗远远近近都跟着叫了起来。德高老倌这一刻觉得格外的无助，浑浊的眼在四处搜寻，他的心一点点往下沉，万一孙儿们有个三长两短，德高老倌不敢再往下想，只是一声高过一声地唤着孙儿们的名字。

爷爷——

爷爷——

孙儿孙女们稚嫩的声音从路边远远的水田里传了过来。德高老倌便不顾脚下是沟还是坎，是坑还是洼，一脚水一脚泥地往孙儿们声音传来的方向奔去，一脚落空，踏在了水沟里，德高老倌弄了一身的水，腰和腿一阵钻心的痛，德高老倌也顾不了揉揉腰腿，爬起来又朝声音来处跑去。德高老倌远远地看见了几个小黑影儿朝他跑过来，终于看清了，六个孩子，一个不少，都是一身泥一身水的，冲着德高老倌傻傻地笑。

你们在搞么事呀。德高老倌流下了欣喜的眼泪，也顾不了责怪孙儿们，把六个孙儿一个一个地摸了一遍，竟然哭了起来，哭了又笑，不停地说，都好好的，我的孙儿们都好好的。

爷，你看我们摸了好多田螺。福佳说。福鸿穿着短裤，长裤的裤脚口系着，两只裤腿里鼓鼓的。福鸿说，爷爷你看，怕有上十斤呢，街上有收田螺的，五毛钱一斤。我们今天也挣了几块钱呢。豆花说，我也摸了。兰花说，我也摸了。枣花抹了一脸泥说，我也摸了。最小的福满不甘落后，说，我还给你们提了田螺呢。德高老倌一时间怔住了。他想骂孙儿们几句，可他骂不出来。看着那泥猴似的一张张小脸儿，德高老倌的心里酸酸的。接过福鸿手里的田螺，说，快点回去，冻坏了，一瘸一拐地拉着孙儿们往回走。

晚饭时，德高老倌依旧批评了福鸿。德高老倌说，福鸿，虽说你的用意是好的，可爷爷还是要批评你，你带着弟弟妹妹去水里摸田螺，万一出了事怎么办，福满和兰花才多大？

福鸿低了头不敢看爷爷。听话，再不要去摸田螺了。德高老倌说着，从灶膛里扒出两个鸡蛋，是那两个没出小鸡的寡蛋，放在火里烧了，依旧是香喷喷的。德高老倌把蛋剥了，孙儿孙女们一人一口，吃得满屋子飘香。饭后，孙儿们各自洗干净了，都趴在一堆写作业。德高老倌便搬张躺椅坐在一边。枣花先做完作业，看着爷爷坐在那儿直揉腰，说，爷，我给你捶捶背吧。德高老倌笑了，孙女卖力地在爷爷背上捶着、捏着，德高老倌觉得，孙女儿的手好像有魔法，小手揉过之后，所有的疲劳、酸痛都奇迹般地消失了。德高老倌躺在椅子上，微微闭着眼，觉得这日子过得真是有滋有味。外面又扯起了闪电，雷声远远地像有千百万头牛马撒开蹄子涌了过来。要下雨了。清明泡种，谷雨下秧，要忙了。德高老倌说。

爷，什么是清明、谷雨？福佳问。

德高老倌缓缓地说，清明、谷雨是节气，我们农民种地都是按节气来的。这一年有春、夏、秋、冬四季，一个季节，有六个节气，一年就是二十四个节气。清明、谷雨就是属于春天的节气。清明一到，我们农民就要开始泡谷种，谷雨一到，就要下秧了。还在写作业的福鸿抬起了头，问，爷，一年有哪二十四个节气呀？德高老倌闭着眼，轻轻地说，爷爷是个老农民，种了一辈子的田，这个可难不倒我，我教你们背一首歌吧，背会了这首歌，二十四个节气就都记住了。德高老倌说着轻轻地唱了起来：

> 春雨惊春清谷天哟，
> 夏满芒夏暑相连啰。
> 秋处露秋寒霜降哟，
> 冬雪雪冬小大寒啰。

德高老倌的声音越唱越低，唱完冬雪雪冬小大寒，头一歪，发出了响亮的鼾声。

下篇：大雪小雪又一年

十二

小雪那天，德高老倌摔断了腿。

事情发生得没有一点征兆。前一天夜里刮了一夜的老北风，刮得树梢尖厉地叫，像狼嚎。明天就是小雪，楚州地处长江中游，冬雪来得比较迟。小雪无雪，小寒不寒。特别是这几年，年年暖冬，好几个年头没下过雪。可听风叫得这个厉害劲儿，德高老倌分明感到寒流已提前袭来。想，天一亮，把家里的事忙利索，就赶紧给福鸿送棉衣去。福鸿升了初中，在镇上就读，离来家铺十一二里路程，路又不好，没通车。福鸿在学校住读，半个月回来一次。上次福鸿回来，德高老倌就让福鸿带上棉衣，可福鸿嫌穿棉衣难看，笨得像熊，死活不肯。这天说冷就冷，德高老倌睡在床上都觉得寒气像钻子一样直往骨头缝里钻，就想得出福鸿冻得像个秋母鸡一样缩成一团，握笔的手冻得像雪里的红萝卜，德高老倌心里就虫子啃一样地痛。连夜包好棉衣，又用蛇皮袋装了十来斤米，两瓶酱菜，准备明天一早就给福鸿送到学校去。

老人瞌睡少。小雪那天，天刚麻麻亮，德高老倌就再也睡不着，早早地就起了床。刮了一夜老北风，山村的路面上刮得光光溜溜，像用抹布抹过一样，干净、白亮。地上零落着刮断的枯枝，低洼处的草尖儿上结了一层白花花的霜。德高老倌袖着双手，在禾场上跺着脚，哈着腰转了几圈，嘴里的白汽一股一股往外冒，冷风刀片一样割得脸生疼。狗日的，冷得日怪。德高老倌骂了句这老天。挑了水桶去塘边挑水，没想到，就摔了一跤。

其实这一跤摔得也不重，怎么就摔断了腿！许是天气太冷，骨头冻脆了，像受冻的枯枝，轻轻一折，咯嘣便断了？还是人老了，骨头空成了滩涂上的芦柴棒，这么轻轻地一磕碰，居然就折断了小腿骨。不单折断了腿骨，德高老倌还顺着塘坡滚到了水里。小雪天的水，虽没结冰，却也是硬得如针尖一样扎人。德高老倌半个身子都浸在了水里，幸亏冬季水枯，塘浅，水才及腰，才捡回了一条老命。德高老倌感觉腿好像不是自己的腿了，麻木得没有知觉。呆呆地站在水中，瓷了半晌，许是求生的本能给了德高老倌力量，德高老倌把双手深深地抠进冰冷的泥巴里，张开的十指像钉耙，硬是把僵直的身子一点一点拖上了岸。

当时德高老倌的确是分了心。冬季天干，水塘里的水离塘沿好几米高，一排麻青的条石一级一级，直伸到塘底。德高老倌挑着桶往下走时，就觉出了条石上溜滑得紧，德高老倌当时心里只想着快点挑了水，给孙儿们做好饭，喂了猪、牛、鸡，好去镇上给福鸿送棉衣。十几里路，来回二三十里，得抓紧呢。德高老倌就有一点急躁，顺着麻青的条石一级级下到塘底时，腰腿突然一阵发抖，德高老倌觉得眼前一阵黑，脑壳发晕，天旋地转。自从今年开春以来，德高老倌便觉得身子骨一日不如一日，在快速地走下坡路。春上到现在，德高老倌发了好几次黑头晕，有时做事做得好好的，就眼前发黑头发晕地倒在地上。有一次在厕所里蹲得久了一点，直腰起身时，天地便一阵旋转，倒在了厕所里，也不知晕过去了多长时间，自己才慢慢醒过来。入冬以来，黑头晕发作的频率越来越高，十天半月就要来一次，德高老倌知道，离和堂客相见的日子不远了。德高老倌一直对儿子们瞒着自己的病情，他是不想分儿子们的心。

德高老倌没想到，在下到塘底时，他会突然发黑头晕，好在不是第一次发病，当时便把身子往后仰，坐在了条石上，双手抓住了扁担，努力使自己的大脑镇定下来。德高老倌觉得从心底里涌上来一阵恶心，张开嘴干哇了一阵，胃呕得缩成了一团，也没呕出什么东西来。坐了一会儿，德高老倌觉得眼前的景物又清晰起来，腿上的力气一丝丝又回来了，这才起了身，一步一步小心地顺着石级下到塘底。德高老倌先打了半桶水，吃力地往岸上提，提一级放一下，歇口气，再往上提。十几级条石，歇了十几次。把这桶水提上岸放好，德高老倌已感到身子暖和了许多，背上都有点炸汗了，就坐在地上歇了几口气，感觉呼吸正常了，又下去打另外一桶水，拎了水才上三级石阶，脚下一滑，连人带桶滚了下去，腿就磕在冰凉坚硬的条石上，接着连人带桶滚到了水塘里。

德高老倌爬上岸时，浑身湿了个通透，感觉身上的热气在被一点点抽走，他看见了死神的影子像乌鸦一样笼罩了过来。德高老倌想到了孙儿孙女们，他觉得他不能死。德高老倌奋力地用青筋盘剥的老拳抵抗着袭来的死神，打了几拳，不打了，将最后的一丝力气化作了一声凄厉怆惶的尖叫。叫声从德高老倌的五脏六腑盘旋而出，冲破了被冻僵的喉咙，撞向还在沉睡中的村庄。德高老倌尖厉凄惨的号叫，在寂静的清晨传得老远，把好多人从睡梦中惊醒。先是一只狗冲着水塘叫了起来，很快狗的叫声连成了一片，所有的狗都朝着水塘叫。终于有人朝德高老倌出事的塘边跑来，跑过来的人立刻扯开喉咙叫了起来。小雪这天清晨的寂静，就这样被打破，人声顿时嘈杂起来。

德高老倌觉得身子轻飘飘的，像一只气球，他还没使劲，人便飘了起来。这时，德高老倌才发现地上躺着一个老人，老人的头发花白杂乱，如同打了霜的蚂蟥根草，一根一根支棱着。一把山羊胡子，黑白相杂，稀稀拉拉。脸色像一张纸，白得吓人，眼窝深深地陷了下去，青黑青黑。老人的脸上几乎没有一点肉，全是骨头，老人的颧骨高高凸起，像两个土丘，两颊深深地凹了下去，像两眼枯潭。老人身上湿漉漉的，睡在冰凉的地上，痛苦地扭曲着身子。这老哥是谁呢，这么眼熟？德高老倌寻思着，大冷天的，这老哥咋睡在地上？老哥。老哥。德高老倌轻轻地喊。老人没有反应。德高老倌俯下身，想去拉那老哥一把，明明拉到了老人的手，自己手中却空空荡荡。德高老倌木了，看看自己的手，手还在。正在纳闷，隔壁的吴老倌一路小跑过来了。德高老倌说，吴老倌，你来得正好，这里躺了个人，怕是快不行了，作孽哟。吴老倌仿佛没有看见德高老倌，理也不理他，径直去扶地上躺着的人，口里还喊：德高老倌，德高老倌。德高老倌说，死老倌子，叫么事，我在这里哟。吴老倌不睬德高老倌，只顾抱了那老哥的头，拼命地摇：德高，你醒醒呀！德高，你怎么样弄成这个样子了？你快醒一醒。又扭过头扯开喉咙叫：快来人哪，德高不行了。这一喊，男的女的老的少的几十口人陆陆续续朝塘边跑了过来。

德高？

德高老倌心想，吴老倌叫这老哥德高，那么我是哪个？德高老倌觉出了一阵无边的迷惘。人们呼啦都围了过来，两个壮年的背了那老哥便跑，一直跑到了德高老倌的家，将那老哥放在了德高老倌床上。德高老倌也跟着他们跑，脚下一蹬，像一片芦花一样轻飘飘地飞了起来，德高老倌随着人群飞回了家，就看见孙儿福佳福满，孙女豆花枣花兰花都凄凄惶惶地扑在那老哥身上哭爷爷。福佳一边哭一边摇着老人的头。德高老倌说，喂，你们弄错了，爷爷在这儿哩。可孙儿孙女们都不理他。德高老倌突然意识到，床上躺着的人才是德高，那我呢？难道我是……德高的魂？！想到这里，德高老倌全身蓦地一阵颤抖，像被电击中一样，泪便下来了。难道，我就这么死了？德高老倌记起来他是摔了一跤，醒来灵魂便出了窍，就这么死了。看着哭得凄惨可怜的孙伢们，德高老倌想，我不能死，我死了我六个孙伢咋办？谁给福鸿送棉衣？谁给伢们洗衣做饭、冬防寒夏防暑？谁像老母鸡护着小鸡一样护着他们？他们放学回家了跟谁撒娇？被人欺负了能对谁说？德高老倌见孙伢们哭得伤心，也伤心地哭起来。德高老倌的灵魂飘浮在床的上空，看见吴老倌和隔壁的老刘、大宋他们把他的衣服剥光了，他看见自己的身上没有肉，全是皮。他们将自己的身子擦干了，又给自己盖上了厚厚的棉被，屋里燃起了熊熊的大火，这火真温暖啊，赶走了寒冷、黑暗。德高老倌看见自己苍白的脸上慢慢浮上了一层红晕，脸上开始有了一丝血色。他还看见吴老倌摸着他的脸，说，有热气了！有热气了！快去熬碗姜汤来。他看见一碗热气腾腾的姜汤端来了，几个人撬开了他的嘴，把姜汤慢慢灌了下去。他看见德贵也来了，德贵这死东西，他来搞么事？德高老倌冷冷地看着德贵，恶作剧地伸手在德贵的背上摸了一把，德贵上下牙齿直磕，打了个冷战。德高老倌看见德贵跺着脚说：这可么样得了哦！这大年纪了也不小点心，你说他这一死，这一家大小可么样办哟！有没有给伢们打电话？吴老倌说，哪个晓得电话号码？再说厂里传不传电话还是两回事。德贵眼红红的，说，多好的人啦！唉——长长叹了口气，竟然掉下了两滴泪。一屋子的人都摇头，叹息，掉泪。有的说，死了倒是享福去了。德高老倌突然觉出了一阵温暖，觉得自己这一世做人做得值，有这么多的乡亲为他的死惋惜流泪，也值。看来德贵也不坏哩，想到自己有人无人的场合说过德贵不少的坏话，和德贵顶过那么多次的嘴，德高老倌心里升腾起了阵阵悔意。德贵说，找一找，看有没有伢们给他来的信，找到地址，拍个电报过去，把伢们都叫回来。德高老倌听德贵这么说，急了，喊：不能叫他们回来。德高老倌一急，便扑了过去。

十三

醒了，醒了。活过来了。

听见德高老倌含混不清的一声喊，众人先是一愣，继而都松了一口气，围了上来。

德高老倌努力睁开双眼，看见围在床边的乡亲，一时有些茫然，乌青的嘴动了半天，却说不出话来。吴老倌说，醒了就好，醒了就好啊。德贵见德高老倌醒了，便不再说话，悄悄退了出去。出门时对吴老倌说，吴老哥就麻烦你先看着，我去请医生来。虽说我和德高平时不和，怎么说也是没出五服的兄弟，一笔难写出两个王字么。吴老倌说，你去吧，这里有我们呢。看你说的，七老八十岁了，牛马一样做了一辈子，伢们又都不在身边，孙伢们又这么小，远亲不如近邻呢，谁家没有个三灾四难的，你就放心吧。德贵走后，吴老倌便对屋里围着的人说，没事的，受了点冻，怕是要躺上几天哩。大家便都陆陆续续散了。吴老倌又喝走了叽叽喳喳挤在屋里看热闹的小毛孩子。屋子里便一时冷清了下来，火光也渐渐暗了下去，孙儿孙女们，一个个凄凄惶惶地坐在床边，不知所措。

德高老倌的嘴角艰难地嚅动着，吴老倌便俯过了耳朵，说，老哥，有么话你就对我说。德高老倌嘴角抽动了半天，吴老倌只听清了福鸿两个字。德高老倌其实是在操心大孙儿在学校没穿棉衣，天这么冷，怕是被冻坏了。可他实在没有气力把话说清楚。吴老倌说，你是说你大孙儿福鸿？想让福鸿回来？德高老倌在意识里摇了摇头，可实际上他的头根本没有动。吴老倌说，你放心，我这就让人去叫福鸿回来。德高老倌急得直张嘴，就是说不出话来。吴老倌却已出去安排人骑自行车去镇中学接福鸿了。

德高老倌闭上眼，想，让福鸿回来一趟也行，就昏昏沉沉地睡了过去。

十四

德高老倌再次醒来时，已是下午三点多钟。德高老倌睁开眼，就看见床边坐着大孙儿福鸿。德高老倌便想伸手去摸孙儿的手，福鸿见爷爷醒了，握住了德高老倌的手，德高老倌这会儿感觉手上有了知觉，手背却生疼，这才发觉，手上打着吊针。德高老倌想挪动一下腿，觉得腿沉得厉害，他用没扎吊针的手撑着床沿想要坐起来，福鸿忙扶住了爷爷的肩，帮爷爷躺在床上。德高老倌这才发觉，腿上已被上了夹板。

唉——德高老倌不禁长叹了一口气，说，鸿儿，爷爷不能为你们做什么，反倒要拖累你了。

福鸿说，爷，我不要您说这话。

德高老倌又说，弟弟妹妹们呢？他们吃饭了没有？

福鸿说，早饭、中饭都是在吴爷爷家吃的，晚饭我们自己做，又说，爷爷，我写了封信让我爸他们回来。

德高老倌说，福鸿，爷爷没什么大事，可能躺几天就好了，别告诉你爸他们，免得分他们的心。福鸿说，信都寄走了，我就是想让他们回来，他们太自私了。德高老倌叹口气，说，这孩子，怎能这样说你爹妈？老话说得好，天下没有不是的父母，你爸他们挺不容易的，现在到了年尾，厂里忙得很，哪里请得动假？德高老倌一连说了许多话，剧烈地咳嗽起来，咳出了一口浓痰，胸口喝喽喝喽像风箱抽风。其实德高老倌现在最大的心愿就是想看看儿子们。德高老倌已隐隐觉出他的日子不多了，也许熬不过这个冬天了。德高老倌何尝不想在死之前有儿孙围在膝前，享享天伦之乐，可他知道儿子们的难处，老大为盖楼欠了万把块钱的外债；老二老三倒不欠债，可住的还是两间土砖房，冬天外面刮大风屋里刮小风，雨季屋里从来没有干过，房子的墙壁已是歪歪斜斜，一推就要倒似的，儿子媳妇几年不回家，也是想省点钱，早点将房子盖了，也了却一桩大事。老倌知道，现在到了年关，工厂里一般都赶货，假是请不到的，听说辞工要扣好几个月的工资！儿子们要是接了信辞工回家，几个月的血汗钱就没了，儿子不心疼，老倌还心疼呢。再说，辞了工回来又能做什么呢？春上的时候，德高老倌还觉得自己龙精虎猛的，在家比儿子们在外打工还要强，可结果，种了两亩多田，两季稻子打了三千余斤粮食，刨去农药、种子、化肥、公粮、水费、提留，算下来，一亩地赚了三十多块钱，要是算工钱，一天还划不到五毛钱。听报纸上说，这马上要加入什么世贸了，到时候农民种的粮食就更不值钱了。乡上村里的干部都干了些啥呢？来家铺的馆子，听说村里一年要欠下一两万吃喝款，乡里这两年，倒也是想出了不少带领农民致富奔小康的法门：前年是号召全镇种辣椒，说是一亩辣椒能收入一两千块，结果辣椒是丰收了，一毛钱一斤都没人要，还不如种水稻；去年又号召大家种西瓜，结果更惨，西瓜贱得连猪都不吃；今年乡里倒是没有号召再种什么了，乡长在大会上还鼓励年轻人出门打工，说是要土地集中化，让少数的种田能手来承包大量的土地，农民们就是不出去打工，也可以给种田大户打零工。乡长说只有这样才能实现农村机械化，才能降低生产成本……乡长说得头头是道，可德高老倌怎么听都觉得，那承包大户有点像过去的地主，给承包大户打工的，不成了地主的长工了？德高老倌当时便小声嘀咕了他的看法，引得一阵哄堂大笑，结果是乡长号召动员了半天，普通老百姓谁拿得出那么多钱来包田？拿得出钱的，都是生财有道的主儿，又怎么会去包田种？德高老倌思来想去，觉得当农民，不种田是不行的，可也没谁规定农民就一定得要种田，农民就不兴走出去，也试试做城里人的滋味儿？当农民为啥就这么苦呢！这是这一年来，特别是身体一日不如一日时他思考得最多的一个问题，思考的结果，便是他现在对年轻人出门打工充满了理解，这也是他一直对儿子们瞒着病情的原因。德高老倌甚至想，为了儿子们的打工事业，他还得多活几年，不然孙子谁管，房子谁看，儿子们有了后顾之忧，又怎么能安心打工呢！

十五

德高老倌躺在床上，想一阵，叹一回气，叹一回气，又想，越想心里越焦虑，像猫抓一样难受。冬天天短，才四点多钟，天便暗了下来，外面的风还在呜呜乱叫，比昨夜却小了许多。门前的苦楝树上，一群腊嘴鸟在昏黑的树杈上跳来飞去，探了身子啄楝子。德高老倌操心着他的牛、猪和鸡们，侧起身子抓住床沿想坐起来，这一使劲，小腿便钻心地痛，痛楚像电流一样由小腿断骨处漫遍全身。德高老倌感觉头晕乎乎的，身子软绵绵的，他知道自己在发烧。孙儿们都在忙自己的事，爷爷的腿摔伤了，他们仿佛一夜之间都长大了许多，就连最小的福满和兰花也不吵不闹地帮哥哥姐姐做事。福鸿和福佳去抬水，枣花豆花做饭，福满牵牛入栏，兰花喂鸡、赶鸡入笼。天黑严实时，孙儿们已将热气腾腾的饭菜端到了爷爷的床前。德高老倌如何吃得下，只是泪流满面，叹息不止。

晚上，六婆和她的老倌子拎了两筒挂面来看望德高老倌，说了许多安慰的话，又说到了这群孩子，又是猪又是牛，哪里管得好？便劝德高老倌快把儿子们叫回来。德高老倌默不作声，半天才说，先将就个两三天看看，如果腿好得快，就不用叫伢们回来了。六婆咂了咂舌：你以为你是后生哥呀，老胳膊老腿的，伤筋动骨一百天哩！六婆老倌子横了六婆一眼，说，你么样说话的，咒德高呀。德高老倌咧开嘴，笑了一下，一丝苦涩留在了嘴角，说，六姐子说得对哩。

说了一会儿闲话，又陆续来了几个邻居，有拎了鸡蛋的，拿了红糖、提了罐头的，在德高老倌床头的桌子上摆了一堆，大家都说着一些安慰的话，不一会儿，话题便扯开去了，老倌子们抽着烟，堂客们则默坐着听他们说话，屋里辛辣的烟草味儿久久不散。直聊到寒气下来，脚底冰凉，众人方才散去，走时又叮嘱，有么事难处，叫孙伢们过来招呼一声。

众人散去，只剩下福鸿还站在房里不走。

德高老倌说，福鸿你还不睡？明天还要起早上学呢。

福鸿低着头，用脚蹉着地下的一颗烟蒂说，爷爷，我请了假，等您腿好了再去上学。

德高老倌沉下了脸：不成！

福鸿说，爷，您都这样了，没人照顾么样行？再说了，屋里还有猪呀牛呀都要人管，还要给弟弟妹妹们做饭。

德高老倌鼻子一酸，心说，多懂事的伢！才满十三岁，什么都想得到，说出的话跟大人似的，穷人的孩子早当家呀！德高老倌闭上眼，说，福鸿你去睡吧。

福鸿走后，德高老倌又叹起气来，恨自己这一不小心，弄得躺在床上不能动，拖累了一大家人。心里有一万个后悔，可后悔又有啥用哩？德高老倌反反复复地想到后半夜，笼里的鸡已叫头遍，德高老倌还是没有想出个万全的办法。也只有让儿子们回来了，说什么也不能耽搁了孙儿们的学习呀！想到让儿子回来，德高老倌又犯了愁，三个儿子，你说让哪一个回来侍候自己？让哪个回来侍候自己总会有个儿媳不高兴。想到这儿，德高老倌又恨自己怎么不一跤摔死了干净。

十六

过了小雪，天一日日地冷了。早上起来，草地上白花花的一层霜，像下了一场小雪一样。德高老倌已经在床上躺了三天，昨天他托吴老倌给来家铺的张屠户带信，让他来看看家里的两头猪。两头猪都有一百好几十斤了，本打算喂到过年杀上一头，孙儿们熬了一年，也该解解馋。余下一头卖钱，作为平时的花销。

这一躺下，猪自然是喂不下去了，只有咬咬牙便宜卖掉。吃过早饭，德高老倌就让福鸿把猪喂得饱饱的，左等右等，天快晌午了，张屠户才过来。到栏里看了猪，来见德高老倌，说，猪太小了，才一百五六十斤，杀不出肉来。德高老倌说，小是小一点，可肥得很哩！我不是这腿断了我会舍得卖掉？张屠户却说，德高伯，按理说您有困难，我是该帮一把的，可您知道我们杀一头猪也赚不了几个钱，猪真的太小了，最多五杀，不划算哪。领张屠户来的吴老倌说，张师傅，你就别这样了，说个价，大不了便宜一点啰。张屠户这才勉强地说，算了，亏本就亏本吧！谁叫咱们乡里乡亲的哩。两块三一斤，不除槽。德高老倌一听，猛地直起了身子，痛得嘴里吸溜吸溜叫，脸也涨得通红，说，两块三？毛猪不是吊三块钱一斤么？张屠户说，德高伯，你也不看看你那两头猪，刺老鼠一样，吊三块钱鬼要？要不是看到你现在有困难，想帮你一把，两块三我还不要呢！德高老倌喝喽着嗓子说，不要算了，我喂着过年杀了吃。张屠户冷笑着说，那您就喂着吧。说完便要走，吴老倌一把拽住了张屠户的衣袖，说张师傅你莫气，老倌子喂猪也不容易，又遭了难处，你吃点亏，做点好事，加两毛，两块五。又对德高老倌说，两块五已经不错了，卖了吧。德高老倌半晌才点了点头。张屠户说，好吧，我就吃一回亏，帮你一把。说着去称猪。两头猪总共才卖了七百九十五块钱。德高老倌摇着头，说，喂了一年，才卖这点钱，要是喂到过年卖，唉！可惜了。吴老倌说，狗日的杀猪佬心都黑得像炭，死了都过不了奈何桥呢。德高老倌突然问，吴老倌，你说人死了真的要过奈何桥么？吴老倌说，我又没死我么样晓得。

十七

牛经纪是德贵请来的。

牛经纪来时，德高老倌正靠在床头想事儿。牛经纪捏着嗓子尖声尖气地问：老伯，好些了啵？德高老倌勉强挤出了一丝笑容，说，死不了呢。德贵便小声说，这是街上的老刘，来看牛的。德高老倌便招呼他们自己搬椅子坐了，说，杀人呢，狗日的都杀人呢。德贵说，谁杀人了？德高老倌一阵喝喽，腰弓成了一只虾米，老拳在胸口捣了半天，才捣出一句话来：张屠户么。你们给评评理，我那两头猪，喂了快一年，多肥的两头猪！狗日的张屠户见我成了这样，欺我们老的老小的小么，你们晓得他才给我出么样的价？牛经纪听出了德高老倌的话外之音，斜眼瞟了一下德贵，脸上堆起了笑，说，么价？德高老倌说，才两块五呢，他以为我老倌子是瞎子聋子，不晓得行情呢，欺负我老倌子现在躺在床上没办法，狗日的该天杀，死了都过不了奈何桥。牛经纪便忙说，老伯您放心，我做生意一向老少无欺，您就把心放进肚子里吧。德高老倌说，你莫多心，我不是说你哩。又说，牛看过了？牛经纪说，看过了。德高老倌说，么样，是条好牛啵！口齿好得很呢，耕田耙地飞跑，又不懒。牛经纪的脸上便露出了难色，却不说话，用手去捅德贵，德贵猛地灵醒过来，说，他买回去不是耕田用呢。

不耕田？德高老倌有点纳闷。

不耕田。牛经纪说。

不耕田搞么事？德高老倌有点急了。

杀了卖肉呗。牛经纪说，现在还有几家用牛耕田？喂牛都是杀肉卖呢，你这牛太老太瘦了，一个空架子，杀不出肉哩。

杀肉我不卖。德高老倌突然说。说完便在床上，闭上了眼，胸膛一起一伏的，抽他的风箱去了。

牛经纪和德贵面面相觑。德贵便小声说，死老倌子，犟脾气又上来了，说气话呢。你说这牛不卖谁侍候它？福鸿？老倌子哟，你可别让这牛拖了伢们的后腿，上不成学要害伢一辈子啊！

德高老倌一翻眼，说，我自己去放牛。说着便掀开了被子，坐直了身子，使了双手去扳那条上了夹板的腿，一点一点要往床下面挪，才挪了两下，牙齿便咬得咯嘣直响。牛经纪慌忙扶住德高老倌，说，老伯，您莫这样，这牛，我不买了，成么？德高老倌颓然地坐在床上，大口大口地喘着气。德贵就说，老倌子，你也莫逞强了，还是把牛卖了吧。

德高老倌靠在床上，闭着眼，不吭声。牛经纪看看德高老倌，又看看德贵，摇了摇头，德贵对牛经纪努了努嘴，示意牛经纪等一会儿。三个人都不吭声，牛经纪掏了烟，扔了一支给德贵，点燃一支，递给了德高老倌。德高老倌接过烟，猛地吸了一口，一支烟燃下去了半截，吸得太猛，呛得一阵剧烈咳嗽，脸憋得青紫，老拳在胸口捣半天，才慢慢平静下来，又把剩下一小截烟缓缓送到嘴边，轻轻吸了一口，将烟雾吞进肚子里，说，找不到一家要买耕牛的么？德高老倌说这话时，已没有了先前的刚烈，几乎有了一点低三下四，麻烦您，找一家要耕牛的买家行不？我情愿少要几个钱。

牛经纪和德贵对望了一眼，小心地问，老伯你这又是何苦？

德高老倌说，这牛跟了我十来年，风里雨里，处出了感情，么样舍得把它卖给屠户？

牛经纪说，老伯您真是有好生之德呢！您这么重情义，我么样能那么狠心，这事就包在我身上了，前天还有人跟我打听要买一头耕牛呢，只不过别人要买的是又能做事又能下崽的母牛。

德高老倌说，麻烦你帮我说说。

德贵对牛经纪说，你就帮他这个忙吧。

牛经纪猛抽了一口烟，说，行吧，反正我们做经纪的，手上进进出出，每个月也要倒腾好几头牛呢。你的这头牛我先牵走，保证找个好买家。当即说了价，价是低了点，德高老倌也没多说什么，只是反复地说，你可不能骗我老倌子，到时还是卖给了屠户。牛经纪说，我么样能做那种事呢？德高老倌还是不放心，说，要不你赌个咒。牛经纪想都没想，说，我要是把你的牛卖给了屠户就不得好死。德高老倌步步紧逼，说，不成，得赌个重一点的咒，拿儿子赌咒。牛经纪脸色就变了，说，你这老倌子么样恁啰唆，没完没了的，算了，我不要你的牛了。说着将手中的烟蒂往地上一扔，用脚狠命地一碾，做势要往外走。德贵伸手拉住了牛经纪，说，你别走哇，德高老倌跟你说着玩呢，真让你拿儿子赌咒了？是哦，老倌子？德高老倌一愣脖子，哼了一声。牛经纪便说，这老伯，咋恁不通人情。便恨恨地走了。德贵气得骂：

死老倌子！跟着追了出去。德高老倌也气呼呼地倒在床上喘粗气。不大一会儿，德贵又进来了，小声喊：德高，德高。

德高老倌听见了，懒得理他。想，这德贵，怕是跟牛经纪一伙的呢。

德贵见没回应，便用手来推德高老倌。德高老倌才不情愿地睁开眼，说，么样啦？又来了呢。

德贵说，死老倌，帮你忙呢，好心当了驴肝肺，以为我拿了人家好处来坑你的么？鼻子不是鼻子脸不是脸的。又说，我好不容易劝通了牛经纪呢。德高老倌说，他肯赌咒了？德贵便喊了牛经纪进来，牛经纪一脸不高兴，看也不看德高老倌，硬声说，谁把牛买去杀了的，儿子得急症死在大年初一。

德高老倌说，你们也别怪我老倌子刻薄，我是怕亏了我那老伙计呢。又说，牛你牵走吧。牛经纪和德贵走到门口，德高老倌又叫住了他们，赔着笑脸说，我还想再看一眼我的牛。你们俩搭把手，扶我去看看？德贵便和牛经纪一人架了德高老倌一只胳膊，架到屋门口，安顿在一张躺椅上，牛经纪便去牵牛。

在屋里躺了几天，把德高老倌给憋坏了，这猛一出来，觉得眼睛有点睁不开，半天才适应过来。天灰蒙蒙的，远山近树，也是一派萧瑟与寂寥。稻田上空一大群寒老鸹在盘旋着，飞来飞去，打着旋儿落在了荒芜的冬田里，鸹噪声不绝于耳。没有风，但寒气还是刀子一样直往人的衣缝里钻。德高老倌看看天，看看树，觉得什么都那么亲切，仿佛看着久未归家的儿子们似的。想到儿子，德高老倌又叹起了气，想，写过去的信，他们也应该收到了。德高老倌突然非常渴望儿子们回来，这一刻，他觉得，这个世上有太多值得他留恋的东西了。

牛经纪牵来了牛，老牛步履迟缓，身上的毛一撮一撮，像冬天枯黄的草根，身上结了厚厚的一层污垢，上面沾满了草屑，牛往前走，草便纷纷往下落。牛老远就看见了德高老倌，昂头发出了一声低沉的"哞——"步子便快了起来，耳朵不停地拍打着脸。德高老倌看见了老牛那混浊的眼，眼角两坨硕大的眼屎，引得几只苍蝇叮在上面。老牛用耳朵赶走了，苍蝇嗡嗡嗡嗡在空中划了个 8 字，又落到了牛眼角上。德高老倌觉得，才几天时间，这牛和自己一样，仿佛一下子衰老了许多，两只灯泡样的大眼，也失去了昔日的光泽。

老牛直奔德高老倌过来，用脸蹭着德高老倌的身子，不时地伸出粗糙的舌头舔着鼻孔。德高老倌说，老伙计，受苦了啵。牛点点头。德高老倌抚摸着牛脸，用手指抠掉了牛眼角的眼屎，弹在地上，觉得心里有千言万语要对牛说。牛的眼里也流动着一片莹光，晶亮晶亮的，竟然滚下了两行泪。德高老倌便觉得，什么都不用说了，牛是有灵性的，它什么都知晓呢。德高老倌鼻子一酸，不觉悲从中来，轻轻拍打着牛脸，两行老泪竟然滚滚而下，就这样搂着牛脸，吧嗒吧嗒掉泪，弄得德贵和牛经纪心里也酸酸的。半晌，德高老倌才松开了手，擦了把泪，别过头脸，不忍看牛，对牛经纪挥了挥手说，牵走吧。牛经纪牵着牛绳，牛硬着头不肯走，两条前腿直撑着，屁股往后坐。德贵便折了一根枯柳枝在牛屁股上猛抽，牛甩起尾巴在德贵的脸上刷了一下，翘起屁股拉了一泡屎，德贵躲得快，锃亮的皮鞋和毛料裤子上仍被溅上了几点牛屎。德贵的怒气便上来了，抄起柳条往牛身上狠命地抽打。德高老倌喝他，德贵，你搞么事？德贵说，死牛，不肯走呢。德高老倌叹了口气，说，这年头，人还不如畜生呢。便说，牛哇，牛哇，你去吧，去你的新主人那里，好好耕田，老倌我老了，管不了你啦。牛听了德高老倌的话，低了头发出一声沉沉的"哞——"便随着牛经纪去了。德贵将德高老倌扶进了屋，把卖牛的钱点给了德高老倌。德高老倌接过钱，抽出一张十块的，说，难为你了德贵，拿去买包烟抽吧。德贵虎着脸说，你收起来！我帮你也不是为了你这十块钱。德高老倌说，我知道你不缺钱花，你丫头能挣大钱，可这是我的一点心意。说完又觉得自己的话有点刺耳，说，拿着吧，我以前没少得罪你，你不记恨我，还帮我。我知道你还为我流过泪，哭过呢。

德贵惊讶地盯着德高老倌，说，我啥时候为你哭过？

德高老倌嘿嘿一笑，说，那天我死过去了，你不是流泪了么，我都看得一清二楚哩。吓得德贵浑身起了一层鸡皮疙瘩，汗毛直往上竖，慌乱地接了那十块钱，逃了。

十八

寒潮并未带来雪，吹了几天枯老北风，天气又逐渐转暖了。德高老倌的病也有了一些起色，大孙儿福鸿买了一辆自行车，每天清早起来骑车上学，下午放学又骑车赶回家。爷爷病倒后，福鸿一下子成熟起来，俨然成了一家之主，再也没有说过不上学之类的话。晚上回到家，总要带了弟妹们坐在爷爷的房里写作业，写完作业，福鸿还会同爷爷聊一会儿天，说说他在学校的见闻。德高老倌叫人做了一副拐杖，拄上拐，已能勉强下地，一条腿吊着，能从房里走到大门口，坐在墙根下晒晒太阳，看远处延绵起伏的山丘，弯里层层叠叠的农田。冬日的太阳暖融融地照在身上，闭上眼眯上一会儿，太阳往西边走，德高老倌隔一阵子，便用双手撑在躺椅上，一只好脚落地，将躺椅往后挪一点，跟着太阳转。太阳落土了，德高老倌就挪回堂屋门口，拄着拐杖挪进屋，看着一大群鸡一只一只东张西望地进了屋，德高老倌一只一只地数着鸡，脸上溢满了笑，他想到了一个笑话，说是有个人家娶了个傻媳妇，傻媳妇啥事都不会做，还老爱打婆婆的岔，弄得婆婆也做不好事，婆婆便说，你在门口守着看回来了几只鸡。傻媳妇便站在门口数，一只鸡进了屋，两只鸡进了屋，三只鸡进了屋………后来鸡越来越多，傻媳妇数不过来了，便说，鸡进了屋，进了屋，进了屋………傻媳妇天天晚上数，数了一辈子，也没有数清楚家里有几只鸡。德高老倌想，自己好歹比那傻媳妇要强一点哩。更多的时候，德高老倌便是躺在床上，半醒半睡，思想游走得很远，一会儿想到年轻时的光景，想到那时自己还是生产队的队长哩。又想到了死去多年的堂客，想用不了多久，便可以和堂客见面了，见了堂客，该说些什么呢？堂客是否原谅了他呢？想孙儿们的每一件平常普通的事，每一句话，一个眼神，福鸿懂事、内向、心事重；福佳赤糙，口无遮拦，但心眼儿不坏；福满记性好，上的课本从第一课能背到最后一课，可点了字认，却一问三不知；三个孙女儿豆花枣花兰花，一个个牙尖嘴快，乖巧伶俐。想着想着，德高老倌便发出了鼾声，可他还在想，分不清是睡着了还是醒着的。德高老倌想的最多的还是三个儿子，福鸿的信他们收到了么？为么事到现在没有一个有回音，也没有打个电话回来？他们在广东，到底咋样了呢？是实在回不来，还是他们心里真的不在乎这个爹了？不会的，不会的，知子莫若父。德高老倌想，儿子们肯定是有他们的难处。德高老倌觉得，他从来没有像现在这样渴望见到儿子们，他读过书，知道有个词叫"天伦之乐"，知道天伦之乐是怎么回事，他就格外渴望能在剩下不多的时间里安享天伦之乐。德高老倌想给儿子们写封信，他是动了几次笔的，可提起笔，又不知从何写起。德高老倌又想，我这是不是太自私了呢？德高老倌每天就这样想啊，想啊，将太阳从东边想到了西边，将白天想成了黑夜。孙儿孙女们中午都不回家吃饭了，兰花和福满在学校附近的外婆家吃，有时甚至晚上也在外婆家睡。福佳枣花和豆花，拿了钱中午在学校买快餐面吃。晚上回了家，孩子们一起动手做饭，尽管饭菜不可口，但至少能做熟。福鸿每次上学前都在爷爷的床头放好开水、方便面，可德高老倌从来不吃，他不饿。他总恨自己没用，管不了孩子们，还成了吃闲饭的，不如死掉算了。可看着孙儿孙女活泼的身影他舍不得死；看着咯咯叫的鸡他舍不得死；看着层层叠叠的农田他也舍不得死。也许明年天暖了，病好了，还可以种二分地呢。德高老倌又想那头牛，想牛现在不知在谁的家里，那家人对牛精心吗？想牛知道他在想它吗？它这会儿会想起他吗？想起卖牛时牛不肯走的样子，想牛那扑簌簌落下的眼泪，他便觉得怪对不住那老牛的。

十九

这天德高老倌又坐在暖烘烘的太阳底下胡思乱想，吴老倌兴冲冲地跑来了，老远便喊，德高老倌，你儿子寄钱回来了。德高老倌猛地从梦中醒过来，嘴角的涎水拉成了长长的一道线，在嘴角一上一下地弹动着。

吴老倌拿着一张汇款单。一千五百块，三个儿子，一个儿子寄了五百。德高老倌见了钱，却高兴不起来，卖猪卖牛的钱还没花完呢。德高老倌问，没有信？吴老倌说，你儿子打电话到来家铺了，叫你明天中午十二点半去接电话呢。德高老倌灰暗的眼里顿时闪动着两团火苗，一亮一亮地，盯着吴老倌，因激动而有点不知所措，反倒又一阵一阵地喝喽起来，喝喽出了一摊口水，把衣襟都打湿了。吴老倌说，看把老倌子高兴的，明天中午才有电话呢，明天中午我叫两个人抬你到来家铺去。德高老倌说那就难为你了。两个老倌子坐在冬日的太阳底下，长长短短地聊了起来，直聊到吴老倌的堂客站在家门口尖汪鬼叫地喊他回去吃饭，吴老倌才离开。

吴老倌一走，德高老倌想练练走路，便撑着椅子站了起来，又夹了双拐，顺着墙根试着走，身子往前一倾，双拐点地，右腿一跳，断腿吊着晃悠一下，迈出了一步，歇口气，双拐再往前点，右腿一跳，又迈出一步，一口气走了七八步，累得上气不接下气，胸口也憋得难受，站在那儿摇摇晃晃的，天地便又开始旋转起来，德高老倌慌忙伸手去扶墙，谁知一把扶空，身子便收不住势，扑倒了下去，竟然倚着墙根发出了呼噜声。德高老倌也不知睡了多久，一觉醒来，觉得头痛得像要裂开一样，身上没有一丝力气，试了几次想要扶着椅子站起来，腿像一摊稀泥一样立不起来，德高老倌索性就躺在了冰凉的地上，觉得身子如同躺在飘飘荡荡的云层上一样，荡来荡去，舒服极了……

二十

德高老倌才有了点起色的病又加重了，孙儿们晚上放学回家，看见躺在冰冷地上的爷爷，以为爷爷死了，顿时哭喊起来。邻居们听见哭声，也以为德高老倌不行了，跑过来看时，见德高老倌蜷在地上睡得很香，手脚冰凉，头却热得烫手。七手八脚地把老倌弄回到床上，又叫来家铺的医生过来吊了一瓶盐水。烧退了下去，人睡得比先前还死，这一觉，直睡到第二天快晌午，德高老倌醒过来，见自己躺在床上，身上盖了两层棉被，孙儿福鸿坐在一边看书。德高老倌才动了一下，福鸿便惊觉了。德高老倌问福鸿，几点钟了？福鸿看了钟，说，十一点了。德高老倌便急了，说，十二点半你爸要打电话回来，快点扶我去来家铺。福鸿说，爷你躺着，等会儿我去接电话就是了。德高老倌说那怎么行？德高老倌要亲自去。福鸿拗不过，便说，我去找人来抬爷爷。德高老倌说别麻烦别人了，你搭我一把，咱爷孙俩慢慢走去，反正不远。福鸿说，还早呢！德高老倌却等不及了，一定要福鸿扶他现在就去。福鸿便侍候爷爷穿好衣服，扶德高老倌下床。德高老倌刚一直起身子，就觉得一阵恶心，胃里翻江倒海地难受，头发晕眼发花，忙又坐回到床上，俯身喘了一阵粗气，呕出一摊黄水，又倒回到床上，有气无力地说，去叫你吴爷爷来帮个忙。

十二点不到，吴老倌叫了两个壮汉，用躺椅将德高老倌抬到了来家铺街上，福鸿扶着躺椅，一步不离地跟着爷爷。

街面上的风很大，天又变了，阴沉沉的，见不着太阳，中午的时候就像傍晚一样。德高老倌头上缠了一条白毛巾，这样，头才不至于痛得那么厉害。冷风一吹，感觉人清醒了许多，从脚心到手心都冰冰凉凉。

等电话时，坐茶馆的老人们听说德高老倌被人抬上了街，便都过来看他，见了德高老倌，惊道：这老倌子半月不见，咋就瘦成了这副模样？有的问，老哥，病好些没？听说你腿摔了，想去看看，一直也没去。德高老倌见来了这么多的老熟人，对他又这么关心，精神也好了许多，说，有你们这份心，老倌子我也知足了。听说德高老倌是来等儿子电话的，有人就惊道，病成这样了儿子们还不回来？德高老倌笑道，不怨伢们，我没让告诉他们呢。众人便发出一阵唏嘘，看着德高老倌的脸瘦得没有一巴掌大，手也像干枯了的树枝，无不摇头拭泪。说着话，时间便过去了，十二点半刚过，儿子的电话准时打过来了，打电话的是大儿子，但听电话那边的声音，三个儿子都在。

爸，您呐好吗？儿子的话有点变形，说着一口夹着普通话的乡音。德高老倌一时没有听出来是谁，只在电话里大声地喂，听见叫爸，知道是儿子，手便抖了起来，嘴对着电话一个劲儿地问，伢，在那边好吗？那边天冷吧。儿子说，还好，天不冷。问寄回来的钱收到没有。德高老倌说，收到了。儿子说，爸，您不要给我们惜钱，病了就去医院看病，想吃什么就吃，又问，您的腿好了吗？能下地走了吗？德高老倌一个劲地说，好，好，我都好，你们都放心吧。在一旁的福鸿实在憋不住了，说，爷爷，我来和我爸说两句吧。德高老倌便把话筒递给了福鸿，爷孙俩都将耳朵贴在听筒上，就听见电话里面儿子在说，爸，原谅儿子不孝，不能回来服侍您，儿子们也想回来的，可现在快到年关了，赶货赶得很紧，工资又押了好几个月没发，不到过年回家，要丢掉几个月的工资呢！今年过年，我们一定回家。儿子说着，在电话那头哽咽了起来，抽抽噎噎，显见是哭了。德高老倌听出了儿子在哭，老泪也下来了。福鸿却大声叫道，爷爷都快死了，你们就知道钱！钱！钱！再不回来你们就看不到爷爷了。儿子在那头沉默了半晌，福鸿对着听筒吼道：你再不回来，我就不认你这个爸了，你们怎么对爷爷，我将来就怎么样对你。德高老倌急得要夺话筒，福鸿不给，对着听筒骂他爸。一旁的吴老倌叹了口气，说，伢，让我来对你爸说两句。吴老倌接过听筒，说，是永昌吧，我是你吴叔。那边便问，吴叔，我爸的身体到底怎么样了？吴老倌便一五一十地把德高老倌的病情说了。老倌的大儿便说，您告诉我爸，我马上就辞工回家。说完便挂了电话。德高老倌听吴老倌说儿子要回来，心里是又喜又忧，喜的是终于要见到儿子了；忧的是儿子们这一回来，又要丢钱，再出去，又得重新找工作。

二十一

夜里刮起了尖厉的西北风，收音机里说西伯利亚的冷空气要过来了，全省大部分地方都有雪。德高老倌便嘱咐孙儿们晚上要盖好被子，明天上学要多加衣服，又说，你们的爸妈就要回来了。孙儿们听了，都高兴得跳了起来，一家老小，便有了一份期待。

一夜间，气温下降了五度，德高老倌便劝福鸿，晚上别回家了，就住在学校，风这么大，骑自行车来来去去的，会冻坏的。可福鸿照旧下了课便骑车回家，天不亮又骑车走了。

日子过得慢慢吞吞，一家人在期盼中，简直有点度日如年了。来家铺的医生每天都来给德高老倌吊一瓶盐水，德高老倌已有好几天粒米未进了。三个老亲家都来看过德高老倌，老三的岳母娘就在本村，还煨了鸡汤来给德高老倌喝，德高老倌勉强喝了两口，又都呕了出来。德高老倌知道，这一回，自己怕是真的熬不过去了。心里又祈盼着儿子们早一天回家，祈求堂客保佑，让自己再多活几天，好歹等儿子们回家了，把一个个活蹦乱跳的孙子交给儿子们，他才走得没有遗憾。

这天上午，打完了针，德高老倌觉得有了点胃口，吃了两口糖水橘子，便沉沉地睡了过去，迷迷糊糊间，见床前站着个牛头小鬼，德高老倌倒不害怕，说，你是来带我去见阎王的么？你能宽限几天等我儿回来了再带我走么？牛头不说话，直掉眼泪。德高老倌觉得这牛头小鬼很眼熟，看那牛头掉眼泪，一下子灵醒了，这牛头不是我老倌子的那头牛么？便问，老伙计，你怎么成了这副模样？老牛说，您把我卖了之后，我便被他们杀了卖肉，阎王念我这一世做牛辛苦，又没落个好死，便让我去托生做人，我今晚就要走了，特意过来看看您。德高老倌便说，那就好，托生就好了，恭喜你托生做人哩！牛头说，有什么喜的？我可不情愿做人，您看您这一世为人，不是比做牛做马更累么？德高老倌说，这你就错了，你没有做人你是不知道呢，我这一世，虽说辛苦，可我是为儿孙做牛做马，我心甘情愿！去吧，托生到一户好的人家。牛头便含着泪，给德高老倌磕了个头，一阵风似的走了。

德高老倌猛地醒了，心里惊了半天，才想到刚才是做梦了。屋里空空荡荡，哪里有什么牛头小鬼。窗外的风一阵尖过一阵，树枝在风中不停地颤抖，德高老倌又把梦仔细地回想了一遍，越想越觉得不像梦，心想，把德贵找来问一问，看那牛是不是真给杀了。下午六婆熬了点稀粥，端过来给德高老倌喝，居然就喝下了大半碗。六婆说，想吃就好，等天一暖和，慢慢就好起来了。德高老倌说，我也不指望能好，只要能撑到儿子们回来，我就能放心地走了。六婆说，看你说的，你死了我们打抠筋哪个给我们凑角？说着竟擦起了眼角。德高老倌说，六姐子，我托你办件事。六婆说，么事？你说。德高老倌说，麻烦你跑一趟，帮我把德贵找来。六婆说，找德贵有事？德高老倌说，也没得么事，想找他问个事情。

天擦黑时，孙儿们做了晚饭，吃完了趴在桌上写作业，福鸿还没有回来。德贵提了两包点心过来了，见了德高老倌，眼睛躲躲闪闪。

德高老倌说，德贵，你们还是把牛杀了。

德贵说，没，没有的事。

德高老倌说，别瞒我了，我都晓得了，牛给我托梦了呢。

德贵的脸白一阵红一阵，说，这不关我的事，是那牛经纪不守信用呢。

德高老倌长叹了一口气，说，也没什么，它都转世为人了。

二十二

儿子们又打回了一次电话，这次是托人转告德高老倌的，说大儿子早辞了工，厂方现在不肯结工资，要拖到月底，也就十来天的光景就可以回家了。德高老倌便开始数着日历过日子，日历终于快翻到月底了，德高老倌觉得，这日历每翻一页，他的力气便减去了一分。德高老倌现在是每天都勉强自己吃点东西，他要为自己添点力气，他怕他现在的气力撑不到儿子们回来的那一天。

风刮了几天几夜，刮得天空中没有一丝灰尘。天上的云层越积越厚，越压越低，寒老鸹都冻得躲在了树林子里，山村的路上，日里都见不到几个行人，人们都猫在屋里，燃起了火塘。德高老倌的房里，冰冰凉凉，躺在被窝里，仿佛睡在冰窖里一样寒冷，睡了半天，手脚还是冰凉的，没有一点温度。德高老倌把深凹的眼投向窗外，除了看见枯秃的树杈在风中猎猎颤抖外，什么也没有。德高老倌突然很想出去转转、看看，这种愿望一经产生，便如同洪水一样涌了上来，不可压制。德高老倌尝试着下了床，竟然觉得身上有了一点力气，他扶着墙一步一步，居然就挪到了大门口。德高老倌坐在门槛上，远远望去，眼前起伏的山峦，逶迤而去，层层的梯田，在风里颤抖。德高老倌想去田间地头走一走，看一看，摸一摸耕作了一辈子的土地。他架了拐杖，拖着身子走到了禾场上，就再没有了气力，残腿感觉不出一丝痛楚，麻木了似的。德高老倌架着拐，靠在了一棵树上，眼前的一切多好啊！前面的湾里，可以看见自己种过的那两亩水田，德高老倌仿佛看见了几十头牛一字在水田里排开，喝牛声此起彼伏。田埂上几株枯黄的狗尾巴草在风中摇曳。德高老倌看见门前那条绳索一样蜿蜒远去的小路，多少次，德高老倌就这样手搭凉篷，盼着儿子们放学归来，又盼着孙子们放学归来，在期盼与等待中，从一个壮年人盼成了一个老倌子，青丝盼成了白发，坚实的身板盼成了一张弯弓，这一生也就这样在盼望中慢慢走到了尽头。德高老倌突然无限留恋起了人世间的一切，回想这一辈子，风风雨雨，死做活做的，可这一切的苦与累，不都烟消云散了么，多少的坎坎坷坷，不也都过来了么，这些个沟呀坎呀苦呀累呀不都是忘记了么，而那么多温情美好的东西，却永远留在了他无限绵长的回忆中。德高老倌的双眼蒙胧了起来，他看见从遥远的天际深处飞来了无数的蝴蝶。洁白的蝴蝶。蝴蝶轻盈地飘落在德高老倌的身上，德高老倌看见蝴蝶一个个变化成了他的儿子们、孙子们，还有他的堂客……

杀人者

　　杀人者逃到耳朵寺的时候，春天也到了耳朵寺。一树李花，在寺里开得清冷，开得欢乐。和尚坐在阶前看花，听鸟。和尚老了，自己都忘记了年岁。烟村的老人中，大约也还有知道和尚当年的故事者，茶余饭后，会当作一桩传奇来讲述。和尚有时也加入听者的队伍，张开一望无牙的嘴，呵呵地笑。村里的后生问和尚，是这样子的么和尚？和尚笑，说，是也不是，不是也是。烟村人笑得更加厉害了。这和尚，说起话来稀奇古怪，绕来绕去。烟村人说和尚是老了，老糊涂了。和尚说，是老糊涂了。

　　山门前不远处，是层层叠叠的水田，这年春天的雨水很好，水田亮晃晃的，鹭鸟静静立在水田中，睁一只眼闭一只眼，脖子突然像灵动的蛇一样射出，叼起一条小鱼，一抻脖子吞进了肚子，又睁只眼闭只眼一动不动。水田里，长着肥美的猪耳草、水竹叶。猪耳草和水竹叶皆开紫色花，花色不张扬，不艳俗，安安静静，与周边的环境很和谐。田埂上长着高高低低的苜蓿，八哥子菜。几头牛在田埂上静静地吃草。这是烟村春天寻常的景象，安宁祥和。

　　杀人者一到烟村，就格外惹人注目。他那疲惫的身形，那一身破旧不堪的衣着，还有那蓬乱的头发，胡子拉碴的脸……杀人者想讨点吃的。他来到了马广田的门口，说老人家，你行行好，给点吃的，我饿。马广田老人从他的眼里看到了入骨的寒，老人打了个哆嗦，半天没有动。杀人者的眼里生出了恨意。他摸了摸藏在腰后衣襟里的短刀，咬咬牙，还是将手强行从衣后拿了出来，盯了马广田老人一眼，转身走了。他走得很慢，看得出来，他是饿急了，饿得没有了走路的力气。杀人者又走向了马牙子的家。杀人者说，行行好，给点吃的，我饿。马牙子一眼就看出了杀人者是电视里通缉的逃犯。这些天，电视里一天播几遍，说是有个杀人者可能逃到了本县，电视里一遍遍地播着杀人者的照片。照片上的杀人者眉目清秀，戴一副眼镜，文质彬彬的样子。眼前的这个人，与电视里播出来的，判若两人。可是这些天，村里人的神经早已绷得紧紧的了，任何外来者，都会首先被怀疑为杀人者。马牙子冷静，说，你等着，我去拿。转身进屋，砰的一声关上了大门。杀人者站在马牙子的门前，咬着牙，手又伸向了腰间，他摸了摸身后的刀。十天前，他用手中的这把刀杀人了。然后他就开始逃。

　　杀人者再次放下了手中的刀。他转身时，看见了一座小庙，这就是耳朵寺了。他看见了坐在庙门口的和尚，于是他朝和尚走了过去。

　　和尚老了，并不看电视，因此不知道来者是杀人者。没事的时候，和尚就和村里的人一起讲点古，村里人忙的时候，他就去莳弄寺后面的一小块菜地。他的菜种得很好，一年四季，果蔬不断，因此周围的娃娃们都喜欢到耳朵寺里玩。他呢，揪两条黄瓜，摘一个香瓜，或是拔两颗凉薯。就算是冬天，他也能从树上摘两个柑子什么的逗娃娃们开心，看着娃娃们高兴，他也高兴。

　　如今的耳朵寺很小，寺里就他一个和尚。当年耳朵寺也曾经风光过，有大雄宝殿，三进的禅院，还有口大钟，几十个僧人。后来僧侣们大多都还了俗，结婚生子，就在村子里生活着。两个老一辈的和尚也化了。后来，耳朵寺的房子充了公，成了村里的学堂，再后来，耳朵寺当"四旧"给破了，拆得七七八八，只余下了一座耳房。那口大钟，也早化成了铁水。和尚呢，一直守着这寺。他死了，这寺，大约就不会再存在了。这让和尚觉得有些可惜。他从师父手上接来的衣钵，并没有传下去。几十年来，他参禅礼佛，却也没有度化过人，他知道自己参了一辈子，终究是落入了小乘，他的心愿，是如同师父一样，修大乘的佛法，度己还要度人。佛度有缘人，和尚还在等，他相信他能等到有缘的人。

　　和尚睁只眼闭只眼，就看见了衣衫褴褛的杀人者。杀人者的脸上写满疲惫。杀人者的手背在身后，眼里露着凶光。杀人者想，如果这和尚再不给我吃的，我就杀了他。

和尚见了杀人者，站了起来。他一眼就看出来者不是本地人。

杀人者冷冷地说，我饿了，弄点吃的。

和尚说，你跟我来。

和尚很快给杀人者弄出了饭菜，虽都是素食，杀人者却吃得狼吞虎咽，风卷残云。

吃毕，杀人者想再上路，耳朵寺的背后就是山，他想进入山中就安全了。可是和尚却问他，施主，你从哪里来，又到哪里去，看样子，你是走了很远的路。

杀人者一惊，以为和尚认出了他，手又伸向了背后。

和尚说，施主不想说，那是我多嘴，我也不多问了。

杀人者凄然一笑，说，师父，您是出家人，问您一件事。

和尚微笑，说，你讲。

杀人者说，苦海无边，回头有岸吗？

和尚说，眼前是岸，何必回头。

杀人者想再问些什么，却听见了些风吹草动。杀人者说，谢谢你的饭菜，我要走了。杀人者知道，刚才村里的人认出他来了，他不能再在此久留，夜长梦多，他得走。和尚的话，他并未懂得。回头是岸，如果不回头也是岸。杀人者现在没有去细想这些，他只想逃。逃得到哪里去呢，所谓天网恢恢，疏而不漏。他不管，逃得一天算一天。十天前，他杀人了。杀人偿命，欠债还钱。可是他还年轻，他还没有结婚，他不想死。他想，世界如此之大，总有他容身之处，天网恢恢，也不乏漏网之鱼。

杀人者打算从耳朵寺的后门出去。走的时候，他听见和尚念了一句阿弥陀佛。和尚说，后面没路。前面也没有路。路在你的心里。

杀人者立住了。亮出了手中的刀，手中的刀在颤抖。他听到了门外的人声，知道自己现在已无路可走。他想大不了鱼死网破，劫了和尚做个人质。

和尚微笑着，说，放下屠刀，立地成佛。

杀人者说，刀放不下。我不杀人，人就杀我。不是鱼死，就是网破。

和尚说，你跟我来。

和尚搬开了一口水缸，下面现出一个洞。和尚说，进去吧。

杀人者疑惑地看着和尚。手中的刀指向了和尚。和尚闭着眼，没有动。杀人者的手终于死蛇一样软下来。他躲进了洞里。

和尚回到堂屋，打坐。不一会儿，村民马牙子就来了耳朵寺。

马牙子问和尚，走啦?

和尚说，什么走了?

马牙子说，杀人犯。

和尚说，杀人犯?

马牙子说，电视里天天在播，我看得没错，就是他。

和尚念了一声佛号，没有再说什么。两个小时后，来了几个警察，问了和尚许多问题，和尚都答了。和尚说，杀人者在这里吃了一顿饭，然后从后门走了。警察告诉和尚，杀人者杀了两个人，一路在逃，让和尚小心。和尚问杀人者为何杀人。警察说，一言难尽。不过警察还是略略说了。听警察一说，和尚的心更坚定了。这杀人者，原本是个极胆小又良善的人。他所杀之人，却也是该杀的恶人。但是，**警察说**，谁也想不到，如此老实之人，逼急了，杀人手段之残忍，却令人发指。

警察走了，村民走了。天黑了下来。和尚坐在耳朵寺的门口。

杀人者！和尚想。苦海无边，回头是岸，放下屠刀，立地成佛。

是夜，月明星稀。烟村已入睡。和尚坐在耳房里，思绪穿过岁月。良久，和尚去移开了水缸，放出了杀人者。杀人者未道一声谢，便走了。

和尚说，放下屠刀。

和尚想对杀人者讲自己的故事，然而杀人者一心逃命，走得仓皇。和尚心里顿时一空，呆坐月下。良久，听得声响，却见杀人者返回。和尚心喜，问杀人者因何又回。

杀人者说，回来杀你。

和尚说，我救了你。

杀人者说，你知道我的行踪。

和尚说，你要杀我，我无话可说。可否在杀我之前，听我讲个故事。

杀人者迟疑了一下，说，你别要什么花招。

和尚淡然一笑，缓缓地说了他的故事：

六十年前，那时的和尚，二十郎当岁，上无父母，中无兄弟，下无子女。一个人吃饱，全家不饿。和尚好吃懒做，偷鸡摸狗。一村的人，都恨他入骨，却又不敢得罪他。村里人的纵容，让和尚更加肆无忌惮。一日，和尚夜入农家行窃，男主人不在，和尚起了淫心，将那家女子强奸了。不料那女子并未声张，渐渐地，和尚的胆子益发大了起来，不知坏了周围几多良家女子。一次，和尚在入室偷盗时，被人围住，紧急之中，和尚拔出了刀，杀了人。村里人发誓要除了他，和尚仓皇出逃，也不知逃了多少路程，来到了耳朵寺。走投无路，才在寺里出家为僧。初到寺里，和尚倒还老实，时间一久，和尚就按捺不住了，开始在周边偷鸡摸狗。寺里僧众知道了，都劝师父将他轰走，免得坏了寺里的名声。师父都没答应。一日和尚很晚回来，见禅堂内亮着灯火，数十僧人都在。灯影里，中间坐着师父。和尚隐在门外，只听得众僧在苦求师父，说是要除掉这个恶和尚。只要师父一声令下，他们少不得也要开杀戒的。和尚两腿一软，瘫在门外。只听得师父宣了一声佛号，说，我佛慈悲，便不再言语。又有僧人提议将和尚打走。师父说，他留在寺内，有一条生路，还有所收敛，受损的只是耳朵寺。将他打走，那是把灾难加在了别人的头上，不是佛门弟子所为。众僧再求，师父说，你们不用再说了，我自有分寸。和尚就是在那天顿悟了，从此安心向佛。倒得了师父的衣钵。

和尚讲完便不再言语。

杀人者说，讲完了？

和尚说，完了。

杀人者说，讲完了那就该我杀你了。杀人者拔出刀，一刀刺入了和尚的胸膛，然后将和尚拖入了水缸底下的洞中，又移好水缸，转身没入了黑夜中。

望江楼

望江楼矗立在江畔的矶头，三层木质小楼，朱红的柱子因了年代久远而油漆斑驳，飞檐上挂着的铜铃在风中依旧清脆。青黑的燕子瓦，层层叠叠如线装书中的古画。瓦缝里本是长满了坚韧的狗尾草，此刻因了寒冬的风，已枯萎伏倒。望江楼的第一层经营着杂货：九佛岗的竹器，来家铺的清油，染了靛蓝的家布，粒大而雪白的官盐，酱油米醋烧酒……二楼是茶馆，掌柜的刘士元，同时也经营着三楼的生意，一个黄胖的商人，眯了眼坐在柜台后，眼镜架在鼻尖上，面前一架算盘，打算盘时眼睛的余光还打量着客人。跑堂的茶博士有两个，肩上的毛巾早已发黄，仍旧搭在肩上，哈着腰，两只脚拿出风来。说书的有两个帮子，单日子是个瞎子，弹弦子，唱。每次开篇都是老一路：自从盘古开天地，三皇五帝到如今。有道君王安天下，无道昏君害黎民……逢双日子说书的是杨胖子，道具只是一块惊堂木，一柄折扇，却将满座茶客勾得如痴如醉。时而高声叫好，时而低声骂娘。依旧是到了紧要关头，折扇一收，欲知后事如何，且听下回分解。茶馆里就响起了屁股离开椅子的声音。望江楼，最是惹人的，自然是第三层。因了第三层视野的开阔，白天可览长江九曲，宽广的江流在寒风中东去，渔人的舟子在波浪里起伏。三层是旅馆，住着往来的旅人，闲杂人等不得入。

季二先生住在望江楼已有些时日了。他每天的生活极规律。早上起床，洗漱毕，下楼，在江边走一圈。跑堂的见他，依旧打声招呼，道声季先生好。季二先生也微微点头，算是回应。季二先生在江边走上两圈，在瘦石上坐下，望着江水发呆。然后起身回望江楼，在二楼要壶毛尖，毛尖必得是来自洞庭君山的。慢慢饮了，茶馆里人就渐渐多了起来，季二先生不喜人多，这时就上三楼，让小二把吃的送进房内。关上房门，吃饭，望着江水继续发呆。

没有人知道他来自何方，也没有人知道他来此处何干。掌柜的倒是记得，季二先生来望江楼，还是在秋风初起时，江里的鲴鱼正肥美。季二先生显然经过了长途跋涉，长衫沾满风尘，眼却炯炯而有神光。掌柜刘士元阅人多矣，自然一眼看出季二先生非寻常人物，当下热情迎了出来。季二先生坐定，刘士元亲自将沏好的茶端到季二先生面前。两个茶博士十分纳闷，打烊后问掌柜的，为何对一个其貌不扬的旅人如此厚待。刘士元将茶博士训了一通，又摇摇头说两个茶博士最少还要再练二十年，才能练就他这样的眼光。那天季二先生坐定，接过茶，只品了一口，说，是上好的君山毛尖。刘士元说，先生好见识。请教先生大名。季二先生说，姓季行二，就叫季二吧。季二先生当时是点了一味鮰鱼的。鮰鱼以斤八两为最，大了肉质显老，小了又多骨刺。刘士元说，先生曾来过调弦？季二先生的眼里就有了雾，忘了回答刘士元的问话，猛地醒过神来，抱歉地笑了，说，二十年前来过。

二十年了，二十年啦。刘士元说，那先生自然知道，此地便是子期伯牙高山流水之地了。季二先生道，略有所闻。

季二先生住在望江楼。这一住，就是两月，秋风紧过几阵，上津湖的蟹也熟了，刘士元从渔民们送来的第一批蟹里挑了两只大而肥的母蟹，让厨子蒸了，端到季二先生房间，又拿出藏了十年的调弦古井。刘士元说，二先生，刘士元一直称季二先生为二先生，不带姓，这样显得亲切。季二先生说，掌柜客气，直呼季二就是。刘士元笑笑，依旧说，二先生，士元见二先生这些日子颇显愁闷，先生的心事，士元自然是不敢打听，今天愿同二先生小酌几盅，交个朋友。季二先生那日并没有喝多少酒，十年的调弦古井依旧让季二先生脚下发软。

季二先生说，多谢掌柜的厚谊，季二无以为报。刘士元说，二先生，一杯淡酒，何谈回报。先生来这里也有些日子了，看先生的样子，似在等人。季二先生说，掌柜高谊，季二也不敢隐瞒，的确在等人。

等的人还没有来?

快来了。

冒昧地问一下,先生等的是?

季二先生拿指头蘸了一点酒水,在桌子上写下"莫大"二字。

刘掌柜倒吸一口冷气,头皮一阵发紧。好半天才平息了呼吸,指着桌上的"莫大"二字小声问道,先生和……有仇?

季二说,欠下个天大的人情,是来还人情的。

季二先生推开窗,调弦之夜,正是长江水阔朔风冷,望江楼高夜月孤。季二先生紧了紧衣襟,望着江边上两点渔火,思绪飞得很远。

季二先生说的欠莫大一个天大的人情,是二十年前的事情了。二十年前,季二先生是洞庭一介穷书生。季二有个妹子,生得如花似玉,却被洞庭湖悍匪水上飘看中,给掳了去。季二先生手无缚鸡之力,如何救得了妹子,去告官,官匪一家,季二没有救回妹子,反倒被打了个半死。季二绝望了,是要跳江去死的,却被渔人救起。渔人给季二出主意:去求荆州莫大先生。也许莫大会出手相助。莫大的名声事迹,季二先生也是听说过的,只说是个手眼通天的人物,在湖湘两省,没有他做不到的事情。季二先生也听说过,莫大性情古怪,帮人从来是要索取回报的,而且索取的回报总是稀奇古怪,强人所难。但这些,都只是传说。季二先生并没有见过莫大,那救了季二的渔人也没有见过莫大。季二先生还是去了,莫大府上的人说,莫大先生去了调弦会友,季二先生又追到调弦,就是现在季二住下的望江楼,就在这间客

房，季二先生见着了莫大，一个平和的老头儿，面色红润，半点
皆无传说中的那种怪异。季二先生对莫大说了请求，望莫大先生
救他的妹子。莫大将了将胡子，沉吟了片刻，说，你来求我，该
是听说过我的规矩。季二先生说，听说过。莫大先生说，只要我
答应你的请求，并帮了你忙，我提出任何要求，你都答应？季二
先生说，答应。莫大先生说，你刚才说你姓什么？我老头子记性
不好。季二先生说，小子姓季，行二，季二。莫大先生的眼里亮
光一闪，说，老夫帮你这个忙。季二趴在地上连磕了三个响头，
手却被莫大拉起。莫大的手掌宽厚而且温暖，坚实而且有力，这
让季二先生相信了，只要莫大答应的事，一定说到做到。莫大先
生说，知道为何应你吗？不待季二回答，莫大说，老夫生平最为
景仰的那个人也姓季。莫大先生说，你是读书人，定知千金一诺
的故事了。季二说，可是先生，季二一文不名。莫大先生拉着季
二的手，将季二的手握在手中，说，莫大的名声，是外界讹传，
不过你求到了我，我自当尽力。

　　季二脸上露出了笑容。他知道，妹子是有救了。季二先生
说，先生，您说出您的要求吧。莫大先生眯着眼盯着季二，点了
点头，说，不要别的，单要你一条命，怎样？

　　莫大先生的要求，还是让季二很是吃了一惊。季二很快就平
静了下来。季二先生说，只要救出舍妹，我自当双手将这颗项上
头颅奉上。

　　季二的回答也让莫大吃惊。莫大随即哈哈大笑起来。笑声震
得屋檐上的瓦片瑟瑟作响。莫大说，好。好。好。莫大连说三

个好字。莫大说，老夫喜欢你这年轻人，就让你多活二十年吧。二十年后，秋冬之交，你到这望江楼，老夫来取你项上人头。季二回到家，妹子已回家中。季二一直没有对妹子提及过怎样相救之事。妹子后来嫁了个老实的渔人，整日和渔人一起出没风波之中。季二先生呢，开始走南闯北，或为富门西席，或就馆教几个小小蒙童，心里却一直念着对莫大先生的诺言。二十年时间，季二先生孤身飘零江湖。这年秋风起时，季二先生辞了在抚州的教馆，来到调弦，住进望江楼。莫大并没有说明具体日期，季二先生怕爽了莫大之约，于是早早地来了。这一住，就是两个月。

刘掌柜的听罢季二先生的故事，倒吸一口冷气，说，二十年时间，先生何必要信守这诺言，何不远走高飞。难不成莫大还真会天涯海角寻你？再说了，这二十年来，外面也少有莫大先生的传闻，年轻的一辈，鲜有人知道莫大了。

季二先生微微一笑，说，人生在世，立命唯诚。莫大先生当年遵守诺言救了舍妹，我又怎可负了诺言。

刘掌柜的说，莫大先生救过令妹，也没有必要陪上先生性命。

季二先生说，季二多谢掌柜好意。掌柜的这调弦古井真是好酒，怕是十年以上的陈酿了。拿起酒壶，给刘掌柜满上，酒沿着酒杯堆了一层，却像凝固了一般，半点没有溢出。季二先生也给自己倒上，说，这两个月来，多蒙掌柜关照，季二敬您一杯。说罢一仰脖子干了。刘士元也干了。季二的豪情上来了，说，刘掌柜，季二无以为报，给您写幅字罢。刘掌柜立即安排好了纸笔，并为季二浓浓研了一池墨。满室墨香扑鼻。季二又喝了一杯，说，好，没想到刘掌柜有上好的松烟，痛快痛快。季二先生铺开纸墨，在雪白的宣纸上写上铁画银钩般的字：

大河水阔朔风冷
望江楼高夜月孤

次日，天色变得极阴沉。季二先生早起照例到江边走一圈，回到望江楼，刚想喝杯君山毛尖，却见刘掌柜神色慌张，把季二先生拉到一边。季二先生心头一凛，知道是莫大先生来了。刘掌柜的对季二先生说，二先生您快走，不要上楼了。季二先生淡然一笑，回到客房，不见莫大先生，却见一大约十五六岁的少年，怀里抱着个包袱。少年见了季二先生，先作一揖，说，是季二先生么？季二回揖，正是季二。少年说，莫大先生在矶头等您。少年说罢抱上包袱就走，季二先生跟着少年下楼，见了刘士元，深深一揖，说，房钱都在楼上的包袱里。士元兄，你我就此别过了。刘士元叫了一声二先生你……季二已然跟着少年下了望江楼。少年在前面走得飞快，季二紧紧跟着。穿过河滩边的柳树林，走到江边矶头。江边却是空无一人。季二先生问少年，莫大先生呢？少年将手中的包袱层层解开，却是一块木质灵牌，上书：荆州莫大先生之位。

季二见这灵牌，感觉魂魄从身体里忽忽悠悠飞了出去，随着江边寒风吹散。季二先生对着灵牌跪了下去。少年说，爷爷去了有两年。爷爷临终前交代，在今年秋冬之交，让我带着他老人家来望江楼等一个叫季二的。

季二问少年，你爷爷还说了什么？

少年说，爷爷说，但愿他能来，但愿他别来。

季二先生对着灵牌磕了三个响头，说，莫大先生，季二没有让您失望。季二说罢，从腰间拔出一柄小剑，横在脖子上，一抹，少年就看见了一道血光高高升起，漫天的红雾冲到半空。红雾在风中飘散，仿佛下了场红雨。少年惊得呆在那里，他听见季二先生扑倒在地上的声音，也听见了刘士元掌柜的喊声。

是年冬天的第一场雪，就在这时纷纷扬扬。

马和驴

收完秋庄稼，马有贵去骡马集相驴。这几年，镇上经济发展很快，兴起了好几家工厂，工厂还在向周边的乡村扩散，听说过不了多久，村里人都要变成城里人了。变成城里人了干吗呢，指着什么活呢？这一点不用愁，马有贵早就想好了，赶驴车呀。比如那家夹板厂，每天都要从外面拉数不清的木头进厂，又要拉数不清的夹板出来。往外拉夹板的生意基本上被卡车给占了，可是往里拉木头的生意还是马车牛车的天下。

马有贵呢，买不起骡子和马，于是去骡马集相驴。

骡马集在镇东头的榆树林子里。榆树这时早落光了叶子，光秃秃的枝枝丫丫在初冬的风中瑟瑟发抖。骡马们在树林子里不安地走动。运气好的话，它们将会被农人相中，牵回家中，老老实实干活；要是被屠户相中，那它们就玩完啦，转眼成了盘中餐，可怜！

镇子不大，一路上遇到的差不多都是熟人，就算叫不出名字，看上去也是面熟的。认识马有贵的人很多，怎么说呢，马有贵在这一带，还是小有些名气的，这里的人，要说谁是个油盐不进的夹生货，就会说，这货真他娘的马有贵。

不停地有人同马有贵打招呼，这个说，呀，马有贵来了。那个说，马有贵呀，来骡马集干吗呢？这样说时，他们的嘴角就合不拢，眼角的鱼尾纹就更深了，他们都在等着马有贵闹点什么新闻出来呢。这日子，也没个新闻，真是无聊透顶了。

马有贵在骡马市场见到了刘一手，刘一手是烟村治保主任，管着烟村的治安，过去收公粮水费提留款，刘一手总是打头阵的，村里人呢，大人小孩都惧他三分。马有贵不惧他，过去不惧他，现在更加不惧他了。为啥呢？马有贵说他一不偷，二不抢，有什么好怕的呢。再说了，这两年政府免了提留，他就更加不惧刘一手了。

刘一手见了马有贵，笑笑，说，哟嗬，马有贵，来干吗呢。马有贵的手还袖在袖筒里，拱了拱说，相驴，你干吗呢？刘一手说，你不会看么？马有贵就看见刘一手牵了匹枣红马，马的个头很高，肌肉匀称，不停地抬着蹄子，打着响鼻。马有贵说，好马，还是母的呢。你买匹母马回家干吗呢？没事的时候日？刘一手说，你他妈的光棍一条，急了才日母马呢。告诉你，这马可不是一般的马，这是农场里出来的种马，好几千呢。到时发情了，牵到农场里用良种马配了，下头驹子就值两千，就你马有贵这尿样？想日我这母马？嘿，一边凉快去吧！

哄！周围早就围了一圈闲汉和骡马经纪，个个不怀好意地浪笑。马有贵也笑。刘一手牵着马走了。马有贵呢，就袖了手，开始相驴。相了几头，都不中。马有贵有些失望了，说你们这些做经纪的，尽弄些老牛病马在这里日败人。有个牛姓的经纪说，那边有头叫驴，绝对是一等一的好货，就怕你马有贵不敢要。马有贵一棱脖子，说，你说什么，我马有贵不敢要，什么驴我马有贵不敢要？难不成是头金驴？

牛经纪其实老早就盯上马有贵了，想把那头驴卖给马有贵，他知道马有贵是个二杆子脾气，更清楚要用什么方法才能把这桩生意顺利做成。牛经纪笑着说，倒不是金驴，只是那驴的性子烈，一般人驯它不服。马有贵说，我还就喜欢性子烈的，牵来看看。

牛经纪说，牵不来，要看去那边看。

为啥牵不来？马有贵来了兴趣。

驴不肯来，它不想和这里的牛马们待在一起，嫌掉价。

哟嘿！马有贵说，还有牵不来的驴？难不成和大姑娘一样害羞，要用八抬大轿抬它不成？

八抬大轿也抬它不动，除非……牛经纪说到这里，嘴角泛起了诡异的笑。

除非什么？马有贵问。

　　我看还是算了。牛经纪说，你相了也是白相，这驴会相人，一般的人它看不上眼，是宁死也不会跟着走的。

　　正说着呢，一阵震天的叫声响了起来。是那驴在叫唤。叫声极有穿透力，方圆数里都能听见，震得人耳鼓发麻。榆树林子里的其他几头驴，听见了那头驴的叫声，也跟着叫了起来，驴们玩起了大合唱，"哥格哥格哥格……"叫了足有十分钟，才渐渐安静下来。

　　马有贵说，刚才就那货在叫？

　　牛经纪说，它这是在示威哩。

　　马有贵越发想去相那头驴了。那头驴哩，在这骡马市场上是有些天数了，可是没人相中它，倒不是相不中，是没人牵得动它。牛经纪花了一千二从李村的一个老头手中买过来时，像捡了个宝。一千二，买这么好一头驴，牵到骡马市场，转手就卖一千七八。老头相当热心，说是要亲自把驴送到牛经纪家。牛经纪说不用了，十好几里呢。老头说，喂了几年的驴，有感情了，舍不得，就送一送吧。老头对着驴嘀咕了一阵子，那驴就跟着老头飞跑起来，一直跑到了牛经纪的家。一手钱一手货。次日，牛经纪牵驴到骡马市场，才发现了问题，这驴哪里肯跟他走？是牵也牵不动，推也推不走。牛经纪急了，抄起大棒在驴的屁股上就是两棒子，驴被激怒了，冲着他一通乱踢，一脚正中牛经纪，差点没把他给踢废。牛经纪没办法，把它送到屠户那里杀了吧，最多能卖出几百块钱，太亏了。正在为难的时候呢，那老头又来了。老头笑嘻嘻地说，我教你个招吧。牛经纪说什么招？

老头说，这驴呀，它是不服打也不服骂，就爱听人叫它爹。牛经
纪说，你胡说啥哩，叫爹？这驴也知道占便宜？老头说你别不信
呀，不信你试试。牛经纪说什么也不肯试。老头笑嘻嘻地走了。
牛经纪又和这驴斗了半天，还是没能收拾得了它，看看左右没
人，就小声冲驴叫了一声爹。没想这驴马上就摇头晃脑跟他走起
来。走了一会儿，驴又不走了，牛经纪说，你快走呀我的爹呀，
驴又跟着走一阵。就这样，牛经纪好歹是把这驴弄到了骡马市
场。可是这驴牵到市场有半月了，没有出手不说，弄得满镇的经
纪都知道他这头驴爱听人叫爹。

马有贵不知道有这样一节，听到这驴高门大嗓地唱了一阵，
早喜欢上了，觉着这驴对他的脾气。其他的人呢，看见牛经纪带
着马有贵去相那头大爷驴了，都跟了去，等着看马有贵的笑话
呢。马有贵远远看见了那驴，果然是一头好驴！身高马大的，哪
儿是头驴呀，简直是头骡子；耳朵像削尖的竹筒一样直立着；身
上的皮毛泛着青黑的光，像缎子一样；嘴唇霜白，好像刚偷吃
过豆浆。驴见来了人，也学着马的样子，刨了几下蹄子。不用再
相，马有贵一眼就看中了，于是把手伸进牛经纪的袖筒谈价。牛
经纪呢，看出了马有贵是真心想要这驴，并不急着报价，把马有
贵的手推了出来。

马有贵急了，说，咋啦？我相中这驴了，你报个价呀。

牛经纪说，你相中了驴，这驴不一定相得中你呢。

马有贵说，扯啥蛋，驴还真要相人啊。

真要相人。牛经纪说，你见过这样英武的驴么？

马有贵说，还真没见过。

牛经纪说，这就对了。这驴要是相中你了，你去牵它，它就走。要是没有相中，别说你牵它，你就是打死它，它也决不走一步，你就是拿八抬大轿抬它它还不上轿呢。比如说我吧，它是一眼就相中了我的，听我的话，我一牵，它就走。牛经纪说着走过去，解了驴绳，在驴耳边轻声说，爹呀，你跟我走吧。驴抬起了头，"哥格哥格"叫了两声，抬起蹄子跟着牛经纪就在树林子里"踢嗒踢嗒"遛了一圈。马有贵呢，盯着驴，两眼都直了，这驴腿部的肌肉像练过健美似的，随着它的走动，里面像有几个小球在滚动。最重要的是，这驴走起路来不像一般的驴那样低着头，它昂着头，一副得意的样子。驴可不得意呢，牛经纪刚才叫它爹了，它心里高兴着呢，它想啊，那个袖着手的家伙，敢情是想来买我的？哼，你别高兴得太早，一会儿你不叫爹也休想叫我跟你走。

牛经纪牵着驴走了一圈回来了，笑着说，怎么样？

马有贵说，好驴。

牛经纪说，你要牵动它了，一千五给你。你要牵不动，给一万五都不成。

马有贵说，你这话当真？

牛经纪指着看热闹的人说，大家做个见证。

马有贵掏出一千五百块，扔给牛经纪，说，钱归你，驴归我。

牛经纪接过了钱，说，这驴你要牵不回去，可别怪我。你别说我蒙你，事先没有同你打招呼。

马有贵说，我还不信有牵不走的驴。

马有贵过去牵驴。驴呢，心想你他妈的吹什么牛呢，你不叫我爹我会让你牵着走？门儿都没有。打定了不走的主意，任马有贵怎么拉驴绳，就是不走。

牛经纪说，算了马有贵，这驴没有相中你，你还是把这钱拿回去吧。

马有贵涨红了脸，一把将牛经纪递过来的钱打飞了，说，老子不信牵不动你这头驴。拉住了驴笼头，用力往前拽，可是驴的两条前腿像两根柱子一样撑着地，两条后腿带着屁股往后直坐，任凭马有贵怎么拉都没有移动半步。马有贵也是有名的驴脾气，这次遇到了一头比他脾气更犟的驴，一驴一人就僵持了起来。加之围观的人越来越多，马有贵更加是没有退路了，说，老子拉不动你，还推不动你？于是伸了手去拍驴屁股，驴心里说，只听人说过拍马屁，没听说过拍驴屁的，不让拍，抬腿就是一蹄子，将马有贵踢出了一丈开外，在地上打了三个滚，滚了一身的灰，好在他穿得厚实，倒没怎么伤着。围观的人叫起了好。驴呢，听见有这么多人为它喝彩哩，昂起头又"哥格哥格"一阵唱。这是向马有贵示威呢。马有贵气急了，捡了一根枯树枝，直奔驴过去了。一把抓了驴绳，挥起手中的树枝就往驴身上招呼。这马有贵还是心疼驴，想去打驴的屁股，驴知道了马有贵的心事似的，偏拿头冲着他，于是人驴两个就在树林子里转起了圈儿，一会儿工夫，树林子里灰尘漫天，看热闹的人叫声起伏，像是煮沸了一大锅粥。后面的人想往前钻了看，可是被前面的人挡住了，个子小的从人腿空儿里往前钻，个子大的踮起脚来看，个子不大不小的呢，就跳起来往前面人的肩膀上扑，人群就像浪中的水草一样，前一涌后一浪，左一摇右一晃。连镇上的狗都嗅到了空气中的欢乐，在树林子里追打撕咬着，镇上充满了节日的气氛。

驴是得意了，马有贵可犯了难。这样犟的驴，别说牵不动它，就是把它牵回家了，它不干活，那要它干吗呢？这可是一千五百块钱呀。牛经纪看出了马有贵的心思，上前拉住了马有贵，说，算了，这驴相不中你。只听说你马有贵相亲相了二十次都没被女人相中，没想到这驴也相不中你，算了，你还是把钱拿回去。

牛经纪这话一出口，戳到了马有贵的痛处，马有贵已是四十有五，还没找到婆娘呢，相亲是相了无数次，可一次也没被人相中过，这让马有贵感到莫大的羞辱，后来他就再也不相亲了，打定了一辈子打光棍的主意。这女人相不中也还罢了，没想到一头驴他妈的也相不中老子。马有贵双手撑在膝盖上，张大了口喘着粗气，说，日你奶奶，你说的啥话呢，你几时听说过我马有贵……服气过谁。马有贵又和驴耗上了，但马有贵很快就黔驴技穷了，弄来弄去就是拉笼头拍驴屁股，再就是拿棍子打。这驴有的是力气，可马有贵不成啊，四十出头的人了，能比得过一头驴？几个回合下来，马有贵已是两腿发软，只有喘气的劲儿了。有经验丰富的人说，这驴脾气上来了来硬的不行，得用胡萝卜，你拿着胡萝卜在前面走，驴就跟着你走了。有好事的，马上找来了胡萝卜。驴看了一眼胡萝卜，心说，别跟爷们玩这小把戏，一

根胡萝卜就想摆平咱驴爷？哼！不叫爹就是不走。胡萝卜也不
管用，马有贵实在没办法啦，一屁股坐在地上，地上腾起高高
的尘烟。

　　看热闹的人呢，走了一拨又来了一拨，来了一拨又走了一
拨，看来看去也没有什么新花样了，于是渐渐散了，牛经纪也走
了，只有马有贵和驴还在那儿耗着。天说话间就黑了下来，榆
树林子里冷冷清清，尖叫的风在树梢间奔跑，一群寒老鸹子在林
子上空盘旋。马有贵早就没有气力了，坐在地上发呆呢，他现
在是欲哭无泪，哭也不是恼也不是，差点就要回去操刀把这驴
给宰了。但一想，这是一千五百块呀，今冬还指着它给夹板厂
拉货的。马有贵站了起来，拍拍屁股上的灰，他再一次牵着驴
绳，说，我的祖宗啊，你到底要怎样才肯跟我走呢？难不成让我
叫你爹？驴听到马有贵说了个"爹"字，抬动了蹄子跟马有贵走
了两步。马有贵一激灵，心想他妈的这驴还真要听人叫爹不成？
看看左右没人了，于是说了一声走啊我的爹呀。驴高兴了，扬起
蹄子走得欢。马有贵苦笑了一下，说，我他妈这算什么事，花
一千五百块买了个爹。心里不舒服，想这爹也不能白叫，翻身就
骑到了驴背上。驴呢，听马有贵叫爹了，也不再同他计较，想，
骑就骑吧，儿子骑爹。

　　马有贵买了头驴，爱听人叫它爹。这消息很快传遍了三乡四
邻。村里人见了马有贵，就会问，马有贵马有贵，听说你买了头
驴爹？马有贵马有贵，你每天都要叫那驴做爹吗？后来干脆就
问，马有贵，你爹呢？看见马有贵牵着驴在吃草，人们就开玩笑

说，瞧这父子俩。看见马有贵在使驴拉板车，会说，马有贵马有贵，你这不孝的，让你爹拉这么沉的东西，小心累坏你爹呀。

一开始的时候，谁都不能在马有贵面前提驴，别说提他这头驴，提别的驴也不行。顺带着也不能在他面前说驴肉驴车。村里有个人，小名叫驴子，大名富生，在马有贵面前连这个人的小名也不能提。谁提马有贵跟谁急。马有贵要是粘上谁了，那也是很麻烦的事情，他那驴脾气要是上来了，一定要和你弄个子丑寅卯的。俗话说近朱者赤近墨者黑，本来就是驴脾气的马有贵，现在的脾气更加驴了，人们都不叫马有贵为马有贵了，背地里都叫他驴有贵，说什么爹姓驴，儿子当然要跟着姓驴啦。为了这事，马有贵和左邻右舍都闹过不愉快。还别说，这驴虽说有点坏毛病，要人叫爹才肯走，除此之外，它就尽是好处了。拉起板车来，比骡子马的力气不会小。进夹板厂的门前有一道斜坡，其他的马车骡车什么的，只要拉得重了一点，骡子马试一次两次后，打死也不再往上拉，你得卸下一些木头。可是马有贵的这头驴不一样，只要你喊它爹，你说快用力呀我的爹呀往前走呀我的爹呀不要松呀我的爹呀加把劲呀我的爹呀，嘿！驴死也不松劲，低着头，四条腿向前绷得紧紧的，一步一步像钉子，稳稳当当把一车货拉上了坡。当然啦，马有贵心疼他的驴，也不会总是让驴超负荷工作。人们除了拿马有贵打趣外，又都眼馋他有这么好的一头驴，才一千五百块呀，到哪里去买这么好的驴呢？！

自从有了这驴，马有贵每天给夹板厂拉木头，每天都有二十多块钱的收入。到年底的时候，马有贵就把驴钱给挣了回来。马

有贵爱他的驴，家里也没有别的人，只有他和这头驴，他还真把
这驴当成了自己的亲人了。渐渐地，村里人不再拿驴和马有贵打
趣，马有贵也不气了，也不犯脾气了，他说是呀，这驴还真像我
的爹一样哩，咋啦？人家叫他驴有贵，他也不生气了。人们都
说，奇怪了，这马有贵变成了驴有贵，这驴脾气渐渐没有了。这
话不对，马有贵还是一样的驴脾气。只是他从前是独身一人，孤
独寂寞了，无聊，一天到晚烦躁着呢，整天想和人闹点事，现
在不一样了，他有了一个驴爹，他不无聊啦。白天拉货，晚上回
家，给驴刷刷毛，把驴身上弄得清清爽爽的。睡到半夜还要起来
看一遍驴，给驴加一些豆料。

　　开始的时候，为了哄驴干活，马有贵是硬着头皮小声叫驴，
说，你走呀爹呀。后来呢，他干脆放开了，大声喝着，快用力呀
我的爹呀往前走呀我的爹，爹长爹短的，村里人听习惯了，也不
笑话他了。有些无聊的人，也来试着牵驴，牵不动了也叫爹，一
叫，那驴就跟着走了。有一次，马有贵的驴病了，不吃东西，平
日里高昂的头一下子耷拉了下来，给它喂上好的豆料，它也只是
拿鼻子嗅两下，爱理不理的。马有贵急了，杀了一只鸡，煨了锅
鸡汤，一瓢子、一瓢子侍候驴喝下。没过两天，这驴还真好了。
没病了，却又落下一个毛病，隔三差五的，就要喝一次鸡汤，不
喝鸡汤就没精打采。村里人知道了，笑马有贵，你这哪里是养了
一头驴呀，你这比养个爹还要精心呢，你爹在世时，也没见你这
么孝敬过他。

　　春天到了，那天马有贵牵着驴在草场吃草呢，遇见了刘一

手。刘一手牵着他的良种马也来放牧。刘一手说，这就是你那驴爹吧。我是早就听说了，可是我一直忙啊，你看这镇里要建工业区，咱们村的地马上也要开征了，我是日理万机呀，一直没有机会来参观参观呢。马有贵不冷不热，指着刘一手的马说，这就是你那马娘吧，我还是去年冬天见过一面的呢，春天到了，果然比去年更标致了。

刘一手说，狗日的马有贵，你敢骂我？

马有贵说，你说这驴是我爹，我说这马是你娘，咱们扯平。

两人不欢而散。

下过两场春雨，农田里的活就出来了，就没有时间去给夹板厂拉木头了。可是今年的情况不一样，到了春忙的时候，大家都还猫在家里，三五一群的在商量大事呢。什么大事？上面下通知了，说村里的地都要被征用，要建工业区盖工厂，将来大家就都不用种地啦，年轻力壮有文化的，厂里都给安排工作，年纪大的，听说还能领到养老金。住的房子也要拆了，要住进镇上统一规划建造的农民新村，从此，大家就不再是农民了，大家都成了城里人。这可是个好消息呢，是八百年没听说过的好事。大家都在兴奋地谈论着这事。有消息灵通的，早打听到了，一亩地，镇上补贴三万块。马有贵听了，在心里算了算，他一共有二亩耕地，一亩宅基地，全征了，可以得到九万块的补贴。而农民新村的楼房，一套才五万，他还可以余下四万块。虽说从此就没有地种了，但只要肯下力气，比种田要强呢。再说了，变成了城里人，就不是从前的马有贵了，不定有多少农村的大姑娘想嫁他呢。这样一想,马有贵就觉得精神头十足,觉得生活充满了希望,走路时都开始唱歌呐喊了,喊驴爹的声音也更加响亮更加干脆。马有贵算是知道了什么叫人逢喜事精神爽。驴呢,似乎也明白了马有贵的心思,跟着他一起高兴,扯开嗓子"哥格哥格"唱,几里外都能听见。

然而马有贵的高兴劲儿还没有过呢,村里就组织开会了,在会上,首先是证实了征地的消息,而且马上要征。主持会议的是村主任,还请来了镇上的一位副镇长,以及镇工业开发总公司的一位经理,还有刘一手。刘一手现在不单是村治保会的主任,他还多了个职位——拆迁办公室主任,专门负责拆农民房子和签合同。大家并不关心刘一手当了什么官,大家关心的是一亩地到底补多少钱。这也是马有贵关心的问题。开发总公司的经理说,按照政策规定,一亩地一次性补贴大家一万五。

经理的话一出口,下面就炸了锅。马有贵在心里一算,一亩地一万五,两亩地三万,在农民新村买房子都不够呢,心就沉了起来。还没等马有贵跳起来,早有人跳了出来,大声说,不是三万块一亩吗,怎么变成了一万五呢?大家都高声附和起来,有人说,一万五我们不搬,地上该种什么还种什么。有人就起哄,走尿了,不理他们。一个人往外走,一群人就跟着往外走,会场转眼就空了。村民们回到家,就开始操心春庄稼种什么的问题了。俗话说罪不责众,大家都不腾出地来,都不搬家,你还能拿枪来逼我不成?

从会场出来,马有贵心事重重。前天村里的李大妈给他说了一门亲事，姑娘是张湾村的，二十八岁，长得还算周正，黄花大姑娘，在外面打过几年工。说是只要马有贵成了城里人，在农民新村买了房子，马上就可以结婚，结婚了，姑娘就可以进镇上的工厂打工了，她是在外面打过工的，进厂和一般的农民肯定不一样，当个官是没问题的。马有贵听说了这个消息之后，晚上兴奋得睡不着，坐在驴圈里，和驴唠叨了一阵。从会场出来的马有贵，牵着他的驴。驴呢，见马有贵耷拉着脑袋，心说这小子八成遇上了不愉快的事，于是也做出不愉快的样子，跟在马有贵的后面，慢慢腾腾往回走。马有贵是走一路说一路，马有贵说，爹呀三万块变成一万五啦，我的媳妇又飞了，爹呀他们都欺负我们这些苦老百姓啊。驴心想，原来为这事呀，你小子不是说过不娶媳妇，一辈子就陪着你爹我过的吗，怎么出尔反尔呢？活该。驴这样一想，闻到了一股诱人的香。就看见远处的草场上，刘一手那头风骚的母马在摇头摆尾呢。驴叫了一声，就不走了。马有贵去拉驴，驴还赖着不走。马有贵说，爹呀，咱们走吧。可是这一回又出新鲜事了，马有贵都叫驴爹了呢，驴没有跟马有贵走不说，一扭头朝刘一手那母马踢踢嗒嗒就跑了过去。驴跑到了母马的身边，拿它的驴脸去贴那母马的马脸，母马不理驴。可是驴的驴脾气上来了，又用身子去摩挲母马的身子，母马不耐烦地扭动着身子，冲着驴打响鼻。驴心里说，有什么了不起的呢，你是一匹好马，我也是一头名驴，我有哪里配不上你呢？驴这一次就有一点用强了，拿了鼻子去嗅母马的屁股。母马大约被这头名驴的执着打动了，就有些半推半就的意思。可这时马有贵气喘吁吁赶来了。马有贵上来拉过了驴的缰绳，骂驴，你这驴日的动什么歪心思呢，这马也是你日的？连拉带拽，硬是把驴头从马屁股上弄开了。驴心有不甘，犟在那里不想走。马有贵在刘一手那母马的屁股上踹了一脚，母马撒开蹄子跑开了。马有贵说，爹，咱们走吧，别动那花花心思啦。驴心有不甘地跟着马有贵，一步三回头。

征地拆迁的事，可没有农民们想的这么简单，不是说你在地里种上了庄稼就不征你的地了，这是镇上的发展计划，怎么会因为你种上了庄稼就不征用了呢？这么大的事可由不得你。后来村里又开了两次会，确定了，看在农民有困难，每亩地增加五千块，按两万元一亩征地。这样一来，有一半的农民也就不再说什么了。有一半呢，还在闹腾，但也闹腾不出什么事来，无非就是在嘴上过过干瘾罢了。

第二天，刘一手就带着征地办的进了村。刘一手在办事上是很有一手的，他知道什么叫擒贼先擒王，什么叫杀鸡给猴看。刘一手拟了份黑名单，黑名单上的人都是村里有些背景的或比较刺头的，刘一手知道，只要先把黑名单上的人摆平了就万事大吉了。马有贵没有上刘一手的黑名单。黑名单上的几个人，很快就被刘一手用胡萝卜加大棒摆平了。大棒是征地办人手一根，胡萝卜嘛，就是答应了给他们家安排进工业区最好的工厂。其他的村民看见村里最难缠的几个都签了合同，于是也跟着签了。签了又觉得心有不甘，聚在一起长吁短叹的。有人说，刘一手就怕马有贵，马有贵你就不签合同，看他有啥办法？有人又说，刘一手怕马有贵？得了吧你。还有人说，马有贵哪里是刘一手的对手了。

他们这话呢，其实是拿准了马有贵的脾气，在激将他呢。他们也知道，凭他一个马有贵，如何挡得住刘一手的征地大军？不过觉得心里憋了口气，想找个人来帮他们出口气罢了。马有贵果然就中计了，一棱脖子说，啥，我怕他刘一手？

你敢不签这合同？

签了是孙子。马有贵说。

马有贵拉好了和刘一手大干一场的架势。谁知刘一手根本就没把马有贵放在眼里。刘一手先把那些刺头都摆平了，和村里其他人把合同签了，最后一个来到马有贵的家。刘一手说，马有贵，给你驴爹洗澡呢。马有贵不理会刘一手。刘一手说，你不理我？不理我也成，我刘一手今天不是来和你扯闲的，说着从夹在胳肢窝里的黑皮包中拿出一份合同来。

马有贵说，不签。

刘一手嘿嘿一笑，说，签不签随你的便。全村人都签了就你不签，你这胳膊还能拧得过大腿？马有贵懒得理会刘一手，只顾拿刷子给驴刷毛。刘一手伸了手去摸马有贵的驴，想再讽刺马有贵几句，没想到驴忽然朝他咬了过来，刘一手吓得蹦了起来，差点被这驴给啃着了。刘一手扔下合同，说，你签不签都是要搬走的，你看着办吧，说完便带着人走了。马有贵呵呵笑了起来，拍着驴的脑门说，还是你牛。驴心里说，什么还是我牛啊，应该说还是我驴才对呀。

后来的几天，刘一手一直没有来找马有贵签合同。其他签了合同的人，都拿到了补贴，一家好几万呢。马有贵这下子可急了，看着人家拿到钱了，在农民新村买好了房子，签得早的都开始搬家了。听说就这两天，村里的房子就要拆掉了。马有贵急呀，看见刘一手在村里来去匆匆，见了他马有贵连眼皮都不抬一下，人家根本就不搭理他呢。马有贵就恨起了村里人来，你们都他妈的签了合同拿了钱，把老子抬出来闹事。村里人见了马有贵呢，就会问他，马有贵，签了吧。马有贵说，签？我马有贵说话算数，说不签就不签，看他刘一手把我吃了不成。也有人劝马有贵，算啦算啦，大家都签了，你还这样夹生干吗呢，得罪人，没必要，将来还要指着在镇上挣钱的。马有贵说，我怕个卵。也有人说，这才是马有贵呢，你就不签，没签合同，他还敢把你的房子拆了不成？还能把你的地征了不成？最后还是他们来求你的。

马有贵想想也是有道理。可是刘一手似乎比他马有贵要高明得多。刘一手带着推土机进了村，一家一家的房子都倒下了，村子里几天时间就变成了光秃秃的一片。没几天工夫，推土机就开到了马有贵的屋前，停了下来。马有贵呢，手中握了一把铁锹，骑在驴背上，自我感觉像一个威风八面的大将军。很快就围上了一些看热闹的，大家早就在盼着这一天了，大家都知道，马有贵和刘一手迟早要当面锣对面鼓地干一架，大家等得太久了，都快等得不耐烦了，现在这激动人心的一刻终于到来啦，怎么可以放过这大好的看热闹的机会呢。

现在的架势是，一边是刘一手，站在推土机的驾驶室旁；一边是马有贵，手握铁锹骑着驴，模样滑稽可笑。

刘一手说，马有贵，我再给你最后一次机会，把合同签了。

马有贵说，你少废话刘一手，有种放马过来。

刘一手说，你今天是签了我也得拆你的房子，不签我也得拆你的房子。

马有贵说，你拆吧，除非你从我的身上碾过去。

刘一手对坐在推土机里的驾驶员挥了一下手，推土机缓缓地朝前进了一两米。马有贵的驴一动不动。刘一手对驾驶员说，再过去一点。推土机又动了起来，这一次，前面那个硕大的铲子正好落在了驴的前蹄下面。驴还是一动不动，而刘一手和马有贵相距就不过两米了。马有贵的额头开始往外冒汗。可是他没有了退路，当着这么多乡亲的面，要是退了，那还有什么脸做人。马有贵挥动着手中的铁锹，朝推土机上就砸，叮的一声响，铁锹被弹了回来，打在额头上，起了个鸡蛋大的包。

马有贵索性扔了铁锹，他发现用这一把小小的铁锹来对付推土机这样的庞然大物是很可笑的举动，他听见围观群众发出了哄的笑声，那笑声像雷一样在乡村的天空滚过，他还听见了刘一手的冷笑。马有贵一下子跳到了推土机的大铲子里，睡在了里面。马有贵说，刘一手，你要拆我的房子，你就拆吧。刘一手见马有贵睡在了大铲子里，还真有些为难了。不过刘一手终究是很有一手的，他大声说，你们谁把马有贵从这大铲子里抬走，我出二百块。二百块！二百块没人抬吗？刘一手在问到第三声二百块的时候，人群里就跳出了两条汉子，说，你说话当真？刘一手当即掏出了二百块，说，你们把他抬出来，这二百块就是你们的。两条汉子直扑马有贵，马有贵在大铲子里乱踢腾，但很快就被摁得实实在在，一人抬了他的两只手，一人抬了他的两只脚，刘一手跳下推土机，跑过来搂住马有贵的腰，把马有贵从推土机的大铲子里弄到了一边。马有贵呢，现在挣扎不脱啦，于是破口大骂，把刘一手的祖宗十八代都日遍了。刘一手过去冲那驾驶员挥了挥手，可是推土机还是没有动。为啥呢？马有贵的驴还稳稳当当地立在推土机的前面呢。刘一手说，谁把这驴给我弄走，我再出二百。这一次跳出了四条汉子，都直扑那驴去了。驴可没有马有贵这么好对付了，驴张嘴就啃，啃住了一条汉子的胳膊，那汉子尖叫了起来，驴又抬起了后腿使出了鸳鸯连环腿，把另外三条汉子踢得哭爹喊娘。围观的人群这一次笑得更加灿烂了。刘一手的脸气得发黑，说，我出三百，三百还有谁上？三百也没有人敢上去惹这头驴了。人群里就有人大声叫，刘一手，刘一手，你叫那驴一声爹它就走了。刘一手说，你来叫吗？你们谁来叫它爹，我还是出三百。果然又跳出了一条汉子，刚要冲那驴喊爹呢，人群里钻出一个老头，揪着汉子的耳朵骂，你爹还没死呢，你少在这里给老子丢人现眼。刘一手对驾驶员说，不要管它了，不就是一头驴么，你往前开，推死它。驾驶员听了刘一手的话，把推土机往前开了一点，驴被推土机铲了起来，驴愤怒了，昂起头，"哥格哥格哥格"叫了起来，这驴叫了足足有十分钟，围观的人群被它的叫声逼退了十几米。

刘一手走到被摁着的马有贵面前，说，你再不把那驴弄开，别怪我不讲情面，我这推土机往前一开，压死了你的驴爹，你哭都来不及啦。刘一手说着朝推土机驾驶员又挥了挥手，推土机再往前进了两米，把驴挤到了一棵榆树上，再往前走一点，驴就要穿肠破肚了。

刘一手说，马有贵，你看着办吧，签还是不签？

马有贵说，我签，你放了我的驴我就签。

刘一手说，这就对啦，你早签了不就什么事都没了么？

拿过合同，马有贵签了，现场数了钱。拿到钱，马有贵的一颗心也就放回原位了，他担心的是地也征了房也拆了却又拿不到钱，现在钱拿到了，厚厚实实一扎，六万整呢。马有贵长这么大还从没拿过这么多的钱，拿到钱了还有什么好担心的呢？刘一手让推土机后退了两米，把驴放开了。马有贵过去冲那驴说，爹呀，咱们认输了，走啦。驴撒开蹄子就跑开了。马有贵急了，跟在驴后面喊，你别跑呀你跑哪儿去呢你给我停下来。

驴不听马有贵的话，撒了欢地跑，一口气跑到了草场。刘一手的那头良种母马正在草场上吃草呢，驴跑了过去，在那母马的屁股后面嗅了嗅，仰起头来哈了口气，两条前腿一举，就跨在了母马的背上……气喘吁吁的马有贵赶到草场，看见驴骑在刘一手那匹良种母马的背上，马有贵于是笑眯眯地站在远处欣赏了起来。